いま、息をしている言葉で。

「光文社古典新訳文庫」誕生秘話

駒井稔
Minoru Komai

JIRITSU SHOBO
而立書房

装幀　クラフト・エヴィング商會
〔吉田浩美・吉田篤弘〕

目次

まえがき

編集者の仕事は他の人が書いた原稿を本にしていくことです。本を書くことではありません。もちろん退職後に作家になる人もいないわけではありませんが、極めて稀なケースだと言ってもよいでしょう。

ミュージシャンの坂本龍一の父親が有名な編集者であったことをご存知でしょうか。野間宏、椎名麟三《りんぞう》、三島由紀夫などの作品を手掛けた辣腕《らつわん》編集者として知られていました。その人となりについては『伝説の編集者　坂本一亀《かずき》とその時代』（田邊園子著　河出文庫）という興味深い評伝はありますが、私の知る限り本人の単著はないようです。

目を海の外に転じてみても、かのガリマール書店を創業し、「フランス文学、それは私だ」とまで言うことができたガストン・ガリマールにも『ガストン・ガリマール――フランス出版の半世紀』（ピエール・アスリーヌ著　天野恒雄訳　みすず書房）という浩瀚《こうかん》な伝記はありますが、本人は一冊の本も残していません。

そこまで分かっていながら、あなたごときがどうしてこの本を書こうと思ったのですか、と問われても不思議ではありません。もちろん理由はあります。幸運にも小さな講演会や書店、高校・大学などで古典新訳文庫の話をする多くの機会に恵まれました。そういう場で、古典の新訳をシリーズで出版しようとした動機について質問されることが増えました。古典新訳文庫の存在がそれなりに認知されてきたと感じるようになってからです。

ありがたい問いかけだと思ったので、丁寧に説明するように心がけてきましたが、限られた時間のなかでのやりとりですからなにかもどかしい感じを拭い去ることができません。そんなことがたびたびあって、これは編集者として創刊の経緯を書いておくべきかもしれないと考えるようになりました。

未熟でもいい。舌足らずでもいい。記録として残してもよいのではないか。もちろん編集者としての分を超えてはいけない。一人の職業人の記録としてなら許されるのではないだろうか。

そう思って書き始めるとこれがなかなか大変でした。時間は思ったほど取れない。遅々として進まぬ原稿を前に余計なことを始めたかなと思ったこともあります。それでもやはり書いておきたいという気持ちが消えることはありませんでした。

結果として、やや自伝めいたものになりました。編集者生活の始めから書いていかないと古典新訳文庫をなぜ創刊しようと考えたのか説明できません。そういう本でありますから読み方は自由でよいと思っています。週刊誌の話は退屈そうだ。とにかく早く古典新訳文庫のことを読みたいと思う読者は第4章からお読みいただいて結構です。最後まで読み終えてから最初に戻れば、なぜこのような構成になったか納得してもらえるはずです。出版そのものに興味のある読者はもちろん最初から読み進めていただいて問題はありません。

古典といういちばん厄介なジャンルの出版にあえて挑戦したのは、ネットの発達を含めて世界が未曾有の変化を遂げつつある今こそ、普遍的な文学や思想を読みたいという読者は必ず存在すると思ったからです。そうは言っても楽観していたわけではありません。

創刊前にあちこちの書店を訪れました。大きな書店に行けば海外文学はそれなりにそろえてはありましたが、日本の文芸書に比べれば十分の一もあればいい方です。まして世界文学の古典の棚は立ち寄る人もまれな印象がありました。ディケンズもバルザックもトルストイも埃をかぶって意気消沈している。いつから海外の文化に対する関心が低下したのでしょう。

今となっては信じられないような気もしますが、かつてロックやジャズなどのポピュラーミュージックは洋楽と呼ばれ、外国の音楽ばかりが聴かれていました。一九八〇年代は海外ミステリーが飛ぶように売れていたのです。もちろん西洋の古典も読まなければならない本として厳然と存在していました。

日本人はあるときから「粋でシックな洋物」から、「身近な和物」にシフトしました。大きな変化は二十世紀の終わり近くに起きたのではないかと考えています。社会が未知の段階に突入した時、不安や恐れから人々が内向きになることはよくあります。しかし「和物」へのシフトは、なによりも経済生活の水準が急激に上がったことが背景にあるように思います。明治に始まった「近代化」は物質的な豊かさにおいては、ひとまずの達成をみたのではないでしょうか。「洋物」をむやみにありがたがる時代は終わった。そういう認識から、もうヨーロッパで生み出された文学や思想から学ぶことはない。すべて自前で賄えるという風潮すら出てきました。本当にそうでしょうか。西洋はいまだ巨大な他者として存在していると思います。同時に東洋について、あるいは世界についての無知を克服すべき時ではないかという思いを捨てることができませんでした。

原典を読むべき時期がきたのではないかと考えたのです。

イタリアの作家イタロ・カルヴィーノが書いた『なぜ古典を読むのか』（河出文庫）という本があります。あの須賀敦子さんが翻訳しています。古典について書かれた文章にしばしば引用されるのでご存じの方も多いかもしれません。カルヴィーノの有名な古典の定義は確かに的を射ています。

古典とは、ふつう、人がそれについて、「いま、読み返しているのですが」とはいっても、「いま、読んでいるところです」とはあまりいわない本である。

初めて古典を読む若者を除けば、少し見栄を張ってしまうのは世界中一緒のようです。相当な読書家だけが古典の世界について語る資格があるかのように思っている人も多い。古典新訳文庫は、「いま、読んでいるところですよ」と淡々と答える読者を少しでも増やしたいという、一編集者には分不相応な願望から始めることになりました。

さて、続けてカルヴィーノは極めて重要な古典の定義をいくつか書いています。

古典とは、最初に読んだときとおなじく、読み返すごとにそれを読むことが発見である書物である。

古典とは、初めて読むときも、ほんとうは読み返しているのだ。

古典とはいつまでも意味の伝達を止めることがない本である。

これ以外にも説得力のある重厚な定義がたくさん紹介されています。古典とは百年前にも読まれ、百年後も読まれるものだと言われます。同時代に書かれた無数の作品の中で、長い年月を経て生き残ってきた強い生命力を持つ作品ばかりなのですから、面白くないはずがありません。

本書を読むことが古典と出会うためのささやかなきっかけとなれば、これ以上の喜びはありません。とりわけ若い世代に古典を手にとってほしい。週刊誌をはじめとする出版史の断片なりを伝えながら、創刊の意図を少しでも伝えることができればと思います。

いま、息をしている言葉で。

「光文社古典新訳文庫」誕生秘話

序章

救いがたい夢想家

ヘーゲルの新訳から受けた衝撃

「うーん、そんなこと言ってくる編集者はたくさんいるんだよね」

古典を新訳するシリーズを立ち上げたいと熱弁をふるう私に向かって、在野の哲学者、長谷川宏さんは意外なことにこう言ったのです。企画を進めるうえでこの分野の先駆者である長谷川さんの意見をぜひ聞きたい。そして運良く企画が会社に通った暁《あかつき》には、哲学の新訳をお願いしたい。そんな夢を密かに抱いていたこともあり、長谷川さんの言葉に自分でも不思議なくらい落胆しました。

今となっては、長谷川さんがつれない返事をしたのも、哲学の古典を新訳でと頼み込む編集者が大挙して押しかけたからだろうと思い至るものの、その時はそんなことを考える余裕すらありませんでした。悄然《しょうぜん》として重い足取りで編集部に戻ったのが昨日のようです。

しかし、その出会いですべてが終わりというわけではありませんでした。長谷川さんとはその後も連絡を絶やさないようにしました。「会社に企画が通りました」「編集部を新しい体制でスタートさせました」「いよいよ創刊します」企画の進捗状況を報告するたびにとてもうれしそうに聞いてくださり、やがて願いは叶いました。古典新訳文庫にアランの

『芸術の体系』を新訳していただいたのです。その後もマルクスの『経済学・哲学草稿』、同じくアランの『芸術論20講』を刊行することができました。

一九九〇年代を通じてヘーゲルの大胆な新訳で、日本の読者に大きな衝撃を与え続けた長谷川さんの存在は、古典新訳文庫の創刊を準備していくうえで最も大きな道標でした。哲学の訓練を受けたことのない読者にとっては、悩みの種だった専門用語を使わないことを宣言した一九九二年刊『哲学史講義〈上巻〉』（河出書房新社）の「訳者まえがき」を読んだ時の高揚する気持ちは忘れられません。少し長くなりますが、最も重要な部分を引用してみましょう。ここには哲学の新訳という試みの全てが書かれていると言っても過言ではありません。

> 翻訳は平明達意をもって旨とした。なにより、訳文がドイツ語原文とは独立に、日本語として無理なく読めるよう心がけた。
> こんなあたりまえの心がけをあえて口にしなければならないのは、日本の哲学系統の翻訳書の多くが、いまだ、原文にひきずられることの多い、きわめて生硬かつ不自然なものだからである。日本語の文章として何度読みかえしても納得のゆく理解が得

られない。しかたなくドイツ語の単語におきかえてみる。あるいは、ドイツ語の文脈を想定してみる。挙句、原書をひっぱりだしてきて対照する。――そんなわずらわしい手つづきを要求する翻訳が少なくない。そのことは、哲学をとっつきにくいものにする原因の一つにもなっていると思う。

そういう翻訳哲学書の通弊を避けるべく、この訳書では、ドイツ語を念頭におくことなく、日本語として普通に読んでヘーゲルのいいたいことが理解できることを主眼とした。ヘーゲルのえがきだす思想のドラマを、日本語をとおしてたのしんでもらいたい。それが訳者としてのなによりのねがいである。

慣例となっている訳語のうち、日本語として生硬未熟で、専門家以外には意味を喚起しがたい語（たとえば、「表象」「規定」「措定」「思弁」「私念」「悟性」「傾向性」「人倫」「即自」「対自」など）をあえて不採用としたのも、また、ドイツ語一語に日本語一語を対応させせず、文脈に応じて適宜訳しわけたのも、右のねらいを実現せんがための方策であった。

この文章には驚きを禁じ得ませんでした。「専門家以外には意味を喚起しがたい語」。それまでは自分の能力の欠如だけを嘆いてきたのですが、理解できない原因は翻訳にもあるということを初めて明確に意識したのですから。そして哲学の翻訳に革命を起こそうとしている、まさに壮図を抱く人の仕事だと感じられて、一読者としてもどれだけ励まされたことか。新訳と銘打った書籍が溢れている現在の状況からは、想像もできないような出来事でした。

長谷川さんに会った後、それなら同業者の意見も聞いてみようと考えて、信頼する他社の優秀な編集者を久しぶりに誘ってみました。食事をした後、神楽坂の落ち着いた雰囲気のバーで酒を飲みながら、企画のことをそっと打ち明けてみました。彼はぐっとグラスを空けるとこう言ったのです。

「面白いと思いますよ。本当にそんなことができたらですが。同じようなことを考えている編集者もいるでしょうね。でもこんな時代です。本そのものが売れませんし、まして世界の古典となれば売りにくいことこのうえない。読者の層が一番薄いのではないでしょうか。さらに言えば、すでに岩波文庫や新潮文庫がそろってますからね。会社を説得できるでしょうか。営業サイドが乗るとは思えませんせん」

慎重に言葉を選びながらも否定的な意見を述べることを躊躇《ちゅうちょ》しませんでした。もちろん、企画の重要性を十分理解していることは、その理知的な顔に浮かんだ共感に満ちた笑みから窺い知ることはできました。しかし彼はその後も意見を変えることはありませんでした。もう少し他の意見も聞いてみたい。そう思って、社内でこの企画にもっとも理解がありそうな若い同僚を別室に呼んで趣旨を説明してみました。その時の彼の表情を今でもありありと思いだすことができます。彼は即座にこう言ったのです。

「駒井さん、それは夢でしょう。それは夢ですよ」

予想もしない言葉でした。無意識のうちに好意的な反応を予想していたからです。その時なぜか唐突に、革命家チェ・ゲバラの有名な言葉が頭に浮かびました。

もしわれわれを空想家だというのならば、あるいは救いがたい理想主義者だというのならば、そして不可能なことばかり考えている人間だというのならば、何千回でも言おうではないか。そう、その通りだと。

笑いそうになるほどこの場にぴったりなセリフだと思ったのですが、まさかそれを口にするわけにもいきません。彼はなおも言いました。「できるわけがないです。考えるだけ無駄でしょう」云々。こちらの話のなにかが彼の神経に触れたのは分かりました。いつもの礼儀正しい態度からは想像できないような、激しい怒りを露《あらわ》にしたからです。言いたいことは分かるような気がしました。馬鹿なことを言うな、と思ったのでしょう。昨日今日、編集の仕事を始めたわけでもあるまいし、いい年をしてなにを言うのか。そういう気持ちがはっきりと読み取れました。その時、私は47歳。確かに夢見る年齢ではありませんでした。

それでもあきらめなかったのはなぜでしょう。もちろん夢想家であるほどには若くないことは自覚していました。ゲバラは39歳で死んでいます。夢を見ることができるぎりぎりの年齢です。それではなぜ？　不思議なことに、私のなかでこの企画は実現するという強い確信が揺らぐことは一度としてありませんでした。

入社して最初に配属されたのは広告部でした。光文社が発行するさまざまな雑誌に広告を集めてくる部署です。書籍の編集を志望していた青年にとっては、いささか残念な人事ではありましたが、会社のことですから仕方がありません。しかし配属された部署での生活は十分に刺激的でした。仕事が終わると先輩や上司に誘われて飲みにいき、出版界のさまざまな話を聞いたり、銀座や四谷のバーでカクテルを飲むことを覚えたのもこの頃です。

伝説的な存在であったゴールデン街にも足しげく通うようになりました。最初の頃は目当ての店に行こうとすると、客引きの女性たちにもみくちゃにされるので鬱陶《うっとう》しくて仕方がなかったのですが、やがて彼女たちもこちらがどの店の客かを識別すると、あっさり通してくれるようになりました。

二年目になると外回りの営業職になり、大手の広告代理店に日参する日々が始まりました。夜はほとんど毎晩、上司と一緒に銀座で接待です。クラブのコンパニオンたちもこちらがあまり若いので扱いに困り、子ども扱いされることもしばしばでした。

そんな日常の中でも読書は続けていました。初めて社会で働く体験がもたらす衝撃を受け止めながら、日本の近代文学をよく読んでいたことを覚えています。

おじさんの熱い励ましを受ける

不慣れな日々に鬱々としているように見えたのでしょう。あるとき職場のおじさんの一人が酒に誘ってくれました。おじさんと言っても当時40代の半ば、今の自分よりずっと若い。しかし駆け出しの広告部員にとっては、立派なおじさんでした。新宿・区役所通り沿いの小さなビルにそのバーはありました。大柄なママが柔らかな京都弁で応対してくれるこぢんまりとした店でしたが、常連ばかりが集う大人っぽい雰囲気は若者には十分魅力的でした。

その店で飲む酒は、ビールかウィスキーの水割りと決まっていました。おじさんは無言のまま杯を重ね、こちらも黙って飲んでいました。少し酔いが回ってくると彼はこちらを見ずに赤らんだ顔を正面に向けたまま話し始めました。

「ところでお前は入社する時は、どこの部署が志望だったんだ」

てっきり仕事の話をされると思っていたので、突然の質問に驚きながらも、うれしくなって答えました。

「書籍です。カッパ・ブックスで本を作りたかったんです」

「そうなのか。例えばどんな本だ」

「例えばですか。入社試験のときの面接で挙げたのは、澁澤龍彦の『快楽主義の哲学』、三島由紀夫の『葉隠《はがくれ》入門』、それから深沢七郎の『深沢ギター教室』です」

小柄なおじさんはフーンと言って遠くを見るような目をしました。それからやおらこちらに向きなおると静かに問いかけました。

「お前はどんな編集者になりたいんだ」

唐突な質問に驚きながらもなぜか真面目に、そして簡潔に答えました。

「そうですね。ぼくは古典的な編集者になりたいんです」

そのときのおじさんの顔はいまでも忘れられません。少年のようにはにかんで、口ごもりながらこう言いました。

「いいな。お前いいな。がんばれ」

吐き出すように言うと照れたように横を向きました。励まされたのがうれしくて、私は聞かれもしないのに自分の夢を語りだしました。いつか編集した本が自分の書棚一杯に並ぶのを見たいと言ったとき、おじさんの目は確かにきらきらと輝いていました。一九八〇年代初頭の出版界には、まだこんな素敵なおじさんがいたのです。

それからしばらくして、男性週刊誌の創刊が社員に告げられました。光文社は長年「女性自身」という女性週刊誌を発行していましたが、そのメンバーを中心に新しく男性誌を作るという話でした。正直なところ、男性週刊誌は読んだことがありませんでした。周囲には愛読している友人もたくさんいましたが、典型的な文学青年でしたので週刊誌はまったくといっていいほど縁がなかったのです。だから最初は自分とは関係のない話だと思って聞いていました。広告部員として「女性自身」の編集部員と酒席をともにする機会もあったのですが、現場の話を聞いても実感的には遠い世界でした。事情は男性週刊誌でも同じだと思えました。しかし、しばらくすると若い部員を新編集部が求めているという話が聞こえてくるようになりました。私の名前も挙がっているらしい。やがてそれは現実の話になったのです。

一九八一年四月。週刊誌編集部に配属になった時、私は25歳になったばかりでした。まだ、「週刊宝石」という誌名も決まっていなかったのですが、それからは人生で一番多忙な日々を過ごすことになります。昼夜を問わず仕事をして、浴びるほど酒を飲み早朝に帰宅する。典型的な週刊誌編集者になるのにさほど時間はかかりませんでした。正統派のマスメディアである新聞やテレビとは一味違う、ちょっと斜にかまえた感じが肌に合っていたのでしょう。かつての文学青年は一夜にして週刊誌編集者に変身を遂げ、無頼《ぶらい》な毎日を送るようになりました。

以後41歳まで、十六年間を週刊誌の最前線で過ごしました。原稿の締め切りに追われる相当にストレスの高い日々ではありましたが、教えられることも多くありました。

週刊誌を卒業すると、念願の書籍編集部に異動となりました。新しい職場は、翻訳出版編集部でした。それからの二十年は書籍の編集者として、主に翻訳書を扱う編集部で仕事をしました。週刊誌時代とはまったく違う生活に慣れるまでは時間がかかりましたが、やがて翻訳の世界の奥深さに目覚めました。

毎年秋になると、翻訳書を出版する世界中の編集者が集うドイツのフランクフルト・ブックフェアに参加し、春はニューヨークのマンハッタンで出版社回りです。日常的に版権エージェントと接触して、面白くて売れる本はないかと探すことが仕事になりました。

自分で書籍を編集するようになると、読み手から作り手への意識転換を行わなければなりません。それがある種の違和の感覚を伴ったことは否定できません。

村上春樹訳『キャッチャー・イン・ザ・ライ』登場

そんな私に「古典の新訳をシリーズで出してみたらどうだろう」と囁いたのが翻訳者の山岡洋一さんでした。残念ながら二〇一一年に急逝してしまいましたが、仕事を通じて知り合ったこの熱血の翻訳者はとても魅力的な人物でした。「翻訳通信」というブログで業界では知られた存在であり、ノンフィクション翻訳では腕のよい翻訳者として名が高かったのです。『翻訳とは何か』（日外アソシエーツ）という翻訳についての著作も上梓しています。仕事で翻訳という営為について思いを致すことが多くなった私にとって、山岡さんの翻訳に対する情熱と見識には大いに触発されるところがありました。彼との出会いこそが、古典の新訳に取り組む直接的なきっかけとなりました。

山岡さんは自らも古典の新訳を手掛けていて、早くからその困難と面白さについていろいろ聞く機会がありました。彼の手になるアダム・スミス『国富論』の見事な新訳は日本経済新聞出版社から二〇〇七年に刊行されています。

古典新訳文庫の企画を具体的に進めるうちに、創刊と前後して山岡さんとは意見の齟齬《そご》をきたし、残念なことに最終的には袂《たもと》を分かつことになりました。しかし最初に企画のアイデアを与えてくれたのは山岡さんでした。

山岡さんから受けた恩義はもう一つあります。二〇〇四年六月に編集長になり編集部が新体制で発足してから、新企画に関してはほとんど独力で奮闘せざるをえなかった私のために、優秀なスタッフを紹介してくれたのです。その年の秋から参加してくれた編集者の今野哲男さんは、にこにこ笑いながら編集部に現れました。今野さんは月刊誌「翻訳の世界」の編集長でした。「翻訳の世界」はそもそもは翻訳者志望の人たちに向けた雑誌でしたが、翻訳者はもちろんのこと、作家や詩人、外国文学者たちが縦横に翻訳について論じる、いわば翻訳カルチャー誌とでもいうべきメディアに成長していました。その編集長を務めていたので、翻訳界ではよく知られた存在だったのです。彼は最も重要なパートナーとして創刊まで、そしてそのあとも私を全面的に支え続けてくれました。

先にも書いたように、一九九二年に長谷川宏さんのヘーゲル『哲学史講義』の刊行が始まり、続いて『歴史哲学講義』『美学講義』『精神現象学』が二十世紀の終わりに次々と刊行されました。画期的な新訳と評判でしたが、それでも読むのには正直たいへんな時間がかかり、読んでも分かったなどと軽はずみに言えるような書物ではありませんでした。しかし日本の読書界における反響は、想像を絶するほど大きかったのです。

後年、長谷川さんから直接伺《うかが》ったことがありますが、この時期はやはり「さあ、いくぞ」という不退転の決意で取り組んだ仕事だったのです。同じころ文学の世界でも新訳と銘打った古典の出版が始まりました。一九九七年に新書館から「新訳・世界の古典シリーズ」の『カルメン』がフランス文学者の工藤庸子さんの斬新な翻訳で刊行され、別の訳者による『マノン』『椿姫』も立て続けに刊行されました。二十一世紀に入ると『高慢と偏見』『白鯨』『嵐が丘』という古典のなかの古典とも言うべき作品の新訳が続々と登場し始めました。

新訳という言葉を世に知らしめたのは、なんと言っても二〇〇三年に刊行された村上春樹訳の『キャッチャー・イン・ザ・ライ』でしょう。野崎孝訳の『ライ麦畑でつかまえて』というタイトルを大胆に変更したことで話題になり、ベストセラーの仲間入りをするという快挙を成し遂げました。もちろん、あの村上春樹が新訳したことが大きな魅力だったことは間違いありません。

野崎訳はとても評判の良い翻訳でした。しかしながら新訳が登場したこと、それがあの村上春樹の訳だったことは想像以上のインパクトがありました。最初から身も蓋もないことを言うようで恐縮ですが、それまでは「小説の新訳ってなに?」というのが大方の読者の反応だったのではないでしょうか。新訳に関心を持つのは、翻訳者と外国文学者、そして編集者だけだったというのは言いすぎかもしれませんが、当たらずといえども遠からずだと思います。「訳文が変わったって? それが何か?」というのが、残念ながらごくごく普通の読者の反応でした。

小説家としての村上春樹は世界で戦える数少ない日本作家でしたし、翻訳小説を読んで育ってきた作家であったことはよく知られていました。

その作家が翻訳したのだから、読むべき価値があるのだろう、彼が莫大な時間を小説ではなく、翻訳という仕事に注ぎ込むに足ると考えた素晴らしい作品に違いないと人々が考えたとしても不思議ではありません。しかも明治の作家たちのように、外国文学の方法論を学ぶために翻訳に手を染めた時代とは全く違うモチベーションが背後にあることを感じ取っていたはずです。

タイトル変更は大きな冒険だったと思います。もちろん版権のことがあるから、白水社でしか出版できません。だからと言って前のタイトルを変えなければならないということはない。村上春樹が『ライ麦畑でつかまえて』として出版してもそれはそれでありだったと思います。

事実、V・E・フランクルの『夜と霧』は最初、霜山徳爾《しもやまとくじ》訳でみすず書房から一九五六年に刊行されていましたが、原著者の改訂版が二〇〇二年に池田香代子さんの翻訳で同じタイトル、同じ版元のまま新版として刊行されて評判になりました。

だから、いくら村上春樹自身の強い意向があったとしても、原題の音をそのままに（定冠詞のtheは省いてありましたが）出版するという冒険は前代未聞だったといえます。

ところで村上春樹の翻訳に対する評価はどうだったのでしょう。さまざまな書評を読みましたが、特徴的だったのは、野崎孝訳を愛読した人のほうが点は辛《から》かったということです。作品のイメージが変わってしまったといった意見をよく耳にしました。既訳の呪縛とでもいうべきもので、のちに古典新訳文庫の刊行を始めた時も同じ経験をしました。読者は読みなれた翻訳を無意識に支持します。『ライ麦』に関して言えば、私自身は違和感なく新訳を読み終えましたが、野崎訳に親しんだせいか、新しい作品を読んでいるような心持ちがしました。もちろん新たな印象や感銘を与えることができなければ、新訳の意味がないことは言うまでもありません。

この本が大評判になっていた二〇〇三年、私は会社に企画書を提出したのです。

第1章

「週刊宝石」に学ぶ

週刊誌編集部はまさに梁山泊《りょうざんぱく》だった

まず、「週刊宝石」の話から始めます。なぜ？と思う人も多いかもしれません。週刊誌と古典にどういう関係があるのかと怪訝《けげん》に思われても不思議ではありません。しかし、これが大いにあるのです。週刊誌の編集経験がなかったら、古典新訳文庫を創刊することもなかったでしょう。編集者人生で大切なことはすべて「週刊宝石」編集部で学んだ、と言ってもいいくらいです。

古典新訳文庫を創刊してから取材を受けた時に、よく以前の部署について聞かれました。「週刊宝石」に在籍したというと、凍り付いたような表情になる取材者が少なからずいました。もちろん全然恥じてはいません。恥じるどころか、極めて貴重な経験だったと思っています。しかしどうしても古典新訳文庫と週刊誌編集者は結びつかないらしい。古典文学を編集する人だから、きっとインテリに違いないという先入観を持って取材に来て、いきなり「ＯＬの性」も担当していたと聞くと驚くのは当たり前かもしれません。しかし世間知らずの青年に、この世の真実を教えてくれたのは週刊誌でした。

編集部はまさに梁山泊。週刊誌界の英雄豪傑たちが仕事をする編集部の明かりが消えることはありませんでした。ライター、カメラマン、新聞記者、イラストレーター、デザイナー、作家、評論家、映画監督、自動車評論家、競馬評論家、風俗ライター、パチプロ、AV女優などなど。

編集部にはたくさんの人間が常時自由に出入りしていました。誰の知り合いかも判然としない人物もいましたが、かまわず皆でおしゃべりをして、夜になると仲良く出前の弁当を食べるのです。若い編集者には、すべてが新鮮で魅力的でした。

「週刊宝石」が熱烈に支持された理由

「週刊宝石」は一九八一年十月に創刊されました。先行する十二誌には、老舗の「週刊新潮」や「週刊文春」があり、「週刊ポスト」や「週刊現代」も人気がありました。前途を危ぶむ声も社内にはあったようですが、若い編集者が多かったので現場には悲観論など微塵もありませんでした。そうは言っても創刊から二年くらいは苦戦しましたが、これだけ面白い雑誌を作れば、必ず読者に支持されるはずだと全員が信じていたのも確かです。三年目くらいから上昇機運に乗り、あっという間に「週刊ポスト」に続く売り上げ第二位の雑誌になった後、その位置を長く占めることになりました。もちろん読者の熱い支持がなければ、こんな成功はありえません。この成績はそれなりに自慢できるものでしたので、当然、編集部にも勢いがありました。

「週刊宝石」を読んだことのある読者は、現在は40歳以上にはなっているでしょうか。若い世代はこの雑誌の存在すら知りません。いや、それどころか週刊誌を読む習慣がないこともよく承知しています。しかしただの昔話をするつもりはありません。出版の歴史におけるある種の伝説的な時代の話だと思って読んでいただければ幸いです。

創刊時の読者ターゲットは25歳から35歳。メインの読者は団塊の世代でした。いわゆる「カイシャ」がまだ健在で、日本人の90パーセントが自分を中流だと信じていた時代です。創刊時に想定していた平均的な読者モデルは30歳くらいのサラリーマン。子供は二人。マイホームを買うことが目下の関心事です。読者の設定はライバル誌もほぼ同様でしたので競争は激しいものになりました。

最盛期の「週刊宝石」を愛読した人々は、ヒット企画といわれれば「スミマセン……あなたのオッパイを見せてくれませんか？」や「男のパニックイズ　処女探し」を思い浮かべるのではないでしょうか。その他にも、今までの週刊誌にはない斬新な手法を使った記事が競うように誌面に並んでいました。

アナーキーで陽気な編集部でした。敢えて一線を越えようとする試みは日常的に行われていました。グラビアのデスクは、私たち若い部員に何枚かのヌード写真を見せて、どれが一番興奮するかと問うたうえで取捨選択していました。ですから一番扇情的な写真が使われることになります。「週刊宝石」はエロ雑誌だということになり、何度か路線の見直しが提案されました。そのたびに反対しました。エロ雑誌でどこが悪い。読者は気取らない、本音で迫る雑誌にこそ支持を与えている。気取った雑誌ならほかにもあるから、それを読めばいい。これが現場の編集者たちの本音でした。

一度ある大学で週刊誌時代の話をしてほしいと言われて、この時代の話を披露したことがあります。こんな話を今時の大学生にしていいのかなと思いましたが、呼んでくれた講師は「どうぞ遠慮なくお話しください」とまったく意に介さない。思い切ってかなりきわどい話を含めて話しました。最後に質疑応答の時間を取ったところ、女子学生から手が挙がりました。いやな予感がしました。

「さっきからお話を伺っていると、女を馬鹿にしているようで悲しかったです」

狼狽して答えを探している自分がいました。

「いや、馬鹿にしているどころか、オッパイ見せてくださいっていうのは、へりくだった言い方でね。ぼくらは女性に感謝こそすれ、というか、ですから、その、馬鹿にしているとかではなく……」

時代の変遷とはこういうものです。一九八五年には男女雇用機会均等法が制定され、翌年から施行されました。それまでは一人前の仕事をさせてもらえなかった女性たちが、ようやく男たちと対等に働ける時代がやってきたのだと言われました。これはもちろん画期的なことでしたが、急に世界の組成が変わったわけではありません。当たり前のことですが、旧態依然とした意識や組織は少なからず存在しました。

週刊誌は時代の子です。当時の時代意識の限界を忠実に反映していたことは否定できない事実です。女性観も今日から見て古いところがあるのは当然です。男性中心主義と言われれば、その通りと答えるしかありません。セクハラという言葉もありませんでした。そういう時代の限界はあるものの、週刊誌はセックスの記事ばかりではありません。その編集姿勢に一片の真実や普遍性がなければ、あれほど多くの読者に支持されることはなかったと思うのです。

Kデスクとの出会い

一九八一年四月、週刊誌の編集部に異動になった当初はニュース班に配属されました。

担当デスクは創刊までの毎朝、仮想プラン会議を開いて部員を鍛えました。編集部の発足から十月の創刊まで、半年にわたる連日の企画会議は、駆け出しの編集者にとって厳しいトレーニングの時期でした。

そんな日々を送っているとすぐに創刊の日がやってきました。今週から本格的な原稿を入れていくというまさに本番寸前の九月末の日曜日の夜、車を運転していて交通事故に遭いました。横浜の山下公園の前でセンターラインを越えてきた対向車に正面から衝突されたのです。救急病院に運ばれたあと、長期の入院を余儀なくされました。

二カ月の入院生活は、思いがけない時間をプレゼントしてくれました。友人たちに頼んでは、あらゆるジャンルの本をお見舞いとして買ってきてもらいました。あらかたの痛みが収まると、病院ほど潤沢に時間のとれるところはありません。若いから回復も早い。朝夕の回診時以外はほとんど自由にしていられたので、読書三昧の贅沢《ぜいたく》な時間を楽しみました。ベッドの脇で日に日に高くなっていく本の山を見て医師たちもあきれていました。以前から読みたかったアイザック・ドイッチャーの大部なトロツキー伝三部作をこの時とばかりに読了しました。

病院にはさまざまな人間がいました。自殺未遂した若い女性やヤクザもいましたが、最も印象に残っているのは伊勢佐木町のスナックのママです。別れた亭主が酔って現れ、背負い投げをされて頭蓋骨が割れるという重傷を負ったにもかかわらず、派手なガウンを着て気ままに病院内を徘徊していました。彼女から聞く波瀾《はらん》の人生は、小説を読むような興趣に溢れていました。

この突然の休暇は編集者人生にも思わぬ変化をもたらしました。三カ月後に復帰した後、ニュース班から実用班という部署に異動になったのです。事故の後遺症があるためにニュースを追いかけるような激務には耐えられないだろうという配慮からでした。

ラッキーだと思いました。実は実用班で働くことは、密かな望みだったのです。実用班とは、文字通り男の生活や生き方に役立つ、さまざまな情報を提供するページを担当するチームです。創刊を控えて、それぞれの班がパイロット版の記事を作り始めた時に、燦然《さんぜん》と輝いて見えたのが、「男はフロンティアでありたい！——西部男の魂で田舎生活を楽しむ男の物語」と題された記事でした。

東京でサラリーマンという当時のスタンダードを敢えてはずれて生きようとする人物にスポットを当て、新しい生き方を提案した斬新な企画でした。そのころの愛読誌だった

「ブルータス」と遜色のないレベルに達していると思いました。デザインやタイトルの付け方を含めて、従来のおやじ臭い週刊誌では考えられない若々しい企画です。カラーの中質紙を使った八ページの長尺の記事には写真がふんだんに使われていました。

その記事を作ったのがKデスクでした。当時38歳。顔も体もまあるい人でした。性格もまるい。編集センスは抜群だったので、編集部における存在感は抜きんでていました。酒に強く、仕事が終わると夜中の二時だろうが、三時だろうが、おかまいなしに私たちを連れて新宿に飲みに出る。まだ事故から身体は完全に回復していませんでしたが、すぐにそんな毎日に慣れていきました。

ちなみにKさんが手掛ける意欲的な企画はそれだけではありませんでした。『地球は燃えているか!?――激動の世界から現地報告』と題した海外レポートは、辣腕のジャーナリスト・梅本浩志さんが届けるタイムリーなものでした。当時世界の注目を集めていた、レフ・ワレサ率いるポーランドの独立自主管理労働組合「連帯」のレーニン造船所最高幹部との会見記など、まさに現場からの迫真のレポートが毎週掲載されました。個人的にはドメスティックなニュース記事より、こちらの方がはるかに面白いと思えました。もう一つは「本のレストラン」という書評欄です。創刊当時からコメディアンであり書評家でもあった内藤陳さんなどを起用して、ミステリーなどの紹介に努めていましたが、週刊誌史上初めてコミック評を正式な書評としたのです。それまではコミックは批評の対象にすらなっていなかったので、これは極めて新しい試みでした。

男の本質はマザーシップ

かの太宰治が訪ねてきた若き吉本隆明に言ったという「男の本質はマザーシップだ」という言葉があります。この言葉を現実のものとして知ったのはKさんとの出会いのおかげでした。他者を否定しがちな日本の風土の中で、彼ほど肯定する人間には会ったことがありません。訪ねてくる作家、カメラマン、ライター、デザイナー、イラストレーターのすべてが存在を肯定される快感を得たいがために会いに来ているのではないかと疑うほどでした。そして誰よりも肯定されたのは、自分自身だったと思います。

Kさんとの出会いがなければ、編集者としてやっていけたかどうか。私の人生を丸ごと肯定してくれた無二の人です。

まず、現場で叩き込まれたのはコンテの組み方でした。八ページをどのように構成するのか絵コンテを書くのです。絵コンテと言っても、私が描くと子供の落書きみたいなものになってしまうので情けない思いをしましたが、とにかくページの構成の仕方を覚えなければなりません。それから写真の選び方です。デジタルではない時代、カメラマンから預かったポジフィルムを一枚一枚切って透明なポジ袋に入れていき、それから八ページのコンテを組み上げます。

最後に各ページに見出しを付けて「はい出来ました」と告げると、残酷な作業が始まります。メインタイトルから始まって、見出しの付け方、写真の選び方、あらゆることが徹底的に否定されるのです。Kさんの手により、最終ページの写真はトップを飾ることになり、メインの写真はコラムに落とされ、全体の構成は完膚《かんぷ》なきまでに変更されます。泣き出したくなるのを我慢してコンテの変更に耐えていると、出来上がったものはなんと素晴らしい。そうだ、こういうページを作りたかったのだ。これなら読者はスムーズに読み進めるだろう。

魔法のような手腕でした。しかもどんな企画にも対応できる。全員がこのブートキャンプに入れられます。被害者は編集部員だけではありません。有名なジャーナリストだろうが、プロのカメラマンだろうがお構いなし。不安、怒り、失望の交錯する現場では、冷や冷やすることも多かったのですがKさん自身は動じたことがありませんでした。作業はしばしば朝までかかります。温顔ではありましたが、まさに編集の鬼でした。だからこそ一緒に仕事をした全員が信頼するのです。

このような人と巡り合ったことは幸運以外の何物でもありません。酒の時間を含めて、すべての時間を仕事に割くことになんの躊躇もありませんでした。

しかし文章修業は苦しかった。訂正の赤鉛筆で真っ赤にされるのです。「お前は筆が立つから」などと甘言を弄しつつ、赤鉛筆はすでに動き始めていて、見る見るうちに書いた原稿は真っ赤にされていきます。文章を書くということは、ある意味自分をさらけ出すことですから、それに朱を入れられることは存在を否定されるに等しい。非常に屈辱的な気持ちになります。後に哲学者の中山元《げん》さんに「編集者の鉛筆はナイフと同じですよ」と諭されたことがありましたが、Kさんはこちらの気持ちなんかまったく忖度《そんたく》しない。表現が不適切なところ。形容詞や副詞の使い方の微妙なずれ。論理のねじれ。さらには記事の姿勢。とにかく徹底的に鉛筆を入れていきます。そして絶対に妥協せず、納得がいくまで直し続ける。プライドはズタズタにされます。それでも彼の指摘は正しいと言わざるを得ない。しかも趣味で書いている文章ではありません。何十万の読者に読んでもらう記事です。

文章を書くことは大好きでしたが、この荒行には心底参りました。Kさんもこちらが参っていることは十分承知していて、酒の席では、それなりの気遣いを見せるのですが、それも最初のうちだけです。酔いが回るにつれて「お前は絶対俺に勝てない」などと言い始める。酔余《すいよ》の言葉だと理解しつつも参ったなあと思っていました。

後に書籍の編集に携わるようになった時、この体験が大いに役に立ちました。相手がどんな立場の人でも表現のおかしなところはおかしいと指摘するようにする。古典新訳文庫の編集現場では、このKさんの流儀を貫き通すことを方針としたのです。

この時期に学んだことは、私の編集者人生を決めました。取材の仕方、文章の書き方、写真の選び方、レイアウト。基本的なことはKさんと一緒に働いた二年間ですべて学んだと言ってもよいでしょう。

Kさんから学んだことはこれで終わりません。人付き合いにおける一番大切なことを学んだような気がします。前に書いたように相手を否定しないこと。これは若い人間には案外難しい。しかもKさんは他者との距離が近い。相手の懐《ふところ》にすっと入れる。それは生得のものでしたから、こちらが簡単に真似をすることはできません。それを知ってはいましたが、羨望《せんぼう》の念を抑えることができませんでした。

緊縛された編集者

週刊誌編集者として厳しい試練に遭ったのは、作家の団鬼六さんに登場いただいた「団鬼六　縄とジャズ」という記事を担当していた時です。

評論家の平岡正明さんや岡庭昇さんが、初めて団さんの文学を正面から論じて評判になった『団鬼六・暗黒文学の世界』（三一書房）が出版された直後のことでした。

当時、団さんの横浜の自宅には緊縛部屋とでも言うべき部屋があり、その手の責め道具もそろっていたので撮影で使わせてもらうことになっていました。撮影には平岡正明さんも立ち会います。しかもその日の撮影には映画で活躍する刺青《いれずみ》女優・花真衣さんがモデルとして出演してくれるのです。団さんと平岡さんがほとんど全裸の花真衣さんを縛りあげていく様子はなかなかの壮観でした。カメラマンの注文に応じて二人が次々とポーズを決めていきます。と、突然、団さんがこちらを指さしながら花真衣さんにこう言いました。

「こいつを縛ってくれ。担当編集者だから自分で縛られないと本当のところが分からないだろう」

予想もしなかった展開に驚きを隠せないでいると、団さんはたたみかけるようにこう言ったのです。

「さあ、裸になれ。パンツ一丁で縛ってもらえ」

一緒にいた担当記者のYさんまで「これはやらなきゃ。駒井さん裸になりなよ」と言う。ちらっとデスクのKさんのことを考えました。彼ならどうするだろう。きっと何の逡巡《しゅんじゅん》もなく裸になって縛られるな。ぎりぎりで編集者としての、いや人間としての真贋《しんがん》を試されているような気持ちになりました。進退きわまった私は団さんにこう言いました。

「縛られるのは構いませんが、裸は許してもらえませんか」

平岡さんも面白そうにこちらを見ています。SMプレイに使う滑車がなぜか目に迫ってきます。団さんは「根性のない奴だな」と言いながら、花真衣さんに早く縛ってやれと催促しました。

花真衣さんに上半身を縛られていくときの感覚は今でも忘れられません。だんだん自由が利かなくなっていく恐怖と恍惚。しかもときどき彼女の乳首が腕に触れる。名人技ともいえるような縛りが完成すると、旧知のカメラマンがうれしそうにレンズを向けてきます。お父さん、お母さん、ごめんなさい。日頃の無頼派気取りはどうしたと自分を叱咤するものの居心地の悪いことといったらありません。上半身をしっかりと縛られているから身動きもできない。団さんがダメ押しをするように言います。

「この写真を絶対に使えよ」

だから「週刊宝石」のアーカイブには、花真衣さんに縛られた私の写真が残っています。

団さんに裸になれと言われた時にKさんのことを考えたのには訳があります。毎晩のように仲良く一緒に飲んで私の愚痴を聞いてくれた若い同僚のT君が、ある日、六本木にある仮装パブを見つけてきました。興奮気味に話すその様子に興味が湧き、Kさんが音頭を取ってみんなで夜の街に繰り出しました。お目当ての店は、なかなか面白い作りになっていました。中央に天井からサーカスのブランコのようなものがぶら下がっています。更衣室も設《しつら》えてあり、さまざまな衣装が所狭しと置かれていました。化粧台もあり、メーク用品もそろっている。席に座ると私たちは早速飲み始めました。かなり酔いが回ったところで、Kさんが私に言ったのです。

「さあ、お前から着替えてこい」

勇気がなかったのでこう言い返しました。

「ご自分で手本を見せてくださいよ。人にやらせておいて自分がやらないというのは卑《ひ》怯《きょう》じゃないですか」

この言葉がKさんの「琴線」に触れたようでした。

「よし、じゃ待ってろ」

そう言い捨てると更衣室に消えていきました。私たちはしたたかに飲み続け、やがてKさんのことなど半ば忘れてしまいました。

すると突然照明が消えて、チャイコフスキーの「白鳥の湖」が流れてきます。おお、ピンスポットを浴びた小太りのKさんがバレリーナのチュチュを着て、つま先立ちで踊りながら中央に進んでいくではないか。衣装から肉がはみ出ている。衝撃的でした。大の大人がこんなことをするのか。見たこともなかったし、想像すらできませんでした。

Kさんはよく訓練されたバレリーナのように手を上に挙げ、くるくると回ってみせます。大学の運動部や会社の宴会で演じられるような裸芸ではありません。強制された儀式ではなく、仕事でもなく、ただ真剣に自分を捨てて見せる人間がいました。しかも40歳になろうとする人間が。本物の編集者とはこういうものなのか。奇妙な感動を若手編集者たちは共有していました。そのあとKさんは天井のブランコにぶら下がったまま空中を浮遊しつつ、ターザンのように叫んでいました。

勘のよい読者はもうお分かりかもしれません。わざわざこういうエピソードを紹介した理由を。そうです、「週刊宝石」がなぜ熱烈に支持されたかを端的に説明するためです。編集者は会社に属する人間です。作家ではありません。しかし「週刊宝石」編集部はまるで違う論理が支配していました。

編集者は無頼でなければならない。マイナーであることを恐れるな。いかなる権威にも捉われるな。自分が本当に面白いと思ったことだけを企画にせよ。

だから勉強せよ。街へ出て遊べ。本を読め。映画を見ろ。旅をしろ。酒を飲め。たとえ組織の原理からは異端だと思われても、編集者としての感覚的な真実に従え。それは絶対に読者に伝わる。

Kさんは毎日明け方まで酒を飲みながら、こういう話を語って倦《う》むことがありませんでした。そしてKさんだけでなく、中堅のデスクたちも同様の見解を持っていたのです。

この信念は、当時の編集部でほぼ全員に共有されていたと思います。とかくエロ雑誌だと思われがちだった「週刊宝石」はこういう編集者たちが作っていたのです。ちなみにKさんは編集部で「最後の無頼派」という尊称を奉られていました。無頼であることが、すなわち浪漫《ろうまん》主義的であるという実感をもつことができた最後の時代だったのかもしれません。ジャニス・ジョプリン、ジミ・ヘンドリックス、ジム・モリソンなど、酒や薬物で夭《よう》折《せっ》したミュージシャンたちが私たちの英雄でした。

しかし時代は大きく変わっていきます。こういう過激な文学性を持続させることが、難しくなったことに私たちも気づいていました。「週刊宝石」は確かに多くの読者の心を摑みました。しかし創刊十年を過ぎたあたりからさまざまに変化して残念ながら二〇〇一年に終焉を迎えました。

一九八四年、Kデスクの元から離れて再びニュース班に戻りました。ロス疑惑の三浦和義氏が逮捕された夜は、渋谷のフルハムロードの前で取材していました。一九八五年九月のプラザ合意は、為替という概念を初めて一般の庶民に知らしめました。一ドル二四〇円だった円が、あっという間に二〇〇円を突破。一ドル一五〇円になれば日本経済は破綻するという記事を作りました。

財テクという言葉がはやり始め、お金は運用しなくてはいけない。貯金は時代遅れだと喧伝され始めます。すでにマーガレット・サッチャーやロナルド・レーガンが新自由主義的な政策を進めていましたが、平均的な日本人には金融の自由化が、本当はどういう意味を持つのかはほとんど理解されていなかったと思います。読者向けに財テク指南の記事を作りながら、文学について思いを致すことがないわけではありませんでした。

20代で最も幸福な記憶

編集部では前の日に起きたいろいろな出来事が興奮とともに語られます。前の晩の面白い事件やイベントに参加できなかった部員は地団太踏んで悔しがります。新宿にあった「週刊宝石」のたまり場であるCというスナックで仲良しのT君といつも朝まで飲んでいたのはそういう理由があったからです。もう誰も飲んでいない。これから何も面白いことは起きそうにないと分かってようやく帰るのです。信じられないくらい馬鹿な生活でしたが、手は抜けませんでした。

一九八〇年代は幸福な時代だったと信じられています。週刊誌の編集部では、飲み代やタクシー代を含めてお金はかなり自由に使えました。それどころかお金を使わないと仕事をしていないと怒られるのです。今の若い人々には申し訳ないような話ではあります。それほど恵まれていたにもかかわらず、私たちはあの時代、そんなに幸福ではありませんでした。幸福な青年などいつの世にも存在しないのでしょう。

それならば「週刊宝石」で過ごした20代の日々で、最も幸福な記憶について書いておくべきかもしれません。

詩人の高橋睦郎《むつお》さんの企画を進めていた時のことでした。絵コンテをフリーランスの編集者と細かく組み立ててからデスクのKさんに見せると例によって即座に否定されました。高橋さんの魅力を総花的《そうばなてき》に見せようとした切り口は新しいものではないと言われ、「食べる」という一点に絞って企画を進めたらどうかとの提案です。高橋さんもすぐに同意して、「高橋睦郎〈胃袋で考える〉食うぞ！」というタイトルで、全編高橋さん自身がレストランや料理屋で食べている写真だけで構成するという前例のない企画になりました。それぞれの写真に食に関するアフォリズム風なコメントを高橋さんに書いてもらいました。このコメントのいくつかは今でも覚えています。

「食いすぎだって？　栄養学と処世訓を私は憎悪する。」「毒がなかったら河豚はかくも珍重されたろうか。」「イノシシを食うことはイノシシの全思想を食うことだ。」「レヴィ・ストロースによれば、料理は⑴生もの⑵火を通したもの⑶腐らせたものの三種、およびそれらの組合せである……とすればここに欠けているのは⑵ということとになる。」「天ぷらはすきまを食う食物…とはロラン・バルトの天ぷらの哲学。」「シュークリームの発明はシュールリアリズムの発明より偉大だ。」

ヌード写真が満載の週刊誌に違和感なくこういう哲学的なコメントが同居していたのです。

いよいよ企画のラストを飾る撮影となり、ご自宅にお邪魔した時のことです。お茶を入れていただき、いろいろなお話を伺いました。高橋さんの詩もエッセイも密かに愛読していましたが、同行したフリー編集者にはそのことは恥ずかしいから絶対に告げてくれるなと頼んでおいたのです。にもかかわらず、彼は「実は駒井さんは高橋さんの大ファンです」と言ってニヤッと笑いました。悪い奴です。高橋さんは静かに、「そうですか」と言った後、「それではこれを読んで差し上げましょう」と言って、ロラン・バルト『表徴の帝国』（宗左近訳　ちくま学芸文庫）のパチンコの章（だったと記憶しています）を朗読し始めました。朗々と読み上げられるバルトの文章。音としての日本語の美しさに圧倒されました。日本語を深く理解しなければ、こんなに美しい朗読はできません。

日々、Kデスクのもと文章修業に励んでいましたが、模して及ばぬものがあることを改めて思い知らされました。発語される言葉の一つ一つが馥郁《ふくいく》たる香りを放っています。陶然として聞き入る幸福に酔いました。

20代最大の事件でした。半ば痺《しび》れたような心持ちで帰路に着いたことを覚えています。古典新訳文庫の原稿を読みながらも、あの朗読の声を忘れたことはありません。

第2章

孤独な読書

天安門事件起きる

一九八九年六月四日。天安門事件は起きました。

そのころ日本はバブル経済真っ盛りでした。株価と地価は果てしなく上がっていく。日本の土地を少々売れば、アメリカの広大な国土が買えるという話が実感をもって語られていました。まるで太平洋戦争敗北の恥辱がこれですすがれるかのような口吻《こうふん》だったことをよく覚えています。日本の製造業は世界一強い。だから、バラ色の未来が待っている。そういう神話を誰もが信じていました。アジア経済の離陸も報じられ、世界は大きく変わるが日本はますます発展していくのだという言説を疑う人はいませんでした。一種のユーフォリアの状態にあったのだと思います。失われた二十年を経た今、そういう見通しがいかに甘く愚かであったかを言うのは簡単ですが、当時そういう判断ができる人間は少なくとも周囲にはいませんでした。

一九八七年、私はニュース班のデスクになり、経済記事を中心に政治をのぞいたあらゆるジャンルの記事を担当しました。一九八八年から一緒に働いていたM君は中国語が堪能で、大きな関心を持って天安門広場で民主化を要求する学生や市民の動きを注視していました。天安門事件の推移を覚えている方は多いでしょう。実はあの事件の直前、事態はすでに沈静化に向かっているように見えたのです。五月末にM君を取材のために北京に送った私に「この騒ぎももう終わりだろう」という人たちがいました。しかし、終わりどころではなかったのです。土曜日の深夜、正確には六月四日の日曜日。三宅裕司が司会をしていた人気番組「三宅裕司のいかすバンド天国」、いわゆる「イカ天」というアマチュアバンドが競う番組を観ていると突然のニュースが報じられました。司会の三宅裕司が「中国人民解放軍が只今天安門広場に突入したということです」と緊張した面持ちで述べる。まさかと思いましたが、まだ第一報です。しかしそれから流れてくるニュースは、事態が刻々と深刻化することを伝えるものばかりでした。真面目な三宅裕司はニュースを伝えながら「こんな時にこんな番組やっていていいんですかね」と何度も繰り返します。

そんな心配はしなくていいのだと思いながらも、突然M君のことが心配になりホテルに電話を入れました。彼は幸い天安門広場から少し離れた場所にあるホテルにいたので無事でした。翌日の締め切りは、現場の取材から戻ったM君と編集部をつないだ電話をそのままにして、スタッフが交代で一時間ずつ彼の報告を電話で聞いてメモを取り構成しました。「動乱の北京から衝撃報告――本誌記者、血塗られた人民解放軍の狂気の現場を見た!」というタイトルで掲載された記事は雑誌のトップを飾ったのです。M君は道端で歩哨《ほしょう》に立つ人民解放軍の若い兵士のコメントまで取っています。


――いくつだ?

「20歳だ」

――兵士になって何年?

「1年だ」

――なぜ市民を射つ?

「オレは射っていない」


生まれて初めて耳にする本物の銃声。焼かれた装甲車。陸橋から吊り下げられた兵士の焼死体、デモの鎮圧というより市街戦と形容されるべき惨状。M君のレポートは臨場感に溢れていました。長い週刊誌の経験でもこのようなレポートを担当したのは初めてでした。

一九八六年、30歳の時に訪れて以来、中国に対する関心は高まるばかりでした。韓国と日本、そして東アジアの中心としての中国。初めて訪れた一九八六年は、まだ人民服を見ることができましたし、有名な自転車の大群が走っていくのを見て、ああ、映像で見たのと同じだと妙に感動したものです。街を歩くと文化大革命当時、紅衛兵《こうえいへい》たちが書きなぐったスローガンが消されずに残っている。有名な「造反有理《ぞうはんゆうり》」もありました。七〇年代末から始まった改革開放の掛け声は大きかったのですが、まだ緒《しょ》についたばかりという印象がありました。

長征を成し遂げた紅軍のドラマティックな歴史や、毛沢東が国共内戦に勝利して中華人民共和国の成立を宣言、朝鮮戦争を戦ったところまでは歴史にある種の明快さがあったように思います。しかし一九六六年から始まった文化大革命の実相は高校生がいくら新聞報道を読んでもなかなか理解できませんでした。何度目かの訪中の際に北京の瑠璃廠《ルリチャン》という骨董街で観光客相手の店に入ると、毛沢東に忠誠を誓う紅衛兵が振ってみせたあの赤い毛沢東語録が売られています。正直なところ驚きました。というより痛々しいという印象を拭えませんでした。その小さな手帳には当時の持ち主だった学生の名前が書かれています。彼らは今どこにいて、何をしているのだろう。

結局、毛沢東語録を何冊か買い求めて帰国しましたが、文革に翻弄された世代の文学である史鉄生《してっせい》の『遙かなる大地』（宝島社）を読んだり、映画『芙蓉鎮《ふようちん》』を観たのは一九九九〇年代になってからでした。一九八六年時点では、改革開放路線を中国自身が放棄することはできないだろうという分析が主流でした。そして民主化運動が大きく広がり、中国は民主的な国家に変わるのかもしれないと世界が淡い期待を抱いた時、天安門事件は起きました。

一九八九年という年は世界が激動した年でした。天安門事件の余波がおさまらない十一月九日、ベルリンの壁が崩壊しました。まさかと思ったことが次々に起きます。時を同じくして起きる歴史の大変化を目の当たりにしながら、人々は今までの方法論では解くことのできない問題が生起していることに気づいたのです。ベルリンの壁が崩れた日の翌日、少し年長のスタッフたちが口々にこう言うのを聞いて納得しました。

「びっくりしたぜ。ゴールデン街で飲んでいるうちにベルリンの壁が崩れたって聞いて。俺が生きている間は壁があると思っていたからな。まさか突然そんなことが起きるなんて。まったく信じられないよ」

そのくらい唐突な出来事でした。そして歴史の変化とはこういうものだと教えられました。これをきっかけに東欧では次々に共産主義体制が崩壊していきました。十二月初旬にはアメリカのブッシュ大統領とソビエト連邦のゴルバチョフ書記長がマルタで会談し、冷戦の終わりが宣言されました。あまりにもあっけない幕切れでした。

しかし同じ月に起きたルーマニア革命ではチャウシェスク大統領が妻と共に銃殺されました。その報道をクリスマス休暇で訪れたロンドンで知った時の驚きは大きいものでした。当然ですが、イギリスのテレビや新聞はトップで報道していました。週刊誌は国内のニュースは独自の切り口で報道することはできましたが、このような世界史的な大変動にはなす術がない。もしKデスクのような編集者がいれば、そういう企画も可能だったかもしれませんが、自分では打つ手がありませんでした。

その数日後に株価は三万八九一五円の史上最高値をつけました。一九八九年はもうひとつ重要なニュースがあったのです。日米構造協議の開始です。アメリカの分析能力の高さに驚愕《きょうがく》しながらも、日本改造計画ともいえる提言がなされることに言いようのない違和感を覚えました。第二の日本占領だと言われるほどのインパクトがありました。

一九九〇年代が始まりました。八月にはイラクがクウェートに侵攻。中東情勢は一気に緊迫していきます。十月に入ると株価は急落。前年終値の半分近くまで下落します。バブルが崩壊したことが誰の目にも明らかになりました。さらに湾岸戦争が一九九一年一月に始まります。日本政府も多額の支援を表明しました。湾岸戦争は人類史上初のハイテク戦争とも呼ばれ、まるでテレビゲームのような戦場の映像が、日本の家庭にも次々と配信され、二十世紀の戦争は終わったのだといやでも認識させられました。第一次世界大戦が戦争の概念を大きく変えたことはよく知られていますが、まさに同じことが起きていることを人々はまざまざと感じていたと思います。

紆余《うよ》曲折の末、一九九一年七月にワルシャワ条約機構は消滅し、衝撃的な「八月クーデター」が起きた後の十二月にソ連邦は崩壊しました。ゴルバチョフが颯爽《さっそう》と登場した時に誰がこのことを想像し得たでしょうか。後で触れますが、一九八八年にソ連を二度旅行しました。その旅行中もこのような事態を一瞬たりとも想像することはできませんでした。

世界史の大変動を生まれて初めて経験していることを実感していました。しかし、いくら脆弱《ぜいじゃく》な知識や経験を総動員しても、このような混乱を前にしてはなす術がありません。今起きていることに的確な判断を下し、何をなすべきかを考えることができないのです。週刊誌でさまざまなニュースを追いかけながら人間という存在について考えることも多くなっていました。

古典との再会

歴史的な大変化を目の当たりにして、足元が揺らぐような感覚に襲われました。そして、このような時代には古典が持つ普遍性だけが道標となるのではないかと考え始めたのです。本質的な知見を手に入れる努力をしなければ、これから先の人生が指針なき航海に終わるようにさえ思えました。

片方で取材を通じてさまざまな分野の優れた才能の持ち主に出会うチャンスがあり、わが身の浅学菲才《せんがくひさい》を嘆くことしきりだったこともあります。本物の勉強がしたいと密かに考え始めていました。

まず文学から読んでみよう。世界文学のなかで、傑作と言われながらもまだ読んでいないもの。あるいは中途で挫折したもの。あるいは理解が届かなかったと自覚しているもの。こういう本から始めよう。

書店に足を運び、躊躇なくトルストイの『アンナ・カレーニナ』（中村融《とおる》訳　岩波文庫）を手に取りました。それから備忘録用にノートを買い込み、読書の履歴を残すことにしたのです。即効薬を求めていたのではありません。むしろ逆でした。すぐ役に立つような教養は、麻痺するための薬剤に過ぎないことを理解できるほどには、人生という兵学校の厳しさを学んでいたからです。古典を学ぶことで、いつか物事の本質を理解する手がかりくらいは摑めるかもしれない。自分の生あるうちに、少しでも本物の知識や教養を身につけることができればと考えていました。

「〇〇入門」という本を十冊読むよりは、翻訳であっても原典を一冊読むことが大切だと考えたのです。たとえ半分しか理解できなくとも、そうするべきだと考えました。そして自信を失いそうな時は、尊敬する詩人の言葉を思い起こすことにしました。

ひとは、知識なくして本質に参与することもできるし、知識があっても本質をあかされない場合もある

自分にそんな知性や感受性が備わっていると思っているのか。そういう声が聞こえてきます。しかしその時代に抱いた欲求は切実なものでした。そのくらい変化は凄まじいものだったのです。二十世紀はある意味ロシア革命の世紀であり、その生成と崩壊をどう捉えていくのかは青年たちにとって重要な課題でした。もちろん文学を読むこと自体は、こういう問題意識から離れてもよいのは当然です。

週刊誌メディアの片隅で生きながら、誰にも知られることなく静かに古典に復帰することを決めました。いつの間にか読んだ本の感想を書くことが日常の中で最も重要な仕事になり、しばらくするとそれは習慣となり密かな楽しみとなったのです。

週刊誌の編集部では、デスクと呼ばれる現場の管理職は、記者たちが取材して原稿を書き上げるまでの時間をじっと待たなければなりません。その待ち時間は膨大です。ある者は読書をし、ある者はテレビを観ている。なんとなく時間が過ぎていくというのが、当時のデスクたちの平均的な過ごし方でした。

この時間を古典の読書に充てることにしたのです。『アンナ・カレーニナ』を編集部で読むことは、実際やってみると実に奇妙な感覚を味わうことになりました。周囲は政界のスキャンダルや芸能人やスポーツ選手のゴシップ、経済の動向について話し合っている。そうかと思えば、音楽や映画、売れっ子のAVギャルの名前が聞こえてきたりします。この環境のなかで、古典を読むことはなかなか味わい深い時間でした。

飛躍しているように思われるかもしれませんが、編集部で語られるこれらの話題はすべて文学の素材ではないでしょうか。ドストエフスキーはもちろん、ディケンズ、ゾラ、バルザックもみんな俗の世界を描いています。椿姫もナナも高級娼婦ではありませんか。ヴォートランは魅力的な大悪党です。日本のアンナ・カレーニナやボヴァリー夫人が引き起こすスキャンダルは、週刊誌の表紙を飾っています。

編集部での不思議な孤立感を楽しみながら、アンナの物語を読み続けました。大学生の時に初めて読んだ『アンナ・カレーニナ』は純粋な物語でした。アンナという人妻が、若い士官ヴロンスキーに惹《ひ》かれ破滅していく過程は文学に描かれる恋愛の典型に思えました。彼女の苦しみはあまりに遠く、他人事《ひとごと》でしかありませんでした。しかし今度は違いました。恋愛を含め、それなりの人生経験を積んだ人間にとって、アンナは隣人であり、その苦悩は自身の苦悩でした。アンナの苦しみは圧倒的です。古典作品の素晴らしさに改めて目覚めました。この作品を読了すると、あとは一瀉千里《いっしゃせんり》に世界の古典に向かうことになったのです。古典の文庫が並ぶ棚の前で作品選びに余念がありませんでした。イギリス文学、フランス文学、ロシア文学、ドイツ文学にいたるまで、読むべき作品はいくらでもありました。哲学や社会科学のジャンルにも手を伸ばしましたが、理解ができたというところまでは正直確信が持てないことの方が多かったのです。

かなりの作品は再読でした。若いころに古典くらいは読んでおくべきだと思った世代なのです。私たちの青春期くらいまでは、善かれ悪しかれ古典教養主義は生きていました。

美人ママのいるお店を毎週紹介している先輩デスクの机には毎月、岩波の「文学」と「思想」が届いていていたし、マージャンばかりやっている仏文出身のデスクは気が向くとヌーヴォーロマンについて語りました。現場の先輩たちは妙に教養があったのです。

編集部で古典を読み耽っていると

先にも述べたように一九九〇年代に入ると経済は変調をきたし株価は下がり続けます。サラリーマンがローンを組んで買ったマイホームもあっという間に価格が崩れ始めました。それでも人々は、まだそんなひどいことにはならないと信じていました。

一九九〇年春、私はニュース担当から実用的な記事や連載を担当するデスクになりました。先任のデスクが新雑誌を創刊するので編集部から異動になり、後釜に任ぜられたのです。34歳でした。以前のように、時間に追われるような締め切り作業はなくなりましたが、連載小説から株、競馬、クルマ、風俗、「OLの性」という名物記事、娯楽的なテーマを特集する二色の色刷りページなど多岐にわたる企画の担当となりました。あいにく賭け事はからきし駄目でしたが、それ以外なら何とか対応できるようになりました。やがて原稿を印刷する直前の最後のチェック係として、ほかの班の原稿を含め、内容を精査する役割も与えられます。記事内容にクレームがあれば、自分の責任になるのです。

古典を読みながら、そういうページの最終チェック作業を進めていると、時に笑いだすようなシーンに遭遇します。

ソルジェニーツィンの『収容所群島』全六巻を読んでいる最中でした。このような書物がこの世に存在すること自体が驚異であり、そこに書かれている事実が二十世紀のロシアで現実に起きたとはどうしても信じられません。壮大な神話でも読んでいるような気分になってきます。極北にある強制収容所で吹き荒れる嵐のなかを政治犯たちが懸命に働いている。自分がそこにいるかのような錯覚に陥る、雄勁《ゆうけい》な筆致で描かれた極限のドラマに引き込まれていると声がします。

「校正刷りのチェック、こちらは終わりました。最終チェックよろしくお願いします」

そんな声が聞こえてきたような気がする。

手元を見ると「ＯＬの性」の校正刷りが載っている。彼氏とのセックスを若い女性が赤裸々に語る売り物の企画です。自身も愛読しているのですが、この時は読もうとしても、どうしても頭に入ってこない。「彼の大好きな私のセックス・テクニック」だって？

「悪い。ちょっと時間をくれ」

そう言って、しばらく時間をおいて読まなければ頭に入るわけがありません。目の前には嵐が吹き荒れる強制収容所があるのです。いきなりの転換は難しい。こういうことはしばしば起きました。読書に没頭して真剣な表情で読んでいる姿が編集部のメンバーには滑《こっ》稽《けい》に映るらしいのです。周囲からよく笑われました。

トーマス・マンの『魔の山』を読んでいた時も同じでした。アルプスにあるサナトリウムの閉ざされた世界の住人になっていると、校正刷りが目の前に出てきました。「ハナモク倶楽部」という記事です。八〇年代に週休二日制が定着した結果、「花の金曜日」略して「ハナキン」という言葉が使われるようになりました。しかし時代はもう一歩進んでハナモクだというコンセプトのページです。今週は若きお父さんたちに、家族で行けるキャンプ場の特集を紹介しています。こちらが最終的にチェックするのは、キャンプ場の名前と連絡先の電話番号です。これは重要な確認事項でした。しかし頭のなかは魔の山に登ったまま、主人公ハンス・カストルプの前で繰り広げられる壮大な形而上学的問答で一杯になっています。問答の内容は極めて難解なものなので、すぐには山を下りられない。頭を切り替えるのにしばらくかかり「このキャンプ場への問い合わせは先方の許可をとっているのか」と聞くまで数分を要しました。こうなるとトーマス・マンには申し訳ないが、

『魔の山』を横において担当者から取材した記者に直接確認を取らせます。

週刊誌編集者の作り話のように聞こえるかもしれませんが、正真正銘の実話です。もちろん何を読んでいようが作業は粛々《しゅくしゅく》と進めていったことは言うまでもありません。こうして古典の読書を続けているうちに、年月は過ぎていきました。作品の理解においては隔靴《かっか》搔痒《そうよう》の感は否めませんでしたが、それでも読書は続けました。バブル経済が終わったことを人々はようやく受け入れ始め、社会の停滞と出口のない不況の予感に怯え始めていました。一九九五年に起きた阪神・淡路大震災とオウム真理教地下鉄サリン事件は、その象徴のように受け取られました。特にオウムのような事件をもはや新聞、テレビ、週刊誌を含め、これまでのメディアのあり方では伝えきれない時代になったことを現場で実感していたのも事実です。

九七年に起きた山一證券と北海道拓殖銀行の破綻は、八〇年代の成功体験がもはや通用しないことを否応なしに思い知らされた出来事でした。「政治は三流だが、経済は一流」「日本は世界第二位の経済大国」「ジャパン・アズ・ナンバーワン」。繰り返し語られてきた日本の優位性が終るのではないか。庶民は子犬のように敏感に時代の行く末を読んでいました。

第3章

海外旅行が教えてくれたこと

韓国との出会い

この章では今まで書いてきた週刊誌編集者の生活から少し離れて、旅について語ろうと思います。古典を読むことは旅のようなものであるとよく言われますが、時間と空間を自在に行き来することでは読書に勝るものはない。とはいえ実際の旅に学ぶことはあまりにも多い。自身の経験から旅そのものが重要な教育だと思うようになったのです。

昔のイギリス貴族には学問を終えた青年たちがヨーロッパ大陸に旅に出かけて見聞を広めるという伝統があったと言います。グランドツアーと呼ばれたその旅は家庭教師が同行するような真っ当なものであったらしいのですが、現在でもアジアを勇敢に旅しているヨーロッパの若者はその伝統を受け継いでいるようにも思えます。一人前になるには広く見聞を広め、生きた外国の知識を手に入れよという教えは普遍的なものではないでしょうか。

デカルトのように「世間という大きな書物」を学ぶために、旅に出ようと考えた青年にとって、アジアを旅することはほとんど決定的な体験となりました。とりわけ韓国と出会ったことは、時代の本質を見極める意味で大きな事件だったと思います。一九八〇年代初頭はまだ欧米文化だけが日本人の興味を引くものであることは否定しようのない現実でした。

一口にアジアといっても多くの人々の脳裏に浮かぶのは中国であり、残念ながら韓国ではありませんでした。東洋世界の盟主である中国は、古代から常に日本人の主たる関心事でしたが、韓国は隣国でありながら不思議なことに当時は興味を持つ人はほとんどいませんでした。韓国の歴史や文化は専門の研究者の対象でしかなかったのです。やがて韓流ドラマがもてはやされ、K－POPが聴かれる時代が来ようとは想像すらできなかったというのが正直なところです。ましてソウルの繁華街・明洞《ミョンドン》で若い日本女性たちがショッピングを楽しむ時代が来るなど誰が予想しえたでしょうか。

一九八三年の夏に作家の関川夏央さんの「KOREA NOW ソウル特急便《エクスプレス》」という記事を担当しました。ソウルのリアルタイムを届ける魅力あるルポでした。離陸し始めた韓国経済が首都ソウルにもたらした大きな変化を伝えていましたが、それは想像を超えるダイナミックなものだったのです。例えば日本の女性誌「アンアン」「ノンノ」「JJ」などが空輸され、発売一週間後にはソウルの若い女性に読まれていることや、少年たちが韓国プロ野球に熱狂している様子など、韓国について書かれた正確な情報に初めて接して、ソウルという街に興味を抱きました。

そして夏休みの旅行先に迷っていた私に関川さんはこう囁《ささや》いたのです。「ソウルに行ってみたまえ。世界で一番日本人に風圧の高い街だから」その一言は決定的でした。私はソウルに、韓国に魅せられたのです。その翌年に関川さんは『ソウルの練習問題』という日本人の韓国観を一変させるノンフィクション作品を上梓します。

一九八三年の盛夏。ソウルの金浦《キンポ》空港に着いた時、不自然に緊張している自分に驚きました。生涯二度目の海外旅行でしたので当然と言えば当然ですが、その理由はすぐには分かりませんでした。

その時私を捉えた疑問はシンプルなものです。

関川さんが記事で書いていた通りのことでした。何故自分は、あるいは日本人は隣国・韓国のことをこれほど知らないのか。歴史、文化、言語、風俗について驚くほど無知だったのです。

緊張をもたらしたのは、他ならぬこの無知であることはすぐに了解しましたが、道を尋ねるとソウルの人びとは驚くほど親切でした。韓国語は一言もしゃべれないので、片言の英語で話しかけると予想外に温かい反応があります。

市街の中心から少し離れたホテルに部屋を取り街に出ました。空腹を覚えて入った料理店ではハングルが読めず注文すらできなかったので、隣の人が食べている参鶏湯《サムゲタン》を指さして同じものをと注文しました。夕暮れ迫る街を歩いていると「オソオセヨ、オソオセヨ」という声が聞こえてきます。店の前に立つ女性たちが例外なくそう言っている。それが「いらっしゃいませ」であるらしいことには気づいたけれど、その歌うような調べがたいそう美しく聞こえました。抒情的な、あまりに抒情的な調べでした。

ポジャンマチャと呼ばれる屋台では、ビールを飲みながら隣に座る人々の会話に耳を傾けました。内容はまるで分からない。それなのになぜこんなに懐かしい気持ちになるのかと不思議に思うほどでした。やがてホテルに帰った私は、最上階のバーに行ってみました。そこには迷彩服を着た軍人の一団がいたのです。韓国では軍人が当たり前にどこにでもいることに驚きます。ひどく酔っているのが分かりましたが、話しかけてくるので相手をしていると、「お前は韓国人のくせになぜ英語を話すのか」と激昂した一人に絡まれました。「いや、ぼくは日本人です」と言っても聞き入れない。最後は大騒ぎになってしまいました。その時、そこでアルバイトをしていた二人の大学生が割って入ってくれ、私に帰るよう促したのです。

翌日、大学生を見つけて昨夜の礼を言うと、彼らは今すぐにこのホテルを出た方がいいと勧めます。「昨夜の軍人がまたやってきて、あんたを探したら面倒なことになる」そう言われたので、二人を伴い新しい宿泊先を探しに行きました。道々、彼らは昨夜の軍人の振る舞いを詫びつつ、自分たちもやがて兵役につかなければならないことを嘆きました。

ソウルの中心部にある鍾路《チョンノ》という街は入り組んだ路地が迷路のように続きます。韓国料理の店に入ると、日本語のできる親切な親父さんがいました。彼の紹介で近くの温泉マークの付いたホテルに行きました。後にラブホテルだと知ることになりますが、日本人が誰一人いないホテルに泊まるのは刺激的な経験でした。女中さんたちとは身振り手振りで話をしました。みな外国人を珍しがって部屋に遊びに来る。社長は日本人が泊まっていると聞いて、「日本にいたことがあるから」と挨拶にきました。「戦争のときは千葉にいたよ。爆弾がたくさん落ちてきて怖かった」とにこにこ笑いながら話してくれました。戦争とはもちろん太平洋戦争のことです。

その夜、ホテルの部屋でテレビを観ていると部屋の電話が鳴るのです。初めての韓国、初めてのソウルですから知人はいません。訝《いぶか》しく思いながらも受話器を取ると「飯屋の主です。部屋に行っていいですか」という声が聞こえてきました。昼間の韓国料理店の店主だということはすぐに分かりました。彼は部屋に上がると座り込んでこちらの注いだビールを飲みました。顔が少し赤みを帯びてくると舌も滑らかになり、いろいろな質問をしてくるのです。「父は元気か。母は元気か」それから私の仕事、人生、旅の目的など、古めかしいが、丁寧な日本語で話しかけてきます。やがて自分の人生を語り始めました。朝鮮戦争の時に北から逃げてきたといいます。「共産主義には自由がない」彼は何度も繰り返しました。まだ共産主義に未練があった私は、黙ってそうですかと言うしかありません。鍾路地区の反共青年隊長を務めていると胸を張りましたが、攻撃的な人物には見えません。地区では有名な人らしく、一緒に道を歩くとたくさんの人が挨拶をしていきます。

その後もソウルに行くたびに訪ねるようになりましたが、店に入ると必ず「ひもじくないか」と聞いてくれるのです。夜になると私を伴って屋台に飲みに行くのが慣例となり、ほの暗い路地を埋め尽くすように並ぶ屋台のひとつに席を取り、彼の人生や朝鮮戦争の話を聞きました。ある時、隣に座った男たちがコップや茶碗を箸で叩きながら低い声で憂愁に満ちた歌を歌い始めました。親父さんはじっと聞いていましたが、歌が終わると小声で説明してくれました。

「彼らはベトナムへ行ったのです。共に戦った仲間です。今日は久しぶりに飲んでいる」

そう説明する顔は心なしか曇っているように思えます。ベトナム戦争に従軍した元兵士には、その後も出会う機会がありました。彼らは酒に酔うと驚くほど率直に戦場の様子を語ってくれました。ベトナム戦争が終わって、まだ十年も経っていなかったのです。日本にも「ベ平連（ベトナムに平和を！市民連合）」は存在しましたが、具体的にベトナム戦争の話を聞く機会はありませんでした。ベトナムでは勇猛さで知られた韓国軍兵士だったとしても、ここで飲んでいるのは普通の庶民です。現代史を知らないことを痛感しました。特にアジア現代史を。脱亜入欧は、結果として私のような青年を二十世紀の終わりに生み出したのです。日本の近代化とは、アジアを一足飛びに飛び越えて、欧米との一体化を目指すものだったということが改めてよく分かりました。名誉白人とはよく言ったものです。反動のように発作的にアジア主義に惹かれることがあったとしても、日本人はずっと西洋に憧れてきたことは間違いありません。古典新訳文庫は、ある意味、日本の近代を問い直す仕事であると思っています。西洋の受容に伴うバイアスを取り除くことが大事な使命です。それはソウルのほの暗い屋台での経験がもたらした素朴な疑問から始まっています。

慶州の旅館で

そのころの韓国では日本の青年は稀少な存在でした。だから韓国人は繰り返し私に問いかけました。なぜ、日本の青年がこの国を旅しているのか。これはもう、何度聞かれたか分かりません。この国に興味があるから。この国の人を知りたいから。いつもそう答えました。

日本でいえば京都に相当する慶州という都市があります。古いお寺がたくさんある風光明媚な古都です。ここに初めて行った時のことでした。韓国の典型的な旅館に宿を決め、旅装を解くと、旅館のおばさんは言葉がまったく通じないことを苦にもせず、親切に私の世話を焼いてくれました。

その夜は慶州の中心街であちこち飲み歩き、深夜に戻ると戸が閉まっています。酔いの勢いもあって乱暴に扉をドンドンと叩き続けました。しばらくするとあのおばさんが駆けてきます。しかも大きな声でなにか叫んでいる。扉が開いた次の瞬間、私はおばさんの胸に抱きしめられていました。強い力でこちらの体を抱きしめ背中をどんどん叩く。そしてなおも叫び続ける。もちろん言葉は全く分かりません。しかしすぐにすべてを理解しました。おばさんは異国から来た青年の身の上を案じ、遅くまで帰らないので何かあったのかもしれないと気をもんでいたのです。激しく背中を叩かれながら言いようのない感動に襲われました。

最初の旅行の後から韓国の歴史や文学を勉強し始めました。韓国の近代史や朝鮮戦争の現実が分かってきた時に、自分のそれまでの知識や興味がいかに西洋に偏っていたのかを明瞭に理解できました。そして時代はついに西洋への一方的な傾斜から脱しつつあるのだということに気づいたのです。日本という国を知るためには、そしてこれからのアジアや世界を考えるためには、まず韓国という国を、そしてアジアを知ることから始めよう。そう考えました。

アジア縦断鉄道の旅

一九八〇年代中葉に「コム・デ・ギャルソン論争」という有名な論争がおきました。埴谷雄高と吉本隆明の間に起きた劇烈な論争は、世間を驚かせるに充分でした。左翼を代表する戦後作家である埴谷と彼と親しいと思われていた吉本の論争は、想像以上の激しさをもって始まりました。高校時代に吉本の「埴谷雄高論」を読み、さらに埴谷の「永久革命者の悲哀」を読んだ人間には、唐突に見えた論争の始まりにただ呆然とするばかりでした。

現在の若い世代には、そもそもなぜこの論争が起きたのかを説明しなければならないでしょう。吉本隆明がデザイナーの川久保玲のコム・デ・ギャルソンを着て雑誌「アンアン」に登場したことがきっかけでした。それを見た埴谷雄高が激しく弾劾《だんがい》を始めたのです。「このような『ぶったくり商品』のCM画像に、『現代思想界をリードする吉本隆明』がなってくれることに吾国の高度資本主義は、まことに『後光』が射す思いを懐《いだ》いたことでしょう」というように極めて強い調子の非難がなされました。

今ならコム・デ・ギャルソンを吉本ばななの父親が着ていることに何の問題があるのかということで終わりかもしれません。しかしコム・デ・ギャルソン論争には、これからの時代をどう見るかという意味で、決定的な認識の相違が背後にあることに気づいている人もたくさんいました。

一九八三年の秋、「週刊宝石」の仕事で、関川夏央さんとシンガポールからバンコクまで二千キロ、総乗車時間が三十九時間に及ぶ、アジア国際急行の取材旅行に出かけました。「関川夏央の東南アジアNOW アジア縦断鉄道の旅」という企画でした。関川さんとカメラマンに編集者として同行したのです。

関川さんのおかげで、アジア世界の急激な変化に目覚めた私は、東南アジアのレポートをぜひ書いて欲しかったので、この企画を考えたのです。デスクのKさんは、これは面白い企画だとすぐに通してくれました。大きな期待を持って出かけたものの、実際に目にするマレーシアのジャングルもタイの水田も何時間も見ていることはできません。すぐに飽きてしまうのです。意外に退屈な汽車旅でした。

取材は、シンガポール、クアラルンプール、バンコクの三都市が中心となりました。27歳の青年が初めて訪れる東南アジアの都市は十分に魅力的でしたが、なによりも関川さんの興味深い解説を聞きながらの街歩きは貴重な勉強の時間となりました。

週刊誌の現場には、全共闘世代で学生運動を経験した団塊の世代が30代で主力として控えていましたし、フリーの記者たちも、昔はセクトに属していたり、学生運動に参加していた人間がたくさんいました。やや教条主義的な左翼の視点で世界を見る人も多かったので、コム・デ・ギャルソン論争における埴谷雄高のような意見はある程度理解は可能でした。

今の若い世代には信じられないかもしれませんが、アジア諸国に日本企業が進出することは、当時は「経済侵略」であると言われていたのです。左翼的な文脈では、これはごく当たり前に言われていたことでした。

バンコクの路地裏を歩きながら関川さんは私に問いかけました。

「確かに日本企業がこちらに来ていて、たくさんの日本製品を売っているのが分かるね。これは悪いことだと思うかい」

そう問いかけられて、深く考えもせず反射的に答えました。

「日本製品が街にあふれていますね。これってやっぱり経済侵略じゃないでしょうか」

自分でもステレオタイプな答えをしたなと思いましたが、関川さんは間髪を容《い》れずにこう反論したのです。

「そうかな。俺にはここに暮らす人たちにとって日本製品は必要なものだと思えるがなあ」

自分の答えは極めて図式的なもので、関川さんの答えが真実を突いているということを瞬時に理解しました。このやりとりはその後の世界を考えるうえで認識の転機となったのです。おかげで翌年以降に始まるコム・デ・ギャルソン論争の本質をわずかながらでも理解することができたのではないかと思います。

ＮＨＫテレビに出演したタイの青年が、日本を悪魔と呼んだことを例に挙げて、埴谷雄高はアジアの発展途上地域への経済侵略を糾弾しました。これに対して吉本隆明は以下のように反論します。

貴方のように高度成長の日本資本制の姿を、武器生産の輸出だけで肥大したかのように、悪魔の色に塗りつけて、東南アジアの民衆の怨恨の叫びと短絡するのは、スターリン主義が編み出した恫喝用のまやかしの倫理以外の何ものでもありません。もちろんまったく同様にして、日本の資本、技術、開発を生活を向上させてくれた「福音だ！」と叫ぶタイの青年を発見することも可能なことは申すまでもないことです。本源的な蓄積についてのマルクスの考え方から推察できることですが、彼ならば、「征服、圧制、強盗殺人」を伴わないかぎり、一般に先進資本の後進地域への流出は、その地域の階級問題とは、ほとんど無関係だと断言するとおもいます。このことはまた明治維新における日本への諸資本主義国の流入の問題を歴史的に振り返ってみれば一目瞭然なことでしょう。（『重層的な非決定へ』大和書房　一九八五年九月刊）

高度化した資本主義が現存する社会主義を相対的に乗り越えてしまった現実を受け入れ

られるかどうか。消費社会を肯定的に見ることは、資本主義即悪という慣れ親しんだ思考回路と決別することでしたから、それなりに大きな努力が必要だったのです。

「アジア縦断鉄道の旅」は、「週刊宝石」の記念すべき創刊百号の読者アンケートで一位を獲得しました。編集者としての方向性が間違っていなかったことを知ってうれしく思いました。それから後の個人的な旅行は、台湾をはじめとして東南アジア諸国を順番に訪れることになりました。旅行の前は十分な予習をして、帰国してからは復習をしましたが、アジア関係の文学や歴史を著した書物の少なさに驚きかつ嘆くことが多かったのです。この点については今でもあまり変わっていない印象があります。

初めてのヨーロッパ旅行は、一九八五年冬のパリとロンドンでした。29歳になっていました。大韓航空に搭乗し、アンカレッジ経由でパリまで飛びました。バブルが始まった年です。海外旅行は今ほど一般的なものではありませんでしたが、すでにたくさんの人々が格安航空券で海外へ出始めてはいました。とはいっても、まだまだ気軽に海外旅行というほど豊かになったわけではなかったのです。

大韓航空を使うのは、当時は極めて普通のことでした。ガストン・ルルー『オペラ座の怪人』を新訳した翻訳者の平岡敦さんとこの話で盛り上がったことがあります。私たちは同い年です。この頃の青年たちは大韓航空を使いアンカレッジ系由でヨーロッパに行ったのです。一番安かったからです。

とにかく安い旅費で行かねばなりませんでした。今思えばおかしな話ですが、一番安い航空券で飛び、一番安いホテルに泊まるのが当たり前とされていました。そうしなければならなかったのです。パリに着いた時も当然のようにサン・ジェルマン・デ・プレの一つ星のホテルを探して投宿しました。そしてその界隈を歩きながら、サルトルとボーヴォワールの姿を無意識に探している自分に気づきました。もちろん、彼らはいるはずもありませんでしたが。

初めてのパリは暗鬱な街に思えました。冬という季節のせいもあったでしょう。街を散策していると移民の多いことに驚き、人種差別の存在を肌で感じました。

横光利一の『旅愁』に登場する、パリに暮らす日本の青年たちが交わす会話の奇怪さが唐突に思い起こされます。「あーあ、どうして僕はパリへ生れて来なかったんだろう。」久慈という青年の言葉には、その時代における日本人の典型的な感情が表現されていると思えました。『旅愁』にはフランス人の男女を美しいと思う日本人の心情も描かれています。

パリで実際にフランス人を観察していると、詩人・高村光太郎が洋行から帰って書いた「根付の国」という有名な詩が頭に浮かんできました。高校生の時に授業で学んだのですが、『智恵子抄』の詩人がこんな詩を書いていたことに少なからぬショックを受けました。

頬骨が出て、唇が厚くて、眼が三角で、名人三五郎の彫った根付《ねつけ》の様な顔をして
魂をぬかれた様にぽかんとして
自分を知らない、こせこせした
命のやすい
見栄坊な
小さく固まって、納《をさ》まり返った
猿の様な、狐の様な、ももんがあの様な、だぼはぜの様な、麦魚《めだか》の様な、鬼瓦《おにがはら》の様な、
茶碗《ちゃわん》のかけらの様な日本人

この詩に書かれたような感覚を、しかし笑うことはできないと感じていました。若き高村光太郎は日本の封建遺制と徹底して闘いました。日本近代を生きる青年たちの宿痾《しゅくあ》とで

もいうべきこうした心性は、一九八五年当時にはまだリアルに存在していましたし、日本を悪しざまに言うような青年は周囲に大勢いたのです。

永井荷風の『ふらんす物語』も不思議な実感を伴って記憶のなかから蘇《よみがえ》ってきます。客船で洋行をした時代と比べれば、フランスは物理的にはるかに近くなりました。しかし文化的な距離が近くなったとは言い難い。孤独が結晶したような街をひたすら歩きながら、リアルなパリを感じ取ろうとしていました。

イギリスのヒースロー空港に到着した時は、少し違う印象がありました。少なくともフランスよりは親しみやすい。大学時代からの友人がイギリス人と結婚してウィンブルドンに住んでいたので、そこに泊めてもらうことになっていました。

ロンドンの初日、パブに行ってビールを飲んでいると、突然ビートルズの音楽が流れてきました。鮮烈な体験でした。ビートルズはイギリスの音楽なのだということを肌で知った瞬間です。ビートルズに魅せられたのは中学生の時。メロディの独特な美しさと強烈なリズムが、日本の歌謡曲とはまるで違う魅力的な音楽の存在を教えてくれました。しかしロンドンに行くまで理解できなかったのは、彼らの音楽が極めてイギリス的だということでした。

考えてみれば、文学はもちろん思想ですらその国の風土が生み出したものだと言えるかもしれません。その国を直接訪れることは、理解を深める上でとても重要なことだと気づきました。ネットで検索していくら映像を見ても、現実を学ぶことはできません。ディケンズもモームもスティーヴンスンも、そしてブロンテ姉妹の文学もこの国の風十から出てきたものなのだと感慨深く思ったことを忘れられません。

イギリスでは階級社会の残酷さについて聞く機会がありました。それが大きな問題であることは理解できました。しかし「自由」「市民」「権利」などのいわゆる翻訳語として我々が知っている概念が、ここでは実体のある、生きたものとして存在していることも知ったのです。古典新訳文庫でミル『自由論』やロック『市民政府論』をはじめとする社会科学の新訳を刊行することにこだわったのは、この体験が根底にあります。なによりも社会にある寛容さに強い感銘を受けました。

一九八六年春。ニューヨークに行ってみることにしました。話には聞いていましたが、空高く聳《そび》える摩天楼は想像をはるかに上まわる迫力でこちらに迫ってきます。なぜこんなに高いビルを建てる必要があるのだろう。素朴な疑問が湧いてきました。巨大建築へのやみがたい衝動のなかにアメリカという国の秘密があるようにも思えました。9・11で崩落する前の世界貿易センタービルに昇り、エンパイア・ステート・ビルディングを訪れるとその規模感は呆れるほどです。さすがにアメリカはすべてが大きい。しかし少々繊細さに欠けている印象もありました。

ジョン・レノンを偲んでダコタ・ハウスに行った後、セントラル・パークを歩きました。国連ビル、そしてアメリカ資本主義の心臓部であるニューヨーク証券取引所も見学しました。資本主義がただの悪ではないことは理解していたつもりですが、ニュアンスのかけらもない場所だと思ったのを思い出します。

それから地下鉄に乗ってハーレムまで行きました。車内に黒人しかいなくなった時、すでにハーレムに着いていたのです。あちこち歩きまわりましたが、取り立てて危険な感じはしません。しかし彼らの生き辛さは伝わってきます。昼間からぶらぶらしている若い男たちの、焦燥のようなものを感じざるをえない。自分の人生を生きることができないもどかしさとでも言ったらいいでしょうか。幸福そうではありませんでした。

ニューヨーク体験は不思議な違和感をもたらしました。横浜で生まれ育った人間にとって、一番近い外国はアメリカのはずでした。本牧《ほんもく》には米軍のベースキャンプがありました。そこに遊びに行く機会もあり、小さな頃からたくさんのアメリカ兵を見て育ちました。力強く陽気な人間たちだと思っていたのです。しかし実際のアメリカは、正確に言えばニューヨークはもっと複雑な印象がありました。ここには確かに本物の自由がある。それは人々の吐く息にミントのように含まれていて、大気のなかに自然に溶け込んでいる。だがその自由には残酷さが伴うのだという印象を拭うことができませんでした。はっきり言えばあからさまな暴力性を感じたのです。アメリカ文学はそれなりに読んでいたけれど、ニューヨークには不思議とそういう文学の匂いはしませんでした。

このような海外での体験は週刊誌編集者としての生活にフィードバックされていきました。ヨーロッパに行ったころからバブル経済は始まっていたので自分たちの生活が次第に豊かになってきているという実感はありました。

男たちも競って高価なブランド物を身に着け始め、オーデコロンを使い、ピカピカの靴を誇らしげに履いたのです。洒落たレストランで若者がデートをして、スキーにも出かけるようになりました。自動車評論家が華やかに活躍し、狭いアパートに住む若者が外国製のクルマに乗っていることは珍しいことではありませんでした。映画「私をスキーに連れてって」は一九八七年のヒット作ですが、すでに欧米のミドル層を意識した消費がさかんに奨励されていました。

一九八五年という、バブル経済が始まったエポックメイキングな年にソ連邦にゴルバチョフが登場しました。それまでの指導者、たとえばブレジネフやアンドロポフ、チェルネンコとは、何かが決定的に違っているように思える人物でした。政治家には稀な文学性、言い換えれば一片の誠実さを持ち合わせているように思えたのです。しかし彼の持っている新しさが、冷戦という力の均衡による、とにもかくにも調和のとれていた世界を急速に終わらせていくことは予知できませんでした。

ソ連という迷宮に翻弄《ほんろう》される

一九八八年四月、ソ連邦に旅をしました。この大国に起きていた重大な変化は世界の注目を集めていました。「ペレストロイカ（改革）」「グラスノスチ（情報公開）」といった耳慣れない言葉が飛び交うようになり、明らかに新しい時代がソ連に訪れつつあることを予感させたのです。

リアルタイムのソ連を直接この目で見るべく旅行の手配を始めました。準備を始めた瞬間から厄介なことばかりなのに気づきます。すべての旅程を前もって決めてからでないと国内のホテルや移動手段の予約もままならない。さすが秘密警察ＫＧＢに管理された国家です。

出かける前にモスクワ大学を卒業した友人の姉に、この時期どんな服を着ていったらいいのか尋ねました。

「あなたロシア語は。そうよね、できないわよね。勇気あるわあ。でも、将来必ずこの旅行の体験が生きてくるわよ。そのうちソ連を旅することができなくなるかもしれないから。だってソ連がなくなったら、もう旅行したくともできないでしょ」

いみじくもこの予言はわずか三年後には現実となりましたが、その時はまるで実感がありませんでした。それよりもモスクワで生活したことのあるジャーナリストが、こちらの個人旅行を心底感心したように言うので、「そんなに大変なのか」と、かえって暗い気持ちになりました。地方空港に行くような（そのように見えました）小さな飛行機に乗ると、ロシア史を専門とする高名な学者夫婦が前の席に座っていました。

モスクワに着いてすぐに、この旅行は失敗だったかなと思い始めました。パスポートコントロールから税関を通過するまでに、非効率で鈍重なシステムでがんじがらめにされていることを十分に悟ったからです。

ホテルに着いた後、夕方になったのでぶらりと街へ出ました。これまで旅行した国々では、通りを歩いていれば小さなレストランくらいはすぐに見つけられたので、モスクワでも食事くらいは簡単にできるだろうと高を括っていました。これが大きな間違いでした。ここが社会主義国であることを忘れていたのです。私営のレストランなどありはしない。有名なプーシキン像を横目で見ながらも、『スペードのクイーン』に思いを馳せるどころではなく、早く何とかしなければと焦り始めていました。だが、いくら探してもレストランは見つかりません。

ホテルに戻って係員の不愛想な対応に苛立ちながらも取材を重ねると、十六階にミニバーがあり何か食べられるかもしれないことが分かりました。藁《わら》にもすがる気持ちでそこへ行くと、確かに干からびた小さなハムが載ったパンが二切れ残っています。その日の夕食でした。翌日から食事の確保が最大の課題になりました。この話を亀山郁夫《いくお》さんはじめロシア文学者に披露した時、「よく分かるよ」と言ってくれたのでほっとしました。そうか、ロシア語に堪能な外国文学者でも同じような目にあっていたのかと思うと少しは慰められたような気がしたのです。

翌日の夜、レニングラード（現在のサンクト・ペテルブルグ）行きの夜行列車に乗る頃には、この国に来たことを激しく悔いていました。満足に食事も摂れなかったので、ひどい空腹に悩まされていたのです。外国人向けの国営旅行社の担当者は、パステルナークが書いた『ドクトル・ジバゴ』が映画化された時の主演俳優オマー・シャリフそっくりのハンサムな男でした。空腹を訴える私に、駅構内にはレストランはない、夜行列車に食堂車もついていない、と冷たく言い放つと「妻が待っているから」と夜の闇に消えていきました。

仕方なく列車を待っていると四月末だというのに雪まで降ってきて震えるほど寒い。自分をそんなに弱い男の子ではないと思っていましたが、この時ばかりは本当に泣き出しそうになりました。

悄然として列車に乗り込み、すぐに寝台に横になりました。内部はなかなか素敵な寝台特急でしたが旅情も何もありません。太宰治の小説をふてくされたように読みはじめました。なぜかソ連旅行に太宰の『津軽』を持参していたのです。コンパートメントの相方は中年のロシア人男性でした。しばらくするとその彼が戻ってきて、隣の部屋に来いと言います。同僚とその妻がいる。酒を飲もう。地獄で仏とはこのことです。隣に行くと初老の男性と美しい妻がいました。男性二人はアメリカの商用旅行からモスクワに戻ってきたところだといいます。初老の男性は、妻は英語を話せないので失礼を許してほしいと丁寧に詫びました。

ウオッカがグラスに注がれ、乾杯が繰り返されます。つまみはチョコレート。ソ連に来て初めて人間と話している。今まで出会ったロシア人は機械のように冷たい人間ばかりでした。ソ連では外国人と接触しただけで、逮捕される可能性があると読んだことがあったので、こんなことをして大丈夫ですかと聞くと、男たちは「ペレストロイカ」だからと言って笑いました。

自分たちのコンパートメントに戻ると、完全に酔った中年男は聞きたいことがあったら何でも聞いてくれと言って、疲れた私を眠らせてくれません。結局明け方まで、飲みながら彼と話をする羽目になりました。彼はウラジーミルと名乗りました。おお、トゥルゲーネフ『初恋』の主人公と同じ名前だと気づきました。ウラジーミルは家族のこと、仕事のこと、生活のことなどを極めて詳細に語ってくれます。こちらが雑誌記者だと名乗ったからですが、その人の良さは無類です。KGBは大丈夫なのか。心配になって尋ねると彼はそのたびに「ニエット（否）」と私の知っているわずかなロシア語の単語を使ってからかうように答えました。

やがて彼の酔いは絶頂に達しました。突然、大きな声で隣室の同僚の悪口を言い始めたのです。曰く、「あいつは俺より年上だが頭が悪い」「俺の方が仕事ができる」思わず笑いだしそうになりましたが、声が大きいので隣室に聞こえてはまずいと思い、たまらずたしなめると酔っぱらい特有のゆるんだ笑顔で感謝する。ロシア文学に登場するような人物が実在することに驚きましたが、ウラジーミルに対する親近感が湧いてきて急にロシア人が好ましく思えてきたのです。

「ロシア的人間」とは？

レニングラードに着いてからも受難の旅は続きました。タクシーを雇って革命の聖地を訪ねる独自ツアーに出ました。ボリシェビキの総本山があったスモーリヌイ女学院はレニングラード共産党の看板がかかっています。エイゼンシュテインの映画で記憶に残っている冬宮殿前広場の蜂起。その場所に近づくと胸の高鳴りを抑えることができませんでした。

今しもボリシェビキたちが突入していくのではないかという不埒《ふらち》な妄想が浮かんでくるのです。だが、そこにいたのはスケボーで遊ぶ少年たちです。革命は七十年前のことだと自分に納得させるのにかなりの時間がかかりました。ついには腕時計を売ってくれという男の子まで現れる。おーい、レーニンが泣いているぞ。いたるところにレーニン像が立っています。封印列車でロシアに戻るレーニンを迎えるためにたくさんの人々がフィンランド駅に向ったといいます。そのロシア人たちはいったいどこに消えてしまったのでしょう。エドマンド・ウィルソンの名著『フィンランド駅へ』（岡本正明訳　みすず書房）が日本で刊行されるのは一九九九年のことです。

ネヴァ川に浮かぶ革命開始の号砲を撃ったとされる巡洋艦オーロラを感無量で眺めていると、綺麗なロシア人の若い女性があなたは日本人かと聞いてきます。そうだと答えると、私の友達が日本人と結婚して日本に住んでいるからこの手紙を帰国したら投函してくれと言う。手紙ぐらいここからでも届くだろうと答えると悲しそうに「ソ連の郵便事情は大変悪いの。何とかお願いできないかしら」と哀願されて承諾せざるを得ませんでした。

ロシア文学にはペテルブルグものという一連の作品があります。『罪と罰』『スペードのクイーン』『外套』『鼻』などがそれです。

ネフスキー大通りを歩くとラスコーリニコフのような考え深そうな青年たちがたくさんいるではありませんか。ソーニャのような可憐な女性も歩いている。それにしても美人の多い国です。北方のヴェネチアと言われるのがうなずけるような美しい街に、運河をじっと見つめたまま微動だにしない美しい中年の女性もいました。ふとドストエフスキーの『白夜』を思い出しました。

現実のソ連邦には、ボリシェビキたちが人類の歴史に虹を架けたといわれたロシア革命の本質は欠片《かけら》も残っていないように思えました。ロシア人にとっては革命とは災厄でしかないという言い方がよくわかるような気がしたのです。命からがら飛行機でモスクワに戻り（少しも大袈裟ではありません）、本場のメーデーをホテルのテレビで観ていると、画面の半分近くを手話通訳者の太ったご婦人の映像が占めている。さすが社会主義国家です。障害者に手厚い。だがなにかがおかしい。画面にはたくさんのメーデー参加者が映っています。「労働者」が赤の広場の近くにある私が滞在しているホテルの傍を行進していく。「ウラー（万歳）」という叫び声がこの耳にも聞こえてきます。ソ連を、労働者国家を称えているのでしょう。とても現実とは思えませんでした。北朝鮮の体制を笑うことは簡単ですが、三十年前のソ連でも全く同じような儀式は行われていたのです。

ペレストロイカは始まっていましたが、その行方は想像もできませんでした。その冬、春の旅行で恐れをなした私は、個人旅行より安全だと思われた団体ツアーに申し込んでソ連を再び訪れました。添乗員付きのツアーではありましたが、それでも予定が狂い続ける旅行は過酷でした。外気がマイナス以下になるロシアの本物の寒さを味わうことも、今回の旅の目的でした。マロースと呼ばれる凍てつくような寒さを知らずしてロシアを理解することはできません。レーニン廟《びょう》の衛兵が酷寒のなか身じろぎもせずに立っているのを見るのは驚異以外の何物でもありませんでした。当時注目を集めていたアルバート通りにいってみるとロシア人の青年が、目が覚めるような美しいガールフレンドに応援されるようにしてギターを弾きながら歌っています。ツアー客のなかにはロシア語に堪能な青年がいて、モスクワに出てきた自分の不安定な生活と精神状態を歌っているのだと教えてくれました。

実はもう一度ロシアに行っています。ソ連邦崩壊の直後、一九九二年の夏でした。外国人に初めてホームステイが許可されたニュースにためらうことなく申し込んだのです。地下鉄の終点にある郊外団地の十六階がホストの家でした。ピョートルという青年が世話をしてくれました。日本語を勉強している理科系の真面目な学生です。英語もうまかった。後に日本に留学に来て一緒にあちこち旅行に行ったりもしました。真剣な面持ちでオウム真理教についてどう思うかと何度も聞かれて困惑しました。

団地の滞在では多くの新鮮な発見がありました。夕方になるとポリタンクを持った住民たちが、子供連れで、あるいは犬を連れて丘を越えて散歩にいくのです。どこに行くのだろうと好奇心に駆られて後を付いていくと、湧水を汲みに行くのです。丘から見える風景はこの上なく美しく、いままでソ連社会に生きていた人々も、崩壊後の今は心なしか幸福そうに見えます。最初にソ連に行った時に驚いたのは物の無さでした。大きな国営の商店に行っても売り場や棚にほとんど物がない。いわゆる途上国にももっと物はあります。バブル経済華やかなりしころの日本から来た青年にとって、この人為的な物不足は不可解であり、奇怪でもあり、何かが間違っていると思わざるを得ませんでした。

清貧の思想というものがあります。なるほど説得力がないではない。しかし、これだけ立派な商店にほとんど何もないというのは倒錯ではないでしょうか。物の豊かさを追い求めて心を忘れた日本人という、道学者風な説教を意外なことに団塊の世代から聞くことがありました。そんな人々に言いたかった。「一度ソ連に住んでみたらいかがでしょう。きっと一日で泣き出しますよ」

レーニンやトロツキーがこんな国家を望んでいたはずがない。なにをどこで間違えたのでしょうか。レーニン像はもはや名所旧跡の類《たぐ》いですらありません。トレチャコフ美術館を訪れると遺棄されたレーニン像が裏庭にゴロリと横たわっています。無残な印象がありました。しかし、そもそもレーニンが銅像なんて作ってほしいと考えたでしょうか。

「私有財産制の否定」「国有化」という理想がなぜこのような結果につながったのでしょうか。コルホーズ、ソフホーズという社会の教科書で習った用語を思い出し人民公社のことを考えました。そして尊敬する詩人の言葉を苦い思いで反芻《はんすう》せざるをえませんでした。

「理想を笑うものは必ず罰せられる」。

ロシアへの三度の旅は、歴史や文化、人間というものに対する考え方に大きな変更を迫ってきました。だからレーニンやトロツキーの著作を学ぶことで考える手がかりを得たいと望んだのです。トロツキーに関しては、一九九二年に刊行された『裏切られた革命』(藤井一行訳　岩波文庫)をすぐに手に取りました。また『わが生涯(上・下)』(岩波文庫)は極めて優れた自伝文学だと思いました。二〇〇〇年に刊行されたこの作品で訳者の森田成也《せいや》さんの名を知り、創刊前にコンタクトを取って『レーニン』『永続革命論』など一連の新訳をお願いすることができたのです。古典新訳文庫を創刊する直前に『わが生涯』を読み返しています。あの想像を絶する多忙のなかでなぜ読んだのかは、今となってはよく分かりません。

世間という大きな書物を学ぶ旅はまだまだ続きました。韓国へはその後も定期的に旅行を続け、渡韓の回数はすぐに二十回を超えました。

古典を読んでいれば、ギリシャに行ってみたくなるのは自然の流れです。パルテノン神殿が急に眼前に現れた時は驚きました。その後ディオニュソス劇場にも行きました。有名なギリシャ悲劇がここで演じられたのだと思うと不思議な気持ちになりました。ソポクレス『オイディプス王』が河合祥一郎《しょういちろう》さんの新訳で古典新訳文庫の一冊として刊行されたことは大きな喜びです。エーゲ海クルーズにも出かけました。写真には写すことのできないエーゲ海の青色が存在することを知りました。

次はローマのコロッセオ、フォロ・ロマーノなどさまざまな古代遺跡めぐりをしたのです。さらにヴェネチアにまで足を延ばし、サン・マルコ広場にあるゲーテやバイロンが立ち寄ったというカフェ・フローリアンでコーヒーを飲みました。そんな場所にいるとある種の感慨に襲われます。ヨーロッパ世界の広がりと時間を実体験している自分をいやでも意識せざるを得ないからです。ゲーテやバイロンが来たのは遥か昔ですが、その場所では時間が連続していることを感じることができました。

中国も時間をおいて何度も訪れました。上海では一九二一年に中国共産党第一回党大会が開かれた博物館へ行きましたが、誰も訪ねる人がいないのか、係員のおばさんたちは電気を消して休んでいました。さすが公務員です。これには毛沢東をはじめとする中国共産党の初期の幹部たちも草葉の陰で苦笑いしていたのではないでしょうか。案内してくれた上海外国語大学の学生が、どうしてこんな所ばかりを見たがるのかと訝ったのを覚えています。

北京に行った時は、盧溝橋《ろこうきょう》を訪れ実際の橋を見ました。それから北朝鮮大使館を見学に行きました。私が大使館の写真を撮り始めるとガイドが、「絶対に中からこちらを撮影していますよ」と言って、車の中にさっと身を隠したのには驚きました。本当かどうかは確認のしようがありませんでしたが、その狼狽《ろうばい》ぶりに驚きました。この時もガイドはこちらの希望が著しく通常の観光客と違うことを訝り、旅行の目的を何度も問いただされてしまいました。

初のイスラム圏、トルコに行ったのは、ちょうど41歳になり書籍編集部に移ることを決めた時です。イスタンブールでは『オリエント急行殺人事件』執筆時にアガサ・クリスティーが宿泊したというホテルに泊まりました。この作品は古典新訳文庫では安原和見さんの新訳で読むことができます。首都アンカラへ行き、そこから車でカッパドキアへ行ってあの壮大な奇観を目にした時、自分のグランドツアーが終わったことを悟りました。まだ南アメリカやアフリカなど訪れていない場所もたくさんありましたが、行きたい場所はすべて訪れたという実感があったのです。

第4章

「古典新訳文庫」創刊決定

社長に企画趣旨を説明する

二〇〇三年、村上春樹の新訳が評判になり始めた頃でした。古典の新訳シリーズを企画として会社に提案しようと決めました。新訳を対象とした市場も開拓できる可能性があることを感じ始めていたので具体的に行動を起こそうと考えたのです。レーニンではないが、何をなすべきか。

企画書を書かなければいけないことに思い至りました。週刊誌時代の経験から言えば、新企画は往々にして夜明け近くの酒場で決まることが多かった。「おお、『ＯＬの性』か。面白いじゃないか。絶対受けるぞ。やれやれ」。だが翌日目覚めるとなぜあんな企画を面白いと言ったのだろうと思うことの方が多かったのも事実です。酒の力は恐ろしい。

古典新訳のシリーズは書籍の企画です。手順を踏んで吟味してもらわなければなりません。担当取締役のＹさんに時間を割いてもらい、まず企画の概要を口頭で説明することから始めました。エンタテインメントが主流の会社ですから、最初から簡単に企画が通るとは思えません。最悪のケースではそれは無理だと一蹴されるかもしれないと覚悟はしていました。Ｙさんはじっと話を聞いた後、「なるほど面白そうじゃないか。きちんとした企画書を書いてごらん」と言ったのです。

予想外の反応に気をよくして早速企画書を書き始めました。翻訳者の山岡洋一さんとの対話から学んだこと、週刊誌時代の古典の読書体験から導き出されたこの時代に古典が読まれるべき背景、予想される読者対象（これは当時、団塊の世代だと考えていました）、新訳が読者を獲得できる可能性などについて文章をまとめてみました。今までのビジネスモデルとはまったく違う長期のスパンで考えるべき企画であることを強調したのです。すんなり書けたことを訝《いぶか》る自分がいましたが、考えてみればこの企画に関してすでに主だった関係者に意見を聞いていたことや、自分が実際に翻訳書を手掛けている現役の編集者だということも有利に働いたのだと思います。

書き上げるたびにYさんに企画書を読んでもらい、足りない部分を書き足していきました。一連のやりとりでかなり具体的なイメージが描けるようになりました。やがてこれで完成と言える手ごたえを感じるものができました。それをYさんに手渡して幾分かの期待と不安のなかで審判を待ちました。やがて呼び出しがありました。

「よく書けてるじゃないか。あらためてこれはいい企画だと思うよ」

Yさんは外連《けれん》なくものを言う人でしたが、この時もとても自然な口調だったのでホッとして肩の力が抜けるのが分かりました。

「ありがとうございます。しかし当たり前のことですが、光文社はこれまで古典の出版に対する経験がありません。ですから、より関連部署の協力が不可欠になります。そのへんの危惧はありますが」

「もちろん、それはあるよ。でも本当に新しいことをやるときはいつだってそんなものだろう。自分で社内を説得しなきゃだめだよ」

彼は私を諭すように言いました。なにをいまさら弱気なことを言っているのだと思ったのかもしれません。

「そうですね。分かりました。それではこの企画書を社長に見せていただけますか」

年が明けてしばらくすると社長と直接話す機会がやってきました。経営陣のいるフロアにいくと秘書室長が案内してくれます。社長は光文社の看板雑誌である女性月刊誌「JJ」「CLASSY.」「VERY」を成功に導いた伝説的な編集者です。実は社長のことはかなり良く知っていました。新入社員のころ、爆発的に売れ始めた「JJ」の広告担当だったからです。激増する広告案件を担当していたので交渉事も多く、当時は編集長だった社長のところに日参しなければなりません。そしてよく怒鳴られました。まだ「女性自身」編集部の一角に編集部があった時代です。

恨み言を言っているのではありません。怒鳴る方にもよくあれだけのエネルギーがあったと思います。そんな回想に耽っていると社長と取締役のYさんがすでに正面に座っていました。

「これをやってみたいのか」

企画書を手にして、社長は持ち前の大きな声で話し出しました。

「この企画は会社にとってはまったく新しい分野での挑戦になります。しかしわが社の書籍の幅を広げるという意味で、やる価値は十分あると思います」

企画書をにらみながら社長は続ける。

「現実にはどういう本を出すつもりだ。狙いは分かったから刊行リストを作りなさい」

彼はそう言ってから、バートン版『千夜一夜物語』の面白さについて話し始めました。

その時彼だけが、入社試験で私が作りたい本について聞いてくれたことを思い出しました。

「君は、入社したら具体的にどんな本を作りたいのか」

当時は「JJ」編集長だった社長は直球を投げてきました。その時答えた本のタイトルこそ、広告部のおじさんと飲んだ新宿の夜に答えたあの三冊だったのです。

「それでは、リストを用意しておくように」。社長との面会は終わりました。手ごたえは悪くありませんでした。

「よし、やってみろ」。社長は言った

そのあとYさんと別室でさらなる戦略を練りました。

「あまりに非現実的なものは駄目だが、実現するかどうかではなく、企画の趣旨がよく分かるような魅力的なリストを作ってみたら。英、仏、独、露に分けて、それぞれ一目でわかるようなものがいいな」

アドバイスに従って百冊のリストを作りました。シェイクスピアやバルザック、ゲーテ、ドストエフスキーなどの世界文学の名作はもちろん、マルクス『資本論』やダーウィン『種の起源』も入れました。その時点で哲学、社会科学、自然科学をラインナップに入れることは決めていたのです。社長との二度目の面談はそれからほどなく実現しました。社長とYさんの前で私はリストの説明をしました。

「なるほどこれはずいぶん幅が広いな」

社長はそう言ってもう一度新しい企画書を見ました。その表情は意外なくらい真剣でした。

「最終的には世界文学だけではなく、『資本論』や『種の起源』まで出したいと思っています」

大風呂敷を広げたと思われたかもしれませんが、これは企画全体に関わることでした。古典新訳文庫の創刊前に、社内外を問わずよく聞かれたことは「新しい文学全集を出すんだってね」ということでした。いや、それは違うと思っていました。自身が読書において最も苦しんだのは、実は哲学や社会科学、自然科学の翻訳だったからです。文学はもちろんのこと、新訳がいっそう望まれているジャンルであることは間違いありませんでした。

それまでさまざまな質問を繰り返していた社長がわずかに沈黙しました。決断を下す人間に必ず訪れる逡巡が顔に浮かんでいます。

だが、それもわずかな時間でした。

「よし、やってみろ」。社長はあっさりそう言うと体の力を抜きました。もちろんこちらも安堵したことは言うまでもありません。しかしそれもほんの一瞬でした。これから始まる悪戦苦闘の日々を思うと慄然《りつぜん》としました。

「途中で刊行が止まって、本が出なくなるというようなことはないだろうな」

社長は念押しするように聞いてきます。それからふと思いついたようにこんなことを提案してきました。

「なんか、シリーズ全体をうまく言い表わすコピーを考えなさい」

「分かりました。どんな感じのものがいいでしょうか」

「このシリーズを一言で言い表すようなやつだよ」

イラっとした口調で答えましたが、こちらもひるまずに問い返しました。

「例えばどんなものでしょうか」

「例えばって、うーん、そうだな。つまり読者を惹きつけるようなだな。だから、うーん、例えば『いま、息をしている言葉で。』とか」

「ああ、それいいですね」

「自分でも考えなさい」

直感的にこのコピーを採用しようと思いました。

このコピーは、古典新訳文庫のキャッチフレーズとして創刊時から読者に認知されていったのです。大概の人が私の考えたものだと思っているので、その都度、実はこれは社長の案であることを説明しなければなりませんでした。

いまでもこのコピーは生きています。「いま、息をしている言葉で、新訳をするんだよね」。たくさんの翻訳者から言われた言葉です。細かい説明をしなくともこのキャッチコピーがすべてを語ってくれます。

ほどなく人事異動があり、私は編集長になりました。二〇〇四年の六月のことです。発足したばかりの編集部は当然のごとく翻訳本をメインに進めていくことになりました。古典新訳文庫を創刊するのが前提ではありますが、準備には最低二年はかかると説明してきたので、当面は翻訳ノンフィクションを中心としたラインナップを組むことにしたのです。

部員増を訴えたので若い女性部員が配属されました。書籍の編集は初めてでしたが、東京外国語大学でイタリア語を学んだ優秀な人です。英語も驚くほど堪能だったので、日常業務ではずいぶんと助けられました。それまでの部員二名と合わせて四名での出発となったのです。ルーティンをこなしながら、とにかく古典の企画は進めなければなりません。すぐに五人の英語の翻訳者に手紙を書いて新訳を依頼しました。最初にお会いしたのは土屋政雄さんです。

あとで詳しく触れることになりますが、古典新訳文庫は外国文学者だけではなく、いわゆる職業翻訳家に新訳をお願いすることに最初から決めていました。練達の筆を持ち、長年一線で活躍してきた翻訳者の力を借りることは、古典の翻訳の質を劇的に向上させることができると考えていたのです。

しかし英語以外の言語については、具体的な翻訳者を想定することができませんでした。フランス文学者やロシア文学者との交際はないに等しかったし、ドイツ文学者にいたっては一人の知己もいなかったのです。そんな状態から始めたのですから、前途の困難を思うとさすがに気の重くなることが多かった。

そんな時に私を励ましつつ、企画を具体化していくことに力を貸してくれたのが序章でふれた編集者の今野哲男さんでした。二〇〇四年秋から参加してくれた彼は「翻訳の世界」の編集長時代に築いた豊富な人脈を惜しげもなく提供してくれました。今野さんがいなければ古典新訳文庫は誕生しなかったといってもいい。彼が次々に外国文学者を紹介してくれたことで、前進することができたのです。

バタイユという魔術的な響き

今野さんを通じてたくさんの外国文学者に新訳のお願いをする毎日が始まりました。最も初期の頃にお目にかかったのが、フランス文学者の野崎歓《かん》さんです。生まれて初めて東大という場所に行きました。駒場キャンパスに行くとフランス文学界のプリンスと呼ばれるのもむべなるかな、若々しい装いで野崎さんは颯爽と現れました。キャンパスのなかにある素敵なレストランで最初の打ち合わせをしたのが昨日のことのようです。近所の奥様方も食事に来るようなカジュアルな雰囲気のなかで、フランス文学についてのさまざまな話を聞くのは楽しい時間でした。

野崎さんは、新訳の企画にはすぐに賛同の意を示してくれました。いままでの翻訳とは違う新しい訳文が望まれていることをすでに十分理解していたのです。ご自分が翻訳する本については、サン＝テグジュペリ『星の王子さま』を第一に考えているのはすぐに分かりました。しかしタイトルには異論がおありでした。訳者あとがきでもお書きになっているのですが、『星の王子さま』というタイトルには「甘ったるくてちょっと照れるなあとずっと感じてきた」というのです。ですからタイトルは原題のニュアンスを生かした『ちいさな王子』に変更し、本文の翻訳もいわゆる「むかしむかしあるところに、ちいさな王子さまがおりました」といったおとぎ話調、童話調は採用しないという方針を示されました。その方針に従って、従来の作品イメージを一新する鮮烈な新訳が誕生したのです。

「ただの子供向けの話ではないんですよ。日本ではいわゆる童話ということになってますが、あれは大人も読む話なんです」

熱っぽく語ってやまない野崎さんの声音が今も耳に残っています。それから長いお付き合いになりましたが、丁寧な仕事ぶりに感謝の念は尽きません。イベントでの講演など、ずいぶん無理を聞いていただいた。ただ、この時点では二〇〇五年から始まる『星の王子さま』の新訳ラッシュを私たちも予想していませんでした。版権が消失した結果、あれほど多種多様な新訳が、一冊の原典から生まれてくることを読者も初めて知ったはずです。そしてそれが翻訳という試みの面白さであることに気づいた人も多いと思います。


フランス文学の創刊二冊のうち、もう一冊を新訳していただいたのが野崎さんの友人でもあるフランス文学者の中条省平さんでした。今野さんがこのころ野崎さんを通じて、当時、研究のためにパリに住んでいた中条さんとコンタクトを取り始めていました。ですから中条さんとは最初はメールのやりとりからスタートしたのです。編集部の申し出に「これは素晴らしい企画です」とすぐさま賛同してくださり、翻訳を引き受けることを快諾していただきました。実際にお目にかかったのは帰国後になったので、原稿の最終チェックもパリでの作業となりました。メールという便利なものがなかったら、こんなに迅速な作業はできなかったと思います。その時の中条さんからの提案はバタイユ『マダム・エドワルダ／目玉の話』でした。ちなみに「目玉の話」は、「眼球譚」として人口に膾炙《かいしゃ》した生田耕作訳のタイトルを変更したものです。

中条さんは私よりも少し年上ですが、ほぼ同世代です。この世代にとって、つまり七〇年代に思春期を迎えた世代にとってはバタイユという名前は誇張ではなく魔術的な響きを持っていました。早熟な中条さんは、なんと中学三年生の時に『聖なる神』(生田耕作訳)を読んで大きな衝撃を受けたといいます。バタイユか。あのバタイユか。今野さんから報告を受けた時に自分でも驚くほど興奮しているのが分かりました。このシリーズも読者が瞠目《どうもく》する二十世紀の作品を刊行できる。二見書房が刊行した『ジョルジュ・バタイユ著作集』は、高校生だった私たちの垂涎《すいぜん》の的でした。黒を基調とした凝った装丁はぞくぞくするような禁忌《きんき》の世界に少年たちを誘ってやまなかったのです。

しかも『エロティシズム』の訳者は澁澤龍彦でした。澁澤龍彦という名前は、それだけで若者を魅了するに十分なインパクトがあったのです。バタイユ著作集とジュネ全集をいつか買いそろえたい。腹をすかせた高校生たちは、本屋で眺めるだけの毎日に満足しなければならなかったので、就職した時に真っ先にそれらを手に入れたのは当然です。本を自由に買うことができるのは何にもまして幸福なことだと思いました。そのバタイユです。興奮しながらも、版権のことを思い出しました。

古典新訳文庫は古典だから版権料のいらない作品だけだと考える人が多いのですが、実際は版権がまだ生きている二十世紀の作品も数多く刊行してきました。そういう場合、版権問題はクリアすべき重大な問題になります。専門的な話は省きますが、版権は実に複雑怪奇な世界です。基礎的な知識は上司から叩き込まれたものの、古典となるとその煩瑣《はんさ》なこと。ほとほと疲れることも多かったのです。

しかし私は運に恵まれました。海外版権について数々の著作がある日本ユニ著作権センターの代表取締役を務めた宮田昇さんが最初から手取り足取り教えてくれたのです。宮田さんは元早川書房の編集者で、現在の日本ユニ・エージェンシーを創業した経歴を持つ海外版権の世界を知り尽くした人物です。最初の打ち合わせに、専門の弁護士を含む多くのスタッフを呼んでくれました。あの宮田さんが、この企画を全面的にサポートしてくれているのが分かって大いに安堵しました。

打ち合わせが終わったあと、知性的な印象が際立つ男性が私を引き留めました。S社で書籍の仕事をした編集者だったといいます。

「さっきの話にでたソルジェニーツィンは、私が手掛けたんです。あなたの企画はとてもいいと思いますよ。確かに翻訳を新しくする時期は来ていますね。私の居た会社にとってはちょっと痛い部分もあるかもしれないが、まあ、とにかくあなたはご存分におやりなさい」

まだ、企画をスタートさせたばかりの頃でしたので、この温かい励ましの言葉は身に沁みました。忘れることのできない瞬間でした。宮田さんのサポートがあったおかげで、今日まで翻訳著作権で大きな問題が起きたことはありません。

さて、問題のバタイユの版権は、当然ですが二見書房が持っていました。だが書籍を統括していたIさんが以前からの知己だったこともあり、今回の作品に限り無事に取得することができました。

バタイユの生田耕作訳について三島由紀夫は晩年の評論『小説とは何か』（新潮社）でその翻訳を褒めています。

今までバタイユの譯著は、その惡譯で讀者を惱ませてきたのであるが、今度の生田耕作氏の飜譯は出色の出來榮えである。

バタイユの翻訳は、翻訳小説をよく読んでいた三島にも理解するのが困難な部分があったのだと推測できます。しかし、高校生にとっては翻訳に問題があるなどという考えは想像を絶することでした。三島が絶賛した「マダム・エドワルダ」を読んでも、エロティックな描写には強い印象を受けるものの、哲学的な部分となると正直なところいまひとつ理解できません。もちろん年齢に起因する読解力の不足が大きいことは承知していました。三島に「この短篇小説は、神の存在證明の怖ろしい簡潔な證言を意圖したものである」などと言われても、皆目見当がつかないことを高校生の私は嘆きました。しかし三島由紀夫、澁澤龍彦経由のフランス文学理解が支配的だった時代です。サド、バタイユ、ジュネを読むことが時代の先端でした。とにかく読まねばならなかったのです。

　こういう体験があったので中条さんの訳稿と解説を待ちわびたことは容易に想像がつくと思います。中条さんの明晰な訳文と詳細かつ明快な解説で今度こそ霧が晴れるように理解できるのではないかという大きな期待を新訳に寄せました。中条さんからは「眼球譚」という生田訳のタイトルはおどろおどろしくて、それなりのインパクトはあるもののフランス語本来のニュアンスでは「目玉の話」くらいが妥当なところだというメッセージが届いていました。提案に従ってタイトルは躊躇なく変えました。「眼球譚」というタイトルには独特の魅力がありましたが、敢えてそれを変えることで作品本来の姿に一歩近づけると考えたのです。パリから届いた新訳の原稿の一行目を読んだ時の鮮烈な印象は忘れ難いものです。誇張ではなく心臓の鼓動が速くなるのを意識しました。あのバタイユの新訳を刊行できる。しかもこんな素晴らしい訳文で。

　中条さんの新訳には編集部の望む極めて斬新な試みがいくつもなされていました。中条さんは三つの新しい試みを訳者あとがきで挙げています。まず第一のポイントです。

　今回の新訳では、このバタイユの論理性、よく考えれば分かる論理の愚直なまでの道すじを回復することが最初の狙いだった。

続いて二つ目のポイントです。

また、もともと西欧語にとって、哲学的な語彙は日常的な言葉づかいから生まれたものである。それを西欧から輸入し、漢語で翻訳するという二重の外国語を経由して消化した日本語の哲学的語彙とは根本的に違っているのだ。したがって、バタイユの小説に特殊な哲学的語彙が多く用いられているからといって、フランス語では、普通の小説の文章と哲学的な語彙とが完全に乖離《かいり》しているわけではない。

この点、生田耕作の訳文は、日常的散文の部分と哲学的表現の乖離の度合いが高いように思われる。その乖離を避けて、できるだけ日常の言葉と哲学的な表現を無理なく溶けあわせることが第二の狙いであった。

最後のポイントはこれでした。

『マダム・エドワルダ』は、そうしたヘミングウェイを思わせる、接続詞や副詞を節約するバタイユのハードボイルドな文体の最高の例だと思われる。この男性的で、ぶっきらぼうで、雄勁《ゆうけい》な力にみちた文体で描かれてこそ、『マダム・エドワルダ』というエロティシズムの地獄くだりの物語、絶望すれすれの精神の冒険譚はいっそう暗い輝きを増す。この文体の暗い輝き、言葉の緊張感の魅力を平明で簡潔な日本語に移すことが、拙訳『マダム・エドワルダ』の最大の野心だった。

（中略）

要するに、『目玉の話』は話し相手を前に置いた告白として読んだほうが、ぐっと臨場感も面白味も増すのである。原題の「histoire（お話）」という表現には、そういう具体的な語りの行為が見えるような気がする。

そこでこの翻訳では「です・ます」調を採用し、主人公の「私」による告白体として小説を訳すことにした。

見事なバタイユ論であり新訳の試みであると思いました。しかも『目玉の話』では斬新な訳語の選定がなされています。小説に登場する三つのオブジェ、眼球と玉子と睾丸《こうがん》は形態上の類似があることに加えて、フランス語では音韻上の類似があるといいます。中条さんはその類似を再現するためにあえて「目玉」「玉子」「金玉」という訳語を採用したのです。その大胆な選択は古典新訳文庫の船出にとってこれ以上ふさわしいものはないと思えました。この作品から始まって中条さんには古典新訳文庫のフランス文学では最もたくさんの新訳を手掛けていただいています。どれも本質的な工夫に満ちた意欲的な新訳ばかりです。

横隔膜で訳したリア王

イギリス文学といえば、やはり最大の作家はシェイクスピアであることに異論のある人はいないでしょう。『リア王』という古典中の古典とでもいうべき作品は、古典新訳文庫にはなくてはならない書目でした。新訳を引き受けていただいたのは安西徹雄さんです。上智大学の教授であり、演劇集団「円」の演出家でもあった安西さんは、惜しいことに、創刊二年後の二〇〇八年に亡くなりました。

「駒井さん、ちょっと入院してくるけど、すぐに戻ってくるから」

最後の入院の直前、会社に『マクベス』の打ち合わせに訪れた安西さんは屈託がありませんでした。年齢も年齢ではありましたが、それにしてもこれが今生の別れになるとは露ほども思いませんでした。それほどお元気だったのです。

創刊の一冊にシェイクスピアを入れることができたのは望外の幸せでした。私のシェイクスピア体験はたぶんひどく月並みです。『ロミオとジュリエット』から始まったのです。中学生のとき街の書店で手に取り、レジにいる店主のところまで持っていくのにどれだけ逡巡したことか。早熟だと思われ、まだ早いと笑われるのではないか。思春期という厄介な病気を患っていた少年には、その一冊を購《あがな》うことは、誇張でなく大きな苦しみだったのです。

『ハムレット』『マクベス』などほかの作品も読みました。深い感銘を受けたことをよく覚えています。シェイクスピアの偉大さについては、いまさら誰も異議をさしはさまないでしょう。しかし古典の常として、義務というか、学習の意識が先立つからだと思うのですが、不幸にも本当の面白さを味わうことがないままの読者が大勢いることも承知していました。文豪などと言われるのは作家にとっては迷惑かもしれません。敬して遠ざけられるばかりだからです。

安西さんも編集者の今野哲男さんの紹介でした。「翻訳の世界」でのインタビューが知り合うきっかけだったといいます。

「安西さんは優秀なシェイクスピア学者で、演劇集団「円」でね、自分で翻訳した台本を使って演出していたんだ。だけど、それが本になることは今までなかったんだよ。もったいないと思ったし、不遇で認められていないという印象が強かったな」

そう言って今野さんは『リア王』の原稿を送ってきました。一読して素晴らしい翻訳だと分かりました。セリフがこれほど生き生きとしているシェイクスピアは読んだことがありません。『リア王』という作品の奥の深さにも心が動きました。最初の打ち合わせでそのことを言うと安西さんは嬉しそうにこう答えたのです。

「そりゃ、わたしの訳したセリフはね、稽古のときから数えると最低でも三十回は役者の肉体を通してわたし自身が聴いているんです。おかしいと思ったら、すぐに変えるしね。身体を通したセリフを使うっていうのは、ただ訳している他の翻訳とはまるで違うはずですよ」

安西さんは自分で「わたしは横隔膜で訳す」と言っていたそうですが、まさにこういうことを言っていたのでしょう。『リア王』には解題の他に詳細な「シェイクスピア小伝」を書いていただきました。実に懇切丁寧な内容で、古典新訳文庫にはぴったりの試みでした。

その安西さんが瞬間湯沸かし器だとわかったのは、『リア王』の校正刷りを前にして疑問点を聞いていた時でした。校閲《こうえつ》からの疑問点がいくつかあり、それを確認していた時でした。ちなみに校閲の疑問は至極まっとうなものでした。しかし安西さんの神経にいたく障ったようでした。

突然、大きな声で怒鳴りだしたのです。

「なにを、素人が一知半解の知識を振り回して。何を言う。そんなこと、こっちはよくわかってやっているんだ！」

その権幕《けんまく》にあっけにとられ、怒りで人相の変わってしまった顔をぽかんと見てしまいました。なおも会議室に大きな声が響く。しばらくすると突然、冷静さを取り戻しました。

「いや、失礼した。つい大声を出して」

決して校閲の疑問点は「一知半解」ではありませんでしたが、そこに書かれていたイギリスの歴史に関する基本的な事項を、私がことさらに読み上げたことが安西さんの怒りに火をつけたことに気づきました。いや、怖かった。

言葉を探していると、一転して柔和な表情に戻った安西さんがこんなことを言いました。

「いや、感謝していますよ。死ぬ前にこんないい仕事をさせていただいて」

これほどのキャリアと才能を持ちながら、これまで安西さんのシェイクスピアが活字にならなかったことが信じられませんでした。一連の作品を私たちは「安西シェイクスピア」と名付けて、このシリーズの大黒柱と頼りにしていました。『リア王』に続いて、『ジュリアス・シーザー』『ヴェニスの商人』『十二夜』と着実に刊行は続きました。安西さんの死後になりましたが、『マクベス』そして『ハムレット』の原型とも言える大変短いテクスト「Q1」を使った新訳『ハムレットQ1』を刊行しました。解題は上智大学の同僚であった小林章夫さんに執筆をお願いしました。

本当はすべてのシェイクスピア作品を安西訳で刊行するのが夢でしたから安西さんの死でそれが叶わなかったのはかえすがえすも残念でした。もちろん一番無念だったのは安西さんご自身だったに違いありません。

まさか自分たちに古典の話がくるとは

新訳について翻訳者たちと打ち合わせを続けている間にも日常的な業務はあり、さまざまな雑用もこなさなければなりません。毎月、ノンフィクションの単行本を刊行し、新しい翻訳の版権を取得するための作業も続けていました。エージェントから英文で送られてくるサマリーを読むのですが、かなり時間がかかります。テーマが、地球温暖化現象であったり、イスラエルの諜報機関であったりと本によって全く異なる上、もし翻訳権を取得するとなれば、高額な前払い印税を払うことになるのですから検討に時間がかかるのは当然です。

そういう作業を進めながら、もう一度世界の古典作品を読み返さなければなりません。新訳の相談をする相手の著作や翻訳書を読んでからお会いすることは編集者としての最低限の礼儀です。たくさんの依頼をすることはそれだけの勉強をしなければなりません。既読の作品もありますが、未読のものも多い。既読であっても、そんなに確かに記憶に残っている場合は少ないし、理解が足りないか、誤読している可能性もあります。だからとにかく一生懸命に準備してからお会いする。仕事の方法としてはそれしかありません。そう信じてできる限りのことはしたつもりです。

しかし無理を重ねていたのでしょう。翻訳者たちと新訳の打ち合わせをした後、自らの見識と勉強の不足に思い至り、深夜に神楽坂やゴールデン街で酔い痴れることが増えていきました。

いくら努力はしているとはいっても、全貌の見えない仕事に不安になることもあります。生来の楽天家である今野哲男さんと話しているとホッとしました。ある日、翻訳の依頼で訪れた東大・駒場キャンパスを歩きながら彼は突然こう言いました。

「この企画は絶対に成功するよ。お願いした先生方がみんな即座に快諾してくれるじゃない。ちょうど新訳の時代がきているんだよ。駒井さんはきっと業界で有名になるよ」

その日はよほど浮かない顔をしていたに違いありません。思いきったお世辞で慰めてくれました。確かに新訳を依頼した時の反応が予想以上に良かったのは事実です。翻訳者に一様に言われたことは、古典の翻訳は恩師の世代がやってしまった仕事なので自分たちにはもうチャンスはないと思っていたということでした。

第5章

翻訳の多様性

亀山郁夫氏（向って右）と筆者（同左）

『カラマーゾフの兄弟』の試訳

創刊時から予想外の売れ行きを示し、のちに外国文学の古典では例外的なベストセラーとなった『カラマーゾフの兄弟』を依頼した時のことです。今野哲男さんのコーディネイトでロシア文学者の亀山郁夫さんと会うことになりました。場所はご自宅近くの喫茶店でした。

私たちは亀山さんの著作は当然ですが、いくつも読んでいました。『破滅のマヤコフスキー』（筑摩書房）、『磔のロシア――スターリンと芸術家たち』（岩波書店）、『熱狂とユーフォリア――スターリン学のための序章』（平凡社）など評判になったものにはすべて目を通していました。この企画では何をお願いしようかと考えてはいましたが、亀山さんの提案にも興味がありました。ドストエフスキーならたぶん『悪霊』になるのではないかとも漠然と考えていました。やがて亀山さんが少し疲れたような表情をして現れました。精神的な集中を長時間続けた後なのだろうと思いました。

企画の提案には静かな語り口で答えてくれました。一番印象に残っているのは、翻訳がいかに大変な仕事であるかを淡々と語ったことです。翻訳をお願いするばかりの私たちには勉強になる話でした。亀山さんは新訳は引き受けるが、どの作品にするかは一週間考えたいと言いました。

一週間後再び同じ喫茶店に現れた亀山さんは、前回とは少し違う印象がありました。快活な調子で思い切ったようにこう切り出したのです。

「ドストエフスキーをやるなら、『カラマーゾフの兄弟』からやってみたい」。それを聞いて、「いきなりカラマーゾフか。大変だなあ」と思ったのを覚えています。しかし実に魅力的な提案でした。世界文学史上最大の小説です。もちろん最初から取り組むには、編集部にとって荷が重い作品であるのは確かです。創刊前ですからシリーズのタイトルさえ決まっていませんでしたし、文庫という形式も決めていませんでした。古典新訳文庫はまだ影も形もなかったのです。しかし私と今野さんは逡巡することなく言いました。

「分かりました。それでは試訳をお願いします。それを検討してから決めさせてください」

「試訳」という言葉は翻訳の世界ではよく使われます。全体ではなく一部分を試みに翻訳してもらうことをいいます。文体のスタイル、人称の問題、注の入れ方などを事前に検討するためです。正式に翻訳を発注する前の、いわば翻訳者と編集部のお見合いのようなものだといえばお分かりいただけるでしょうか。全体を訳してからでは、もし訂正をお願いすると膨大な作業になってしまいます。ですから必ず最初に依頼している作業です。編集部の目指す方向と訳文が違うと思われる時は、双方話し合って相違点を確認した後、もう一度試訳をしてもらいます。それでも合意に達しないときは、三回目の試訳をするか、そこで終了するか話し合って決める。もちろん場合によっては試訳が四回になることも珍しいことではありません。

このやりとりを終了してから、正式に依頼することになるのです。もちろん一部を読んだだけですから、全体を読んで再び部分的な訂正をお願いすることもあります。この試訳は大変に重要な作業です。その試訳を亀山さんにお願いしたのです。

やがて今野さんの手元に『カラマーゾフの兄弟』の試訳が届きました。大変な努力をしていただいたことはすぐに分かりました。しかし私たちが馴染んできた今までのロシア文学の正統的な翻訳をまだ幾分か踏襲しているように思えたのです。編集部もうまく意を伝えられていない憾《うら》みがありました。結果として、もう一度試訳をお願いすることになりました。亀山さんはこちらの熱意に応えてくれました。大変な作業だったと思いますが微塵《みじん》もそんな気配は見せませんでした。

もちろん今野さんも私もロシア語は一語もわかりません。翻訳というものを最終的に決めるのは日本語であるという信念あるのみです。『カラマーゾフの兄弟』を新訳で出すということには編集者としても想像以上のプレッシャーがありました。高校時代から埴谷雄高などをすぐに持ち出す友人に囲まれていたので、「大審問官」という劇中劇とでもいうべき伝説的な箇所を含めて読んではいました。しかしこの小説を理解していると思える人間は極めて少数しかいないことはよく承知していましたし、自分自身を含めて満足のいく読書になっていない方が多数派だということも十分認識していました。

いきなり大舞台に上った感じもありました。古典を擁する文庫で、『カラマーゾフの兄弟』が入っていないものはありません。文字通り最大の商品です。勢い慎重にならざるをえません。

ふたたび届いた原稿を前に、私と今野さんは話し合いました。今野さんがその時強調したのは、彼が再び読み直した岩波文庫の米川正夫訳のリズミカルな文体の力でした。確かに八十年以上前の翻訳ですので出だしの「著者より」に使われている一人称は「余」という古風なものであり、使われている日本語も古いことは否めませんでしたが、文体は意外に読みやすいリズムを持っていることに気づいたのです。

原卓也訳、米川正夫訳、その他の訳を含めて今野さんと二人で何度も吟味しました。結論は米川訳のリズムの良さは残しつつ、現代的な表現ですらりと読ませるという、言うのは簡単ですが、その実なかなか難しい注文でした。

亀山さんともう一度お会いして話そうと思った私たちは再度の打ち合わせを申し入れました。

その日のことはよく記憶しています。午後遅い時間に御茶ノ水駅で待ち合わせた後、さっそくいつものように喫茶店に行くことを提案しました。

ところが亀山さんは少し沈黙したあと、唐突に「酒が飲めるところがいい」と言うのです。まだ陽は高い。それでもせっかくのリクエストです。何とか開いている居酒屋はないかと探しました。一軒すでに営業を始めているように見える店があったので、二階へ続く階段を上るとドアを開けて、もう飲めますかと聞きました。店長らしき人物が笑顔で現れて、「もうすぐ朝礼が始まりますので、うるさいかもしれません。それでもよろしければどうぞ」と言ってくれました。亀山さんにそう告げると「全く問題ない。そこに行こう」との答え。私たちは開店前の饐《す》えた匂いのする居酒屋に入って早速ビールを注文しました。

つまみをとり、話は重い雰囲気の中で始まりました。今野さんは編集者になる前は、芝居をやっていた演劇人です。ですから昔取った杵柄《きねづか》で携えてきた岩波文庫の米川訳を朗々たる声で読み始めました。役者を辞めてから十数年ぶりに人前でセリフを喋ったことになったそうです。このリズム、そして今という時代を反映した新しい文体。ロシア文学の翻訳に特有の重い文体ではなく、ドストエフスキーの晦渋《かいじゅう》さを十分反映しつつも流れるように読めるもの……。

亀山さんの表情が我々の身勝手な発言のたびに曇る。とその時でした。

「お客様には丁寧に！」「今日も一日笑顔でいこう！」典型的な居酒屋の朝礼が始まり、店長の声が店内に響き渡りました。そのあとを従業員たちが復唱する。これにはこちらの張りつめていた神経も大いに緩《ゆる》んでしまいました。吹き出しそうになるのを堪《こら》えながらさらに続けました。

「ドストエフスキーが今の日本に生きていて、日本語で書いたらどんな文体になったでしょうか」

じっと聞いていた亀山さんでしたが、最後に一言「分かった」と言ったのです。やり直しをお願いしても一向に怒り出さない亀山さんの包容力に感謝しつつ、それから少し飲んで別れました。この話は亀山さん自身が講演で壇上から私を指さしながら「そこに座っている光文社の駒井さんに試訳の原稿を返されて、最後は居酒屋に行って打ち合わせをしたんです」としばしば披露されているから、もしかしたらお聞きになった方もいるかもしれません。

それから間を置かずして、亀山さんから新しい原稿が送られてきました。それこそが、あの新訳『カラマーゾフの兄弟』の素晴らしい翻訳だったのです。私たちの意図が十全に反映された訳文でした。それから刊行まで亀山さんには大変な作業をお願いすることになり、結局五回も校正を重ねて第一巻は完成しました。創刊を飾る一冊でしたが、最初から売れ行きが非常に良かった。読者は読める『カラマーゾフの兄弟』を熱望していたのです。

ロシア革命から百年

この頃の思い出には空腹と結びついたものが多い。忙しくて食事の時間がとれなかったのだといえば聞こえはいいのですが、本当のところは要領が悪かったのでしょう。

角田安正さんとの打ち合わせで防衛大学校に行った時も、編集者の今野哲男さんと待ち合わせた品川駅で京急線に乗る前に昼食用にお弁当を買いました。進行方向に向けて座席が横に並んだ京急線ならではの特急電車のイメージがありましたので、旅行気分で食事を済ませることができると考えていたのです。しかし運悪くごく普通の電車が来ました。車内で弁当を広げる勇気もなく逡巡するうちに目的の馬堀《まぼり》海岸駅に到着してしまいました。仕方がないので、降車してから駅のベンチで食べることにしました。それほど空腹だったのです。今野さんは「食べなよ。俺そっち見ないからさ」と気遣ってくれました。しかしこの世は非情です。すぐに次の電車が到着して乗客がたくさん降りてきました。ベンチで弁当をほおばる男を怪訝な顔で見ながら、目を合わせないように気をつけて通り過ぎて行きます。普段なら気の利いたジョークの一つも言えたかもしれませんが、その時ばかりはそんな気分にはなりませんでした。

「いつかこの日のことを笑って思い出す日が来るかな」。創刊前の寄る辺ない心情を思い出すたびに、馬堀海岸駅で弁当を食べる自分の姿が浮かんできて笑い出しそうになります。

閑話休題。

角田さんにお願いしたのは、レーニンの『帝国主義論』でした。すでに『国家と革命』(講談社学術文庫)を新訳されていたので、それではレーニンの重要な著作をもう一作と打診しました。『帝国主義論』は、これこそが新訳という教科書のような見事な訳でした。内容が過不足なく理解できるのです。「既存の邦訳は、原文(あるいは英語版やドイツ語版)を参照して読むことを前提にしていたふしがある」と角田さんは訳者あとがきで指摘します。それでは普通の読者が読めるわけがありません。読者が混乱するような直訳調を避け、明晰《めいせき》な訳文で読むレーニンの著作はまったく違った相貌を見せました。このような翻訳があれば、ソ連からの旅の後に始めた勉強がずいぶん捗《はかど》ったのにと残念に思ったりもしました。

ネット上で古典新訳文庫への書評を目にする機会もありますが、その中には若者を左翼にするためのシリーズなどという記述があったりして吹き出しそうになります。たしかにマルクスやレーニン、さらにトロツキーなども含めていわゆる左翼の著作とカテゴライズされるものは多い。しかし繰り返しになりますが、ロシア革命が二十世紀最大の出来事だったことを考えれば、これはごくごくあたり前なことではないでしょうか。いまだそういう偏見が生きていることに驚かされます。

革命からすでに百年が経過したことを考えれば、歴史的著作として読まれるべき時代が来ているのは当然です。革命のテクストではなく、二十世紀の歴史を動かした古典的な著作として冷静に批判的に読まれるべきだというのが私の考えでした。もちろん二十世紀の中葉に生を享けた世代としては、こういう著作はある種の生々しい記憶に彩られていないと言ったら嘘《う》になります。だからこそ一九八八年にわざわざソ連旅行に出かけたりしたのです。しかし今となってはマルクス、エンゲルスはもちろん、レーニン、トロツキーもみな古典だという思いは強かった。政治的なバイアスのかかっていない、きちんとしたテクストとして読まれなくてはいけないのだと考えました。

そして、こういう哲学、社会科学のジャンルの新訳を刊行することは、読んだふり(?)をした団塊世代に向けた一種の意思表示でもあったのです。「ふり」が言いすぎだとしたら、当時の流行語を使って読もうとして「挫折」をしたでもいい。あなたたちは基礎的な文献を本当にきちんと読んだのか。創刊後、会社の先輩たちが何人も古典新訳文庫をくれないかと言って編集部を訪ねて来たときは、やはりそういうことだったのかと思いました。

「まさかトロツキーがわが社から出るとは思わなかったなあ」

そう言って笑った先輩がいましたが、時代は確かに変わったのです。

角田さんとは新訳ということについての見解はすぐに一致したので、その後のことも含めていろいろと相談をしました。専門のロシア語の古典だけではなく、ベネディクト『菊と刀』、ロック『市民政府論』、ホッブズ『リヴァイアサン』などの英語の古典、それも西洋の市民社会を形成するのに重要な役割を果たした著作の新訳をお願いすることになりました。大変困難な仕事だったと思いますが、入門書ではなく、文学や思想書を直接読んで理解するというのが古典新訳文庫の使命だと思っていたので、これらの作品の刊行は本当にありがたいものでした。

『菊と刀』の校正刷りを読み終えた時、子育てこそが日本人の行動にみられる矛盾を解く鍵であるという指摘をすんなり受け入れることができました。それは私たち自身を客観的に知るという意味でも、深い示唆に満ちていると思えました。外国人が日本文化を分析した本は、あっと驚くような貴重な気づきを与えてくれることがあります。日本人とは何か、という問いかけは江戸期に始まった民族としての自意識から発して、現在まで連綿と繰り返されてきました。ルース・ベネディクトがこの本で成し遂げたことを考えると、日本の著作家がこれほどの深度に到達した外国の文化論を書けるだろうかという問いを突き付けられているのだと思えてなりません。先に触れた日米構造協議のような政治的交渉も、善し悪しは別にして、このような分析が背後にあるのだと考えざるをえないからです。

『菊と刀』の新訳が出たときは、講談社の有名なOBから「あんまりウチのシマをあらすなよ」などとヤクザ顔負けの（もちろん笑顔で）恫喝《どうかつ》を受けました。講談社学術文庫の一冊に『菊と刀』があったことを失念していました。

ロシア人の名前がぐんと分かりやすくなった

首都大学東京にドイツ文学者の丘沢静也さんを今野さんと訪ねました。ケストナー『飛ぶ教室』の打ち合わせに行ったのです。ちなみに『飛ぶ教室』も創刊時の一冊です。丘沢さんはエッセイの達人でもあります。『からだの教養』（晶文社）というエッセイ集は何度も読み返しました。

『飛ぶ教室』は児童文学でありながら大人が読んでもいっこうに不自然ではありません。丘沢さんに作っていただいて、本の帯に使ったコピーがすべてを表現しています。すなわち「8歳から80歳の子どもに」読まれるべき文学なのです。丘沢さんは児童書の過度に

「わかりやすさ」に配慮する慣習に違和感を表明します。

「わかりやすさ」への配慮は、過剰なビブラートに似ている。ビブラートは、即物的なケストナーに似合わない。今回の『飛ぶ教室』の翻訳では、よけいなビブラートをはずしてみた。すると、ピリオド楽器での演奏のように、スピード感がもどり、細部の声が聞きとりやすくなる。たとえば、ギムナジウム生と実業学校生との「戦争」に緊迫感がでてくる。弱虫のウーリと腕っぷしの強いマティアスとの、ほのぼのとした友情も、くっきり浮かびあがってくる（はずだ）。（中略）

児童文学は、子どもを大人から区別するようになってから生まれた。だが、私たちは「子ども」や「わかりやすさ」を必要以上に配慮することによって、逆に、子どもを小さな枠のなかに囲いこみ、子どもと大人の垣根を必要以上に高くしてしまったのではないか。翻訳にかぎらない。もしも、わからないことがあれば、「わからなさ」をかかえて暮らしていけばいい。どうしても知りたくなったら、自分で調べればいい。

「わからなさ」をかかえて暮らしていけばいいという一節が胸に沁みました。人々はなぜこれほどまでに「理解」することに狂奔《きょうほん》するのでしょう。「わかりやすさ」はなかば脅迫観念のようになってしまっている。そのことを立ち止まって考えてみるべき時だと思いました。

丘沢さんにはカフカ『変身／掟の前で 他2編』『訴訟』(これはそれまでの題名『審判』を改題しました)、ムージル『寄宿生テルレスの混乱』、ニーチェ『ツァラトゥストラ』『この人を見よ』、そしてブレヒト『暦物語』を新訳していただきました。『暦物語』のあとがきでふれられていますが、あの庄司薫の名作『赤頭巾ちゃん気をつけて』の主人公である薫くんが大好きな「異端者の外套」が入っています。私自身が『赤頭巾ちゃん』で作品の存在を知った一人ですから、この作品の刊行には感慨がありました。丘沢さんには古典新訳文庫で一番たくさんのドイツ文学の新訳を手掛けていただいていますが、いつも大胆な新訳の試みがあるのです。そのなかでも私にとってひときわ印象深いのは、ニーチェ『ツァラトゥストラ』と『この人を見よ』です。従来のニーチェの翻訳に見られた過剰な重々しさを取り払った新訳からは、ニーチェの肉声が聞こえてきます。そしてもっと軽やかなニーチェ像があることを教えられました。

この準備期間に最も苦労したのは、なかなかラインナップが作れないということでした。こちらは世界文学の主な作品をそろえていきたい。しかし翻訳者にもいろいろな希望があります。今現在興味をもっている作品、あるいはいつか訳したいと思っていた作品、そして既訳に対して強い違和感がある作品など、新訳する動機は人それぞれです。それらを調整していくことは容易なことではありませんでした。そしてどの翻訳者に何の作品の新訳をお願いするのかということには非常に重要な判断が必要となりました。翻訳者と作品の意外なマッチングこそが古典新訳文庫の新鮮な魅力となるべきだと思っていたからです。

もちろんいちばん困難だったのは、新訳とはなにかという議論でした。神学論争のようになりがちな議論を具体的に語りながら、実際の訳文を吟味していくことは時に途方に暮れるような作業になりました。この問題には後で詳しく触れますが、この時点ではまだ旧来からの翻訳観に彩られた議論が多かったように思います。

テクストに忠実に翻訳するということをどう考えるかというのは翻訳の本質にかかわる問題です。外国語のテクストは正確に読みこなせなくてはならないことに異論の余地はありません。しかしそれを翻訳する場合に前例を踏襲し過ぎて、新しい試みをあきらめることが多すぎるのではないか。そういう疑問を抱くことが多かった時期に、実に痛快な答えを与えてくれたのがロシア・ポーランド文学者の沼野充義《みつよし》さんでした。

冬の陽が落ちるのは早い。すでに薄暮となっている東大・本郷キャンパスを文学部三号館目指して歩きながら、東大ってなんか肌に合わないなと思っていました。一九六九年の安田講堂の攻防を中学一年生の時にテレビで見て以来、私の中に東大に対する故なき反感があったのかもしれません。

そのせいかどうか、この仕事で初めて訪れるまで東大は縁なき場所でした。エレベーターを使って編集者の今野哲男さんと一緒に研究室を訪ねると沼野さんが待っていました。淡々とロシア文学の話をするのですが、その該博な知識と、ときに交じるユーモアに気がつけば自然と話に引き込まれていました。これがそれから長いお付き合いになる沼野さんとの出会いでした。東大への反感などすぐに消えてしまいました。

私たちはもちろん沼野さんに翻訳のお願いに行ったのですが、沼野さんは「その作品だったら、何々さんがいい」というふうに作品によって翻訳する人物を推薦して、ご自分がやるとはなかなか言ってくれない。しかし新訳ですべてをラインナップするという試みには諸手を挙げて賛成してくれました。「ロシア文学だって、もう新しい訳が必要なものが多いですよ」。そう言って激励しつつも、「でもきちんとしたものでなくてはね」と付け加えるのを忘れませんでした。私がロシア文学を読むときに一番困るのは、あの長い三つの名前なのだと嘆くと沼野さんはあっさり言いました。

「真ん中は必要ないんですよ。あれは父称と言って丁寧な表現なんです。たとえて言えば『ドストエフスキーさん』という時の『さん』なんですよ。なくったって全然かまいませんよ」

驚きは深かった。いままでのロシア文学の翻訳では、必ずロシア人の名前はその通りに訳されていました。「イワン・——ビッチ・——スキー」というような長ったらしい名前に閉口させられていたのです。こんな長くて馴染みのない名前を覚えられるわけがない。ロシア文学を読むたびに天を仰いで長嘆息したものです。これは誰だったかな、と一度も愚痴を言わずにロシア文学の長編を読みおおせた人がいるとは思えません。優れた小説に挑戦するんだと張り切って読み始めても、人名でつまずき、筋も分からなくなって放り出したのは私だけではないはずです。いや、専門家をのぞき、読者が外国の古典文学に挫折するほとんどの原因は人名にあるのではないかとさえ考えてしまいます。これはロシア文学で特に顕著ですが、他の外国文学でも同様ではないでしょうか。

同一人物でもファーストネームとファミリーネームが交互に出てきたら、日本の読者には分かりづらいのは当然です。最初の十ページを読むだけでも、人名が多すぎて青息吐息になってしまいます。日本人の名前ならなんとか覚えられますが、馴染みのない外国人の名前と姓が交互に頻出したらお手上げになるのは読者のせいではありません。さらに外国語は愛称の類がまた複雑です。たとえば英語ではウイリアムの愛称がビルになると知っている日本人がどのくらいいるのでしょうか。今まで読者は自分を責め続けてきました。分からないと文句を言えば、そう書いてあるからと言われるのが関の山だったのです。翻訳者も編集者も工夫をしなかったのだといわれても仕方がありません。

愛称の変化を一つまでに

ロシア語の人名では愛称がいくつにも変化することをご存じでしょうか。たとえばカラマーゾフ家の長男「ドミートリー」はなんと「ミーチャ」「ミーチカ」さらに「ミーチェンカ」と変化する。名前がこのように幾重にも変化するロシア語もロシア語だと突っ込みを入れたくなりますが、それはもちろん仕方がありません。これを従来はそのまま翻訳していたのですから、分かりにくいことこの上ない。話の途中で「ドミートリー」が他の人間から「ねえ、ミーチェンカ」などと呼びかけられ、しばらくすると「ミーチカこちらへ来て」などと書かれていたら、日本の読者としては、いったい誰の話をしているのか分からなくなってしまいます。『カラマーゾフの兄弟』では、亀山さんと相談して愛称の変化を一つまでとしました。つまりドミートリーには愛称はミーチャしか使わない。従来の翻訳では考えられないことでした。しかし二つに名前をまとめることによって、初めて誰が行動しているのか、喋っているのかが、明晰に分かるようになったのです。これは新訳を実現していくうえでは、革命的なことだったと思っています。逆にそれまでの翻訳で、ここまで踏み切ることができなかった理由もよく分かります。それこそ聖典に手を加えるという、原文に不実な、あるいは冒瀆《ぼうとく》的な行為だとみなされたであろうことは想像に難くありません。

このような名前の限定に加えて、先ほど述べた沼野さんの提案通りミドルネームを初出だけにして後は省略することにより、ロシア文学が画期的に読みやすくなったことは本質的で大きな変化だったと思います。

話は戻りますが、父称を取っていいと言われた時に受けたショックはかなりのものでした。それを言ったのが、ほかならぬ沼野さんだったからです。外国文学者は、やはり原文に忠実に訳すべきだという意見の持ち主が多いのではないかとの予見は見事に打ち破られたのです。この提案で自分の仕事が進むべき道を明瞭に意識することができました。もちろん、いわゆる「守旧派」から批判が起きることは予想できました。しかし、それがなんだという気持ちの方が強かったのは事実です。新訳を謳《うた》うからには、勇気を持って新しいことに挑むのが当たり前だと思っていました。

結果として、古典新訳文庫のロシア文学は総じて読みやすいとの評価が定着してきました。もちろん読者には細かいことをいちいち気にせずに読んでもらえればいい。読者に意識されようがされまいが、作品をきちんと読み進めることができるよう、さまざまな工夫をすることをこのシリーズの方針としたのです。

何だ、こんな簡単なことかと思うかもしれません。しかし誰もやらなかったのです。新しさとは案外平凡なものです。

沼野さんの妻である沼野恭子さんにも翻訳をお願いしました。創刊の八冊のなかでも根強い人気を誇る『初恋』です。物語の主人公が回想する調子を生かすために「です・ま

す」調を採用して、トゥルゲーネフの自伝的な作品を繊細で柔らかな文章で新訳していま
す。最初に打ち合わせをしたのは、ご自宅近くの喫茶店だったと記憶しています。ご夫婦
でお見えになり、今野さんと一緒にさまざまなロシア文学の話を伺いました。沼野恭子さ
んは、ロシアの現代文学の翻訳を多く手掛けています。お会いする前に、新潮クレスト・
ブックスの『ソーネチカ』（リュドミラ・ウリツカヤ）や『ペンギンの憂鬱』（アンドレイ・ク
ルコフ）を読んでいました。この二つの作品は現代ロシア文学を知りたいという読者の思
いに応えた翻訳で、文学ファンからとても高い評価を得ていました。実際、ロシア文学は
十九世紀で終わったわけではなく、スターリン体制下でも書かれ続け、二十一世紀のプー
チンのロシアでも新しい作品は生まれています。だが多くの日本人にとってロシア文学と
いえばすぐにトルストイ、ドストエフスキーになってしまうのは仕方がないこととはいえ、
古典を読んで現在の文学にも興味をもつという当たり前の読書が実現していないのは残念
だと思っていました。もちろん、一部の専門家やロシア文学愛好家は読んでいたのでしょ
うが、普通の読者はなかなか手が伸びないというのが実情でした。そんなところに登場し
たこの二冊はとても新鮮でした。二十一世紀のロシアにも文学は存在し、読んでみるとや
はりロシアの味わいがあるという当たり前のことに気づかされたのです。

その沼野恭子さんが新訳した『初恋』はこのシリーズには願ってもない作品になりました。一度読んだことのある人なら、誰しもあのジナイーダに翻弄される少年の気持ちが分かるはずです。ドキドキしながら読んだ思春期の自分を思い出す人も多いと思います。新訳ではさらに、その心情が哀切なくらい伝わってくるのです。加えて主人公の父親に白い腕をムチ打たれたジナイーダが、真っ赤になった傷痕にキスをするシーンのエロチシズムは際立っていて見事です。

落語調のゴーゴリ登場

ロシア文学では、もう一つ新訳をめぐる大きな「事件」がありました。それはロシア文学のみならず、古典新訳文庫にとって現在に至るまで、最も大胆かつ鮮烈な新訳の試みだったと言ってもよいものでした。東大の駒場キャンパスにある浦雅春《うらまさはる》さんの研究室を訪ねたのは、今野さんと私、それから今野さんと「翻訳の世界」で同僚だった大橋由香子さんでした。大橋さんは、現在、古典新訳文庫のホームページで「〝不実な美女〟たち」という女性翻訳者のインタヴューを連載しているのでご存知の方も多いでしょう。創刊をはさんで三年間、今野さんと同様に翻訳界のたくさんの知己を紹介してくれました。私たちは出版されて間がない『チェーホフ』（岩波新書）を読んでいました。読んできたことを告げると浦さんは丁寧に礼を述べました。しかし、ここでも予想は裏切られ、浦さんから新訳の提案があったのはゴーゴリだったのです。

「外套《がいとう》」は、貧しい下級官吏の悲哀を描いた小説だとステレオタイプな評価を信じていた私に浦さんはそんな小説ではないと断じました。

「ゴーゴリはね、奇想の作家なんだ。間違ってもそんな古臭いリアリズムの作家じゃない」

えっと思いました。それではどんな作品だと考えればいいのだろう。

「たとえて言えば落語みたいなもんだよ。そう、落語だと思えばいい。他の作品もみんなそうなんだ」

これには心底驚きました。自分だけの無知に基づくことかもしれませんが、それでは今までの読書は何だったのだろうと思わざるを得ません。

当惑を隠せないでいると、突然、浦さんから提案がありました。

「だからね、例えばだけど、落語調で訳すことも考えられるよ」

なんて面白い話だろうと思いつつも、疑問は次から次へと湧いてきます。そんな翻訳は現実に可能なのだろうか。疑い深い私は確かめずにはいられませんでした。

「本当に、本当に落語調で訳すことはできるんでしょうか」

失礼ともとれる質問でしたが、思い切って聞いてみたくなったのです。

「まあ、できると思うな」浦さんの答えは簡潔でした。

「それでは本当に落語調でお願いします。ゴーゴリの試訳を楽しみにしています」。その場で即座に依頼はしたものの、超訳という言葉が頭をかすめました。シドニィ・シェルダンはすでにして有名でした。ああいう作品と一緒にされては困る。これはゴーゴリなのだ。浦さんにも迷惑がかかるのではないか。いろいろな迷いが次々と頭のなかに生まれてきます。しかし興味がそれに勝ちました。実際、どんなゴーゴリが生まれてくるのだろう。翻訳された文体を早く読んでみたいと切実に思いました。

夕方の五時を回った頃でした。突然、浦さんが「もういいだろ、もういいだろ」と言いながら、私たちの背後に回ったのです。そこには小型の冷蔵庫がありました。怪訝な顔をする私たちを、いたずらを見つけられた子供のような顔で振り返るとおもむろに冷蔵庫の扉を開けたのです。そこにはぎっしりと缶ビールが蓄えられていました。浦さんはうれしそうにそれを取り出します。

「さあ、仕事の話はもういいだろう。飲もう、飲もう」

そう言って缶ビールを差し出すのです。私たちは浦さんの研究室が通称「浦バー」と呼ばれていることを知りませんでした。それからが大変でした。入れ替わり立ち替わりたくさんの先生方が訪ねてくる。ワインの差し入れだけ置いて帰るロシア人の女性の先生もいます。酒は次々供給されるので尽きることがありません。最初はいちいち紹介していただいたのですが、途中から誰と話しているのかもわからぬ状態になりました。酔いが回って失礼がないようにと気を付けてはいましたが、大宴会の様相を帯びた研究室の中で、気が付くと大声で話をしている自分がいました。

浦さんは楽しそうです。こんなにお酒の好きな方だとは知りませんでしたが、ゴーゴリを落語調でというのは、ぴったりなのではないか、と半ば痺《しび》れた頭で考えていました。飲みだしてからかなりの時間が経ちました。突如、猛烈な空腹感に襲われた私は言いました。

「浦先生、どこか近くの居酒屋に行きましょうよ」。浦バーには何故かごくわずかのつまみしかなかったのです。誰もが文句を言わずに飲んでいましたが、私は限界でした。

「先生、この近くのお店で飲みなおしましょう。お腹が空きました」

懇願するも浦さんは聞く耳をもたない。というよりもうすっかり酩酊しています。私の左の耳元で先ほどから興味深い文学講義を呟き続けている先生もいます。講義を聞きながら、浦さんに最後のお願いをしました。しかしやはり取り合ってもらえない。あきらめて飲み続けました。

研究室を辞去したのは十一時近かったと思います。空腹のまま飲み続けたので、最後の方は記憶がまだらでした。

渋谷に出て焼き肉屋に入り、皆で飢えを満たすようにがつがつと深夜まで肉を食べ続け、浦さんに今晩の御礼にビールと一緒にたくさんのつまみセットを送ろうという話をして盛り上がりました。

とても豊かな経験でした。東大の駒場キャンパスに「バー」があるなんて。その後同僚たちにこの夜のことを何度語ったことでしょう。

この落語調の新しい感覚でなされた新訳・ゴーゴリには大きな反響がありました。つぎつぎに噴出する妄想とグロテスクな人物が際立つ、素晴らしい新訳であるという高い評価が寄せられたのです。浦さんの絶妙な新訳と解説のおかげで、新訳の可能性を広げる仕事として評価されたことは、創刊直後のこのシリーズにとって力強い援軍となってくれました。浦さんとの原稿のやりとりは、たいへん楽しい思い出です。実際の訳文をご紹介しましょう。私が深刻な作品だと信じ込んでいた「外套」は浦さんの新訳ではこんな風に始まります。

えー、あるお役所での話でございます……。まあ、ここんところはそれがどこのお役所であるのかは申し上げないほうがよろしいでしょうな。なにしろ、省庁にしろ、連隊にしろ、官庁にしろ、ひとことで申しまして、お役人ってえ人ほどこの世で気のみじかい人はございませんから。きょうびどんな人でも、ご自分が侮辱されるってえと、すぐさま自分のお仲間までが侮辱されたと受け取っちまう。

仔細に読めば分かるように、浦さんの翻訳は実に端正な日本語作品なのです。選び抜かれた言葉を駆使して、非常に高度な文体を創出することに成功しています。担当したN君が訳文を読みながら、「これで大丈夫なんでしょうか」と聞いてきたのを懐かしく思い出します。もちろん笑いながらではありましたが。

そのあと浦さんには、念願のチェーホフを訳していただきました。『ワーニャ伯父さん／三人姉妹』『桜の園／プロポーズ／熊』など個人的にも大好きなチェーホフがラインナップに入ったのです。いつか短編も訳していただきたいと思っています。

カントが普通の言葉で語り始めた

中山元さんにお会いしたのもこの頃です。ヘーゲルの新訳は長谷川宏さんが全面的に取り組んでいたので、もう一人の偉大な哲学者であり、読者が読むことを熱望してやまないカントの新訳をお願いできないか、と考えていました。在野の哲学者・翻訳者として活躍されている中山さんには個人的にも尊敬の念を抱いていました。アカデミズムから距離を置きながら、きちんと学問を続けてきた姿を遠くから見て眩しい存在だと思っていました。フロイトやフーコーに関する著作や翻訳を読んでいたので、初めてお目にかかる時は緊張しました。駅で待ち合わせた今野哲男さんと、中山さん指定のお店に向かったのです。

それからもお会いするたびに利用するようになったビルの二階にあるお店で向き合う中山さんは柔和《にゅうわ》な面差《おもざ》しではあるが、厳しい感じを受けました。本質的なところでは決して妥協しない強い意志が感じられるのです。古典の新訳をシリーズで刊行するつもりであること、文学だけではなく、哲学や社会科学、自然科学の分野のものも刊行するつもりであることを話し、そのシリーズに翻訳をお願いできないかと打診しました。中山さんはビールを飲みながら終始にこやかに聞いてくれましたが、今野さんが「中山先生」と呼びかけると、即座に「先生呼ばわりはやめてください」とぴしゃりとはねつけました。中山さんの矜持《きょうじ》を見た思いがしました。

中山さんにお願いするつもりだったのは、カントの主著である『純粋理性批判』の新訳でした。何度読み始めても挫折してしまうのです、と告げると中山さんは莞爾《かんじ》として笑いました。

「埴谷雄高が獄中で読んで震撼させられたとか、これを読まなければヨーロッパの近代思想は分からないと聞けば、何とか読みたいという思いばかり強くなります。完全に理解することは無理でも、せめてこの著作のエッセンスくらいは理解したいと思うのが、ぼくを含めた普通の読者なんです」

いまこうして書いてみるとやや大仰《おおぎょう》な感じがしますが、その時は真剣でした。こちらの意が通じたのでしょう。中山さんは仕事を引き受けることを快諾してくれました。ただし、最初から大著に取り組まないで、短いものではどうかという提案がありました。これが、創刊時の一冊『永遠平和のために／啓蒙とは何か　他3編』でした。時代に深く刺さることのような作品を創刊ラインナップに加えることができたのは幸運でした。時代はネオコンの登場を知らせていました。彼らの憎悪の対象になったのがカントだということは知っていましたが、その理由をこの本の編集をすることで理解できたのです。「永遠平和のために」は若い世代をはじめすべての人々に読んでほしい論文です。そして、繰り返しになりますが、この一冊のおかげで、このシリーズがいわゆる世界文学全集ではないという強いメッセージを発することができたのです。

C・ブロンテ『ジェイン・エア』、オースティン『高慢と偏見』などを新訳していただいた翻訳者の小尾芙佐《おびふさ》さんと打ち合わせをした時「私、古典新訳文庫のおかげで初めてカントが読めたわ」と明るく告げられました。ああ、私と同じだと思ったものです。誰もがとは言いませんが、実にたくさんの人びとが、こういう本を待っていたのです。カント、イコール難解。自分は縁なき衆生《しゅじょう》であると思っていた読者に、読めるカントを提供したことは、編集者として大きな満足感がありました。

しかし、この本が誕生する過程では、中山さんには実に大きな負担をかけました。創刊が少しずつ迫って来た頃、カントの校正刷りを読みながら、私は逡巡していました。「悟性」や「格率」といった哲学書の訳文に当然のように出現する哲学の専門用語を前にして、正確に内容が把握できない自分に苛立っていたのです。悟性も格率も辞書を引けばすぐに意味は出てきます。ネットにも信用できるかどうかは別として、それなりの解説が出ています。しかし、それでも疑問は残りました。「せっかく新しいシリーズを立ち上げようとしているのに、自分に分からない本を作るのか」。それでは意味がない。しかし哲学書である。こういう用語は哲学書を読む人間にはすでにして自明なのでしょう。そうだとしても普通の読者には絶対に分からないことだけは確信できました。

すでに多忙を極めていたので、自宅に持ち帰った校正刷りを深夜や週末に読むことが増えていました。カントの最初の校正刷りは徹夜して読みました。

大きな飛躍が必要なことは分かっていました。専門的な哲学用語を使わないで訳すことは可能だろうか。こんな乱暴な提案を果たして中山さんは受け入れてくれるだろうか。難解な思想を分かりやすく翻訳し、解説してくれる稀有《けう》な存在であることは疑いをいれない。だからこそカントをお願いしたのです。しかし、これはそういう水準をはるかに超えた相談であると思わざるを得ませんでした。

だが確信は揺らぎません。ここで中山さんに納得してもらえないようでは、このシリーズを始める意味はない。はっきり言えばやめた方がよいと思ったのです。中山さんにこの段階で一度会いたい旨を伝え、今野さんと二人でいつものお店に出向きました。覚悟をもってその場に臨んだことはお分かりいただけるでしょう。いつものように、にこやかに現れた中山さんとビールを飲みながらしばし歓談しましたが、あまり酔いの回らないうちにと思った私は、意を決して中山さんに話し始めました。

「中山さん、訳していただいたカントの原稿についてお願いがあります。はっきり申し上げると、このままでは一般の読者にはよく分からないままになってしまうと思います。たとえば『悟性』や『格率』という専門用語が出てくると、ぼくたちはそこで頭が混乱してしまうんです。哲学書を読みなれた人たちにとっては、理解の前提となっている当たり前の用語かもしれません。しかしながら、分からない人間の方が確実に多いのです。実際にはカントを読みたいと思う読者のほとんどがそういう人たちなのです」

じっと聞いていた中山さんはこう言いました。

「ぼくには駒井さんの言っていることが分からない。なにが分からないといっているのかがよく分かりません」

中山さんの言っていることはすぐに分かりました。

「哲学書を読み慣れた人々にとってはごくごく当たり前の用語でも、ぼくらには概念がはっきりと理解できないということです。専門的な用語はいくら辞書や解説を読んでも分からないのです。了解の前提となる哲学用語が正確に理解できないままで、この本を読み切れる読者はほとんどいないと思います。恥ずかしい話ですが、編集者として原稿の内容を正確に理解している確信がもてないんです」

今度は中山さんも私の説明を理解してくれました。

「なるほど。でも、そういう言葉を使わないとすると、この本を読んだ人がカント全集に進もうとしたときにどうするんですか。そういう用語を理解できなければ全集に収録されているほかのものは読めませんよ」

中山さんの指摘は正しい。そう言われると沈黙するしかありません。中山さんは気の毒に思ったのでしょう。助け舟を出してくれました。

「注をつければよいでしょう。ここは本来こういう用語だからという風に説明を入れていけばいいのではないでしょうか」

ここが正念場だという気持ちで話したことは確かです。この問題で方針を見失えば、シリーズ全体が駄目になる。「形だけの新訳シリーズなんかやめてしまえ！」。「週刊宝石」のKデスクの声が聞こえてくるような気がしました。そんな気持ちが通じたのでしょう。中山さんはすべてを了解してくれました。この段階で本文から難解な哲学用語はすべて消えることになったのです。

普通の言葉だけでカントが読まれる日が来たのです。中山さんにとっても大きな決断だったと思いますが、泰然として笑顔を絶やすことはありませんでした。哲学の翻訳の世界はうるさい世界であると聞いていました。あの訳語は違う、解釈が間違っている。常にそういう言説が飛び交うことはよく承知していました。だから余計に中山さんの決断に対する感謝は大きかったのです。

ここまで創刊ラインナップ七冊を中心に紹介してきましたが、最後の一冊をご紹介しましょう。刊行されてから読者にとても人気が高かったのがロダーリ『猫とともに去りぬ』でした。書評にも驚くほどたくさん紹介されました。二〇〇五年から正式な編集部員として加わったK先輩（Kデスクとは別の人です）が翻訳者の関口英子さんと個人的な知己であったことから企画が実現したのです。英米、仏、独、露といったよく知られた国からの文学だけではなく、創刊時の一冊にイタリアの作品が入ったことで、ラインナップは一段と華やかになりました。これはファンタジーを集めた短編集ですが、タイトルになっている「猫とともに去りぬ」という小説は、家族から疎まれた老人が家出して猫の仲間になってしまうという、かなり人を喰った幻想的な作品です。しかし、その背後に人間に対するきちんとした洞察が働いていますし、風刺も効いています。それ以外の作品もあっと驚くような設定の作品ばかりです。ロダーリは児童文学作家として知られているのですが、これらの作品には現代文明に対する批評的な視点が随所にちりばめられています。この短編集が女性たちに人気を博しました。本邦初訳であることも大きい要素でした。本邦初訳という言葉は、聞きなれない言葉かもしれませんが、我が国で初めて翻訳されたことを意味します。この作品が入ったことで世界文学全集のようなお勉強ではなく、もっと自由に楽しく古典と向き合うシリーズだという重要なメッセージが伝わったと思います。関口さんには、その後もイタリアン・ファンタジーの短編を次々訳していただいています。これは古典新訳文庫の最も魅力的な路線の一つとして読者に認知されていきました。

こうして大勢の人々に会い、新しい訳文とはなにかを考え続けるうちに月日は過ぎていったのです。

急に仕事が進むわけではありませんでしたが、いま振り返ると豊潤な時間を過ごしたものだと思います。前述したようにK先輩がカッパ・ブックスをはじめとする豊富な編集経験を生かして助けてくれるようになったことで、気分的にはずいぶん楽になりました。丈夫な身体に恵まれていたので、体力的な問題はありませんでした。昼夜を分かたず仕事をして酒を飲み、外国に旅をしました。週末はほとんどを仕事に充てていましたが、そういう生活に不満はありませんでした。

第6章

本のフォーマット

船出のドラが鳴る

翻訳書の出版を通じて少しずつリアルに西洋文化を理解し始めていたことは確かです。特別な留学経験もなく、まして帰国子女でもなかった人間にとって、旅だけではなく仕事を通じて知った外国は、時に驚きの連続となって立ち現れました。特に印象に残っているのはイギリスのロンドン・ブックフェアです。二〇〇三年に初めて一人で参加したのですが、大変貴重な体験になりました。ブックフェアは一般の人には馴染みがないかもしれませんが、書籍の翻訳版権を売り買いする国際的なビジネスの場です。こちらが探しているテーマを告げると、欧米の出版社の版権担当者がこれから出版する自社の書籍リストを手に、自分たちがこれぞというものを紹介します。その場で取引が成立する場合もあるし、帰国してからリストや資料を基に発注することもあります。すべての本の価値が自動的に金額に換算されることに、最初は大きな違和感を持ちましたが、少しずつ慣れていきました。

二〇〇一年に起きた9・11のテロ事件後、アメリカの出版界がヒステリー状態ともいえる様相を呈したことを知って落胆したのは私だけではないはずです。自由の国に起きた、信じられないような愛国主義の発露を見たとき、アメリカのブックフェアにはしばらく参加しない方がよいとすら思いました。いままで洒落た工夫のある書籍を扱っていた出版社のブースに星条旗が高く掲げられ、アメリカがいかにテロに屈しない国で、国民は普遍的な価値を共有しているという俄《にわ》か作りの本ばかりが並ぶという、目を覆うような惨状となりました。ニューヨークの出版社を回っても、もう自分にとって編集したい本など探せそうにありません。これでは仕方がないので編集長と相談して、二〇〇三年からロンドン・ブックフェアに参加することにしたのです。春はロンドン、秋はそれまでと同様にフランクフルトで開かれる世界最大のブックフェアに行くことにしました。

初めてのイギリスの出版社巡りは驚きの連続でした。出版社を訪れて部屋に通されると、まず「ティー」と聞かれる。独特の尻上がりのアクセントで、です。それから紅茶を飲みながらゆっくりと話が始まります。アメリカの出版社やエージェントでしたら、すぐにこちらの探している本を聞いてきます。それからあちらの売りたい本の紹介になる。版権担当者はドライというか、ビジネスライクというか、ミーティングも予定の三十分できちんと切り上げる。アメリカの出版界はほとんどがビジネス優先です。そういうやり方に慣れきっていたのであまりの違いに驚きました。

イギリスでは本題に入る前に、予想もしなかったことを質問されます。いつから出版界で働いているのか。同じ会社でか。好きな作家は、と問われるのも珍しいことではありません。しかもミーティングの時間はかなり長い。

大手出版社で作家の娘だという版権担当の女性と話が弾んだことがあります。彼女はいきなり好きな作家を聞いてきました。英米の現代作家はあまり知らないと答えると、「違うわ。あなたの好きな作家を聞いているの。どの時代でもいいし、どこの国でもいいわ」

そう言われたのでちょっと考えてからこう答えてみました。

「ぼくが好きなのは例えばチェーホフです」。発音を気にしながらそう言うと彼女の目が輝いた。

「私も大好きよ、チェーホフは。どんな作品が好きなの」

「短編なら『犬を連れた奥さん』。中編なら『退屈な話』。戯曲は『ワーニャ伯父さん』かな」。これを伝えるのには貧弱な英語力を総動員しなければなりませんでした。彼女はくるくる動くチャーミングな瞳をさらに大きく見開きながらこう言いました。

「あなたは本当にチェーホフが好きなのね。ここにくるいろいろな国の編集者でもチェーホフ好きは多いわよ」。そう言って微笑むと、今度はさもつまらなそうにビジネスの話を始めました。

「あなたにお勧めするような本はあまり多くない。はっきり言って私にはつまらない本ばかり。イギリスはもうそんな風になってしまったの。若者は古典を読まないし」

「そうですか。この間書店でペンギン・クラシックスを買っている若い人を見たけど」

「それはラッキーだったわね。私は運に恵まれていないわ」。いかにもイギリス人らしい皮肉なもの言いにこちらが噴き出すのをよそに真剣な表情で続けました。

「本当よ。私はこの仕事に飽きあきしてきたの。なんでこんな本ばかり売れるのかしら。イギリス人はみんな馬鹿になっちゃったのね」

そう言うと低い声でリストを読み上げ始めました。


もうひとつイギリスのエージェントの話をご紹介しましょう。エージェントとは出版社からは独立して翻訳版権を仲介する仕事をしている人々のことです。ロンドンのチャイナタウンの一角にある古いビルの二階に彼女のオフィスはありました。薄暗い階段を上っていくと予想外に天井の高い部屋で、魅力的な中年の女性が私を待っていました。ご主人も出版社で働いていると日本のエージェントから聞いていました。ここでも「ティー」を飲んだ後、例によっていくつかの質問がありました。ブックリストを見ながら話を聞き始めると扱っているのは重厚なノンフィクション作品が多い。日本で売れるかどうかは難しいところです。一つのタイトルに目を留めました。第二次世界大戦におけるドイツ軍とソ連軍の有名な戦いを描いた大部な本だったと記憶しています。歴史に興味のある少数の読み手を想定した印象がありました。何気なくイギリスで何部売れたか聞いてみました。

「ハーフ・ア・ミリオン」。彼女は淡々と答えました。内心驚きました。五十万部？　こんな堅い本が。

「本当に？」

「本当です」

「U.K.だけで？」

「もちろんよ。どうして」

「信じられない。こんな分厚くてまじめな本が」

質問を繰り返す私に業を煮やしたのか彼女は、突然電話に手を伸ばしました。何をするんだろうと怪訝な顔で見ていると番号をプッシュし始める。やがて相手が出る気配がしました。

「ねえ、○○○？　あなたの編集したあの本は何部売れた？　そう、五十万部よね。間違いないわね」

いたずらっぽい目つきで挑発するようにこちらを見る。「ここに日本から来た編集者がいるんだけれど、私のことを嘘つきだというのよ。この本が五十万部売れたと言ったら、そんなはずないって。もう一度聞くわ。五十万部で間違いないわね」

彼女は礼を言って電話を切った。笑みを浮かべて、どうだと言わんばかりの表情でこちらを見る。このあまりに直接的な証明方法には思わず笑ってしまいました。

「いやあ、信じられない。この本が五十万部も売れたなんて。どういう読者層がいるのかな」

「この国のすべての人々が読んだのよ。すべての人が。私たちにとってこの本は『セルフヘルプ（生き方本）』なのよ」

忘れられない言葉でした。もちろん地理的な問題もあります。第二次世界大戦でドイツと戦ったイギリスにとっては身近な歴史であることは確かです。それにしても五十万部とは。彼女が嘘を言っているとも思えません。私に対して水増しする必要はまったくないのですから。なにより動機がありません。

このケースは例外的かもしれませんが、ほかのヨーロッパ諸国の出版関係者と話していても同じ感懐をいだくことはありました。全体から見たら少数であったとしても、彼らは確固とした読者層を相手にしているように思えました。データがあるわけではありません。あくまで個人的な印象です。

イタリアのボローニャで開かれる児童書のブックフェアでイギリスの出版社の担当者と話していた時も同じ印象をもちました。自分が読んだ海外児童文学は短縮版が多かったことを覚えていました。『ロビン・フッド』など見事に途中で切られていましたが、そのことに気づいたのは30代の終わりです。裏切られたような気がしました。だから『宝島』などの比較的長い児童文学をきちんとした作家がリライトして全体を短くしたものはないのかと尋ねると、初老の女性担当者に正面から反論されてしまいました。「子供だって面白ければ、どんなに長い小説だって読んでしまうものよ。イギリスにはそういうものはないわ」

二〇〇二年の刊行ですから、もうかなり以前のことになりますが、『理想なき出版』（アンドレ・シフレン著　勝貴子訳　柏書房）という本が評判になったことがあります。なかなかインパクトのあるタイトルだったのですぐに読了しましたが、考えさせられる指摘が多くありました。アメリカの出版界が新自由主義的な流れに乗り、巨大なメディア・コングロマリットと化した出版社が、企業論理だけで出版を続けるようになったことへの危惧を表明した本です。民主的な社会を成立させるためにこそ出版はあるのだという著者の姿勢を説得力ある筆致で描いた内容でした。

二〇〇三年に著者が来日してシンポジウムが開かれることになり、私も参加することにしました。ちょうど古典新訳文庫の企画書を書こうとしていた時でした。たくさんの出版関係者が詰めかけた会場は熱気にあふれていました。何しろあまり前のことで記憶が少々怪しいのですが、著者と一緒に登壇した一人に人文書を多く刊行している独立系の出版社の社長がいました。出版社は社会的な使命があるというシフレンの正統的な考え方に対して、「自分が好きな本を作ればいいんだ」と発言し、なにか嚙み合わない感じもしましたが、それはそれで面白かったのです。良書とはなにか？　出版における成果主義とは？　いろいろ考えさせられるシンポジウムでした。何事においても徹底しているアメリカの出版界の現状はかなり厳しいことを改めて知りました。

光文社で刊行した本の著者であるアメリカ人ジャーナリストがたまたま来日したことが

ありました。一緒に食事にいく機会があり、アメリカ社会のさまざまな問題について聞くことのできる有意義な夕べを過ごしましたが、最後に彼は顔をしかめてこう言ったのです。

「出版社が、私に本を売るためのプロモーションの提案をしろというんだ」

彼は心底困惑していました。

こういう経験の積み重ねは、古典の新訳を出版することが、この国でいわゆるビジネスとして成立するのかという問いかけを始める端緒となりました。

返品の山を見せられて

二〇〇五年の夏、そろそろ来年の創刊をいつにするか決めなければならない時期が来ていました。準備期間はだいたい二年間だと言った手前もあります。営業サイドに打診すると別にこれと言ったお勧めの時期はないという答えがありました。確かにブランドが確立した暁には、夏休みの読書キャンペーンに合わせてなどと考えることはできますが、この段階ではそれは無理です。しかしもうちょっと具体的な手掛かりはないかとも考えました。

同時に自分が出版流通の基本的なことを知らないことに気づいたのです。勉強のために販売部のF君を誘って酒を飲みながら、取次を含む流通システムについてレクチャーを受けることにしました。だが話を聞いてもあまりに構造が複雑でなかなか理解することができません。酔った勢いで「なんで俺の作った本がもっと売れないのだ」と文句を言うと「駒井さん、倉庫に行きましょう。ご自分が作った本が戻ってきている現場を見てください」と言われました。「おお、いいね。ぜひ連れて行ってくれ」と応じると、すぐに翌日、会社の近くにある倉庫に案内されました。倉庫に入ると彼は堆《うずたか》く積まれた本の山の近くに私を誘いました。

「はい、この天井に届く本の山が見えますか。お作りになった本が戻ってきたものですよ。ご自分でご覧になってください。富士山みたいに高いでしょう」

そう言ってにこりと笑いました。あまりのことに言葉が出ません。確かに圧倒的な質量です。巨大な返品の山を見ながら大きく息を吐きました。いま、息を吐く言葉で。いや冗談も言えないほどの迫力です。

書籍の編集をしている人間が、「商品としての本」の実態に触れる機会が少ないことは承知していました。しかし「返品の山」とはよく言うけれど、これほどとは思いませんでした。いまでも思い出すとうなされるような映像です。

売れなくても良い本はある、と密かに思っていました。スタンダールの本が売れなかったのは有名な話ですし、カフカの初版は八〇〇部、ブレヒトに至っては六〇〇部だったと先に紹介したアンドレ・シフレンの著書に記されています。しかしそうは言っても出版も経済活動です。これは良き教訓になりました。F君には深甚なる感謝の念を表明しなければなりません。確かに蒙《もう》を啓《ひら》いてくれたのですから。

文庫形式に決めた体験とは

出版流通の世界に大きな転換をもたらしたAmazonは二〇〇〇年十一月、日本上陸を果たしました。流通を含めて出版界の劇的な変化を誰しもが予想していました。この流れのなかで古典新訳シリーズの出版の形式を決断することは難しい課題ではありました。岩波文庫、新潮文庫をはじめ古典はほとんどが文庫で刊行されています。しかし、この際、単行本、新書を含めてもう一度ゼロから柔軟に検討してみることにしました。ちなみに古典新訳文庫創刊の翌年から刊行が始まった河出書房新社の池澤夏樹さん個人編集の世界文学全集は立派な装丁の単行本でした。また中公クラシックスは人文書を中心に良質な古典を新書で刊行しています。

この問題に関して個人的な体験がありました。以前から、増えるばかりの書籍を処分するために定期的に古書店に引き取ってもらうことにしていましたが、少し前に呼んだ古書店の店主の言葉が印象に残ったのです。フィクション、ノンフィクション取り混ぜて相当数の本を並べた部屋に現れた店主は、部下の若い男性に指示を与えて、てきぱきと本の山を処理していきました。買うものと買わないものが分別され、括られて車に運ばれていく。あらかたの仕事が終わったとき店主は声をかけてきました。

「これで終わりです。こちらの本は引き取れません」。彼は脇によけた本の山を指さしながら言ったのです。そこには単行本が多く残されていました。

「なぜ、この本を残したのですか」。思わずそう問いかけると店主はすまなそうに言います。

「いやあ、こちらの本はすべて文庫化されているんです。私共も倉庫のスペースが限られているし、お客さんも文庫を好むんですよ。値段が安いのはもちろん、持ち運びに便利なこともありますが、日本の家屋事情があるんです。お客さんもみんな本を置くスペースが足りないんで」

客も文庫を好むのは、安価であることに加えて収納スペースの問題が一番大きいという指摘は示唆的でした。

古典は購入してからも長く置かれるはずです。安価であることも大切ですし、ハンディで持ち運びに便利なこと、なによりも収納が楽であることを考えると、古典の新訳シリーズにはやはり文庫が最適ではないかと思いました。

単行本も持っていってくれというと店主は応じません。

「お客さん、勘弁してください。それだったら別に料金をもらうことになりますよ」。彼はそう言って頭をかきました。前職では準大手の書店チェーンにいたと言います。

「ところで失礼ですが、お客さんのご職業はなんですか。いえね、二人で話していたんですよ。これだけたくさんの本を持っている職業って何だろうって」

彼は部下の方を見ながら言いました。若者は汗だくです。

「それでなんだと思ったんですか」

「それが皆目《かいもく》わからないんです。学者ではないし」

「なんで学者じゃないって分かるんです」

からかうように聞くと、店主は申し訳なさそうに言いました。

「いえね、商売柄、学者さんのところはよく行くんですよ。学者の売る本ていうのは、ひとつのテーマに沿って本が集められている印象が必ずあるんです。失礼ですがここの家はまったくテーマがないので」

私が笑いながら自分の職業を明かすと、二人ともなるほどというようにうなずきました。

さまざまな準備に追われているうちに、あっという間に晩秋になりました。とりあえず創刊時期は二〇〇六年六月と決めました。出版の形式を文庫と決めると次はシリーズのタイトルです。容易に想像がつくでしょうが、これがなかなか難しい。「古典未来文庫」「光文社クラシックス」のような凡庸な案はいくらでも出るのですが、どれも今一つです。営業サイドからも当然催促はあり、今日は決めないといけないという日になりました。

編集者の今野哲男さんがおもむろに口を開きました。

「なんか新しいものと言ったって、これまでさんざん考えて出ないんだし。前から同じことを言ってるけど、俺はもっとシンプルでいいと思うんだよ。古典を新訳する文庫だから、古典新訳文庫」

私が口をはさむ。

「でもそれだと本当にそのままですよね」

「だから、まんまでいいじゃない。新幹線だって、考えてみれば最初は新しい幹線ていう意味だし。それが今では立派な固有名詞でしょ。まんまストレートな方がいいと思うな」

すでに何度かこの案は今野さんから提示されていました。メディアの取材にも仮称であると断りながら「古典新訳文庫」と答えていたのです。この日改めて聞いたその音は意外に耳に心地好いものでした。字面も悪くないと思えてきます。

「たしかにいいかもしれない。ストレートな方が印象にも残るし、何をやろうとする文庫かもすぐに分かる」

その場にいた全員が最後にみなこのタイトルに賛意を表しました。シリーズタイトルはかくして決まったのです。これは結果として大成功だったと思います。タイトルの中に企画意図が含まれているので、多くの人にどんな文庫シリーズかをすぐに理解してもらえるからです。

前述の販売部F君はもう一つの提案をしてくれました。

「とにかく棚を取ることです。一段でもいいから、このシリーズの棚が書店にあることが重要です。残っていけるかどうかは、棚を取れるかどうかにかかっています」
「棚を取る」というのは、いかにも業界用語の匂いがして、お分かりにならない方が多いはずです。棚というのは文字通り、たくさんの本が並んでいる書店の本棚のことです。そこには岩波文庫、新潮文庫、角川文庫、ちくま文庫、河出文庫、ハヤカワ文庫などの海外小説や古典作品が置いてあります。

あの一角を占めろという指令です。これは容易なことではありません。当たり前ですが、棚はどの書店でもスペースは限られているし、どこの社も自分のところの本は減らしてほしくない。ショーウィンドウなのですから当然です。自社の文庫本が少なくなれば、ブランドイメージを著しく損なうことになります。

新参者がそこで存在を主張するにはどうすればよいか。まず評判になること。そしてある程度売れなければなりません。書店は図書館ではありません。経済活動をしているわけですから、いくら良書だからといっても全然売れなければ撤去されるだけです。それはよく分かっていました。つまり私たちが棚を取れば、どこかの社が撤退するのです。老舗《しにせ》ばかりの一角に新しいシリーズを並べてもらうのが、どれほどの困難を伴うことかが骨身に沁《し》みてわかったのは創刊後のことです。

F君のアドバイスは私の方針となりました。創刊して数年たったころ、彼は当時を回顧すると、またにこりと笑ってこう言いました。

「いやあ、棚を本当に取れるとは。ラッキーでしたね」。なんとも無責任な発言です。しかしながら、たぶんこの見方が大方の一致するところだったのではないでしょうか。

とりあえず、形式は文庫、シリーズ名は「古典新訳文庫」にすることは決まりました。次は装幀をはじめとするカバーデザインと紙を選ぶという難問に直面することになりました。私自身には書籍の資材に関する知識はありませんでした。それまでも書籍づくりの上でなにくれとなく面倒を見てくれた業務部のAさんが担当だったのは幸運でした。

奇跡のようなカバーのデザイン案

二〇〇六年になると、何人かのデザイナーに依頼していたカバーのデザイン案がそろそろ手元に届く時期になっていました。それまでの古典の文庫カバーは、トルストイやドストエフスキーの晩年の写真をあしらったものや妙に抽象的でいかにも海外文学らしいというようなものが多かったので、それらとは一線を画した斬新なものを、とお願いはしました。

結果として、出来上がってきたカバー案はどれも素晴らしいものでした。だからこそと言うと生意気に聞こえるかもしれませんが、清新なイメージに欠けるような気がして仕方がなかったのです。率直に言って既視感があるのです。乾坤一擲《けんこんいってき》、新しいシリーズを出すのだから、過去に例のない、誰も見たことのない斬新《ざんしん》なカバーがどうしてもほしい。よくよく考えた末に、少壮のデザイナー、木佐塔一郎さんに白羽の矢を立てました。木佐さんにはすでに何冊か単行本の仕事をお願いしたことがありました。作品のテーマを深く理解したうえでデザインを考える仕事ぶりに大いに助けられていましたから、今回もあっと驚くような案が出てくるのではないかと期待したのです。

木佐さんのデザインしたカバーの案を見た時の驚きと喜びをどう表現すればよいでしょうか。現在の古典新訳文庫のカバーと基本的に変わらない試作品が机の上に並んだのです。プリントアウトされたカバー案は、白地に素敵な線画が入っていました。見た瞬間に、これだ、と思いました。初めから完成していたのです。もちろん練り上げていく過程で例によって繰りだされる、微細な点にこだわる私のわがままの連射砲を、時に反論しながらも木佐さんは辛抱強く聞いてくれました。個性的な装画は画家の望月通陽《みちあき》さんのものでした。

もちろんまだ、望月さんにはご了承をいただいていませんでしたが、すでにこの装画以外は考えられないと思いました。この装画から受けたインパクトは一言では言い表せないくらい大きなものでした。

もう一つ斬新な提案が木佐さんからなされました。カバーに入れる文字や装画の色を国別に変えようという試みです。これは素晴らしい効果がありました。イギリス・アメリカは緑、フランス・イタリアは青、ドイツは茶、ロシアは赤。なぜロシアが赤なのか。やはりロシア革命を意識したのかという質問を何度も受けましたが、これは木佐さんの選択に従った結果です。結局のところ、古典作品の分類は十九世紀のヨーロッパが生み出した文学作品の色分けであることをいやでも意識させられました。

二〇〇七年十月発売の『知への賛歌――修道女ファナの手紙』（ソル・ファナ著　旦敬介訳）で初めてスペイン語作品が登場したのを機に、基本の四色以外の色をピンクで統一しました。この作品は三百年前にメキシコの修道女が書いた手紙を翻訳した画期的な作品でした。後にブラジル文学の大作家、マシャード・ジ・アシス『ドン・カズムッホ』『ブラス・クーバスの死後の回想』（武田千香訳）なども登場しますから、単純に国によって色の数を増やしていくとあまりに多くなりすぎて読者の混乱を招くだけだと考えたのです。

この国による色分けのアイデアは、他文庫との差別化を図る意味でも古典新訳文庫の大きな特徴となりました。創刊の時点では多くの読者はこの色分けの意味にまだはっきりと気づいていなかったかもしれませんが、書店に文庫が並び始めるとその意味は明瞭になりました。

カバーデザインがほぼ完成したと考えたので社長の意見を仰ぐことになりました。社長にはかねてより、カバーデザインを案の段階で見せるように言われていたのです。

「どんなのができたんだ」。社長はそう言いながら部屋に入ってきました。その時の社長の表情で、OKが出たことはすぐに分かりました。

「いいじゃないか。これでいこう」。社長はいくつかの修正点を挙げて打ち合わせは即座に終了しました。木佐さんにデザインをお願いしようと考えたこと自体、運命の女神が助けてくれたとしか思えません。それほど企画にぴったりのデザインだったのです。

カバーデザインのOKがでたので、今度は画家の望月通陽さんに正式にお願いをしなければなりません。望月さんは静岡にお住まいです。三月の末、木佐さん、K先輩と私は新幹線に乗っていました。静岡駅からタクシーでご自宅に向かいました。奥さんの声に応じて、アトリエから出てきた望月さんのウェーブのかかった長い髪が夕陽で輝いていたのを鮮明に記憶しています。仕事の話は即座にご快諾いただき、それからすぐに飲みに行きました。確かおでん屋さんでした。お店に着くと望月さんは焼酎《しょうちゅう》を水割りで頼みました。あっという間に大きなグラスを干すと「水で割っては焼酎に申し訳ない」と言ってロックに変えるのです。それもほとんど一気に飲み干すと「氷を入れては焼酎に申し訳ない」と言って今度はグラスから氷を出して、大きなグラス一杯の生《き》の焼酎を注文する。それをまたたく間にあけたのです。あっけにとられている私たちをきらきらと光る眼で見据えながら「さあ、さあ、飲んでください」と涼しい顔で勧めるのです。

あいにく木佐さんは酒を嗜《たしな》みませんし、K先輩もそんなに量は飲みません。となれば私が御相手することになります。その時の会話で望月さんが大変な読書家であることが分かりました。文学に対する造詣《ぞうけい》の深さを知れば知るほど、うっかりしたことは言えなくなります。しかしユーモアに満ちた話しぶりが楽しくて、ついつい酒が進んでしまいます。実は翌日朝一番で人間ドックの予約が入っていました。そのことを告げると望月さんは高らかに笑ってこう言いました。

「そりゃあ、いいじゃないですか。どんどん飲んでください。いい値が出ますよ」。こちらも調子に乗って飲み続けましたが、翌日、医者には叱られるし、検査が辛かったことといったらさながら拷問《ごうもん》のようでした。さすがに後悔しましたが後の祭りでした。

その後も望月さんにはずっと装画を描いていただいています。驚嘆すべき集中力を持っている望月さんは、すべての校正刷りを読んだうえで画を描きます。これは中途半端な覚悟ではできません。というのも校正刷りは時として七〇〇ページを優に超えることもあり、対象は世界中の文学と思想なのです。これを丹念に読んだうえで、作品の印象を踏まえて一点、一点の画を描き、担当者にいつも長い手紙を添えて送っていただいています。いろいろな場所で古典新訳文庫について話をする機会がありましたが、「古典新訳文庫を創刊から全部読んでいる人間がこの世に二人います。ひとりはぼくです。編集長だから当然ですね。さて、もう一人は誰でしょう」という問いかけをします。当然ですが、聴衆はみなもう一人が誰なのかを知りたがります。最後に「それはカバーの装画を描いている望月通陽さんです。すべての装画は原稿を読んだうえで描いていただいているのです」と種明かしをすると必ず感嘆の声が上がります。

一人の画家が描く装画で毎月のカバーを進行していくことは古典を扱う文庫ではあまり例がないと思います。古典新訳文庫は年間二十冊前後の刊行になりますが、すでに既刊で二七〇冊を超えています。そのカバーの装画を一人の画家がすべての作品を読んで描いているというだけでも大きな驚きだと思います。編集部は毎回、画が届くのを楽しみにしています。今回の作品にはどんな感想をお持ちなのか、いつも大変気になるところです。望月さんと話していて驚くのは読みの深さです。われわれの気付かない視点や角度から作品を明快に分析されるので大変勉強になります。

古典新訳文庫の装画だけで展覧会が開かれたこともあります。西荻窪の葉月ホールハウスで開かれた原画展は壮観でした。この時は「古典の森の物語」と題して私が望月さんにインタビューする形でトークイベントも開催されました。現在もYouTubeで見ることができるので、興味がある方は是非ご覧いただきたい。この個性的な装画が、いまや古典新訳文庫の顔になったのです。一点、一点が真剣勝負。決して妥協せず、最後まで手を抜かない。そのお仕事への姿勢に学んだことはとても大きいのです。相変わらず酒豪ぶりは衰えませんが、これからもお元気で装画を描いていただきたいと思います。

本文用紙と文字組を決めるまで

業務部のAさんの指示で、最初に取り組まなければならなかったのは本文用紙を決めることでした。本づくりにおいて紙はコストの面からみても一番重要なものです。したがってAさんと協議しながら慎重に作業を進めることになりました。

最初に色味を選びました。選ぶと言っても実はクリーム系にすることは決まっていました。しかし一言でクリーム系といっても紙の世界では数え切れないほどの色味が存在します。そのなかで赤味の強いものから青味の強いものまで微妙に違う本文用紙の見本を五種類選びました。その五種類の紙を使ってそれぞれ束《つか》見本（文字の入っていない本文用紙を文庫サイズに綴《と》じて製本した見本）を作ってもらいました。こういうふうに実際のサンプルを作ってみると、読者の立場に立って客観的に紙の比較ができるのです。

それまでずいぶん本は作ってきたつもりでしたが、これだけ本文用紙の色にバリエーションがあることを知って改めて驚きました。迷いに迷い、さんざん考え抜いた末に、古典作品に相性の良いと思う赤みのやや強い紙を選んだのです。温かみがあり、目に優しく、再読、三読に耐えるものだと思ったからです。しかも厚さもちょうどよい。指でめくっていくとさらさらと進むことができます。今日までその紙を使い続けていますが評判はとても良いのです。

創刊前に読者調査をしてみると「古典の文庫はそもそも文字が小さくて読みにくいし、行間はぎっしり詰まりすぎ。本を開くと真っ黒な印象があって読む気が失せてしまう」。例外なくこのような言葉を聞くことになりました。特に若い人々には悪評芬芬《ふんぷん》です。年齢が上がって老眼に悩む年代からも同じような訴えを聞きました。しかしながら、なぜかこの問題は長年放置されてきました。こんなところからも古典離れは起きているのではないか。内容もさることながら、文字の問題もとても重要なのではないかという思いは最初からありました。

小さな文字の使用は、太平洋戦争後の貧しい時代に行われた応急処置だったのかもしれません。紙は不足していたはずですから出来るだけ多くの文字を詰め込んだ可能性は大いにあります。もし文字をひと回り大きいものに変えようとすれば、製作過程を最初からやり直すため、大変な手間とコストがかかります。ですから結果として小さな文字が残ってしまったのも仕方がないと言えば言えるのです。しかし時代は劇的に変わりました。

私が入社した一九七九年はまだ活版印刷が残っていました。入社してすぐに研修で訪れた印刷所でお土産に金属でできた活字を手渡された時に、出版社で働くのだという実感が湧いてきたことを懐かしく思い出します。しかし一九八五年くらいからデジタル化は始まっていました。すべてはデータ化されて自在に変更可能になり、新刊の文庫は文字も大きく行間も広いものが出始めていたのです。とは言っても重版され続ける古典に関しては大きな変化はありませんでした。コストの問題が一番大きな要因だったことは間違いないのでしょうが、改善へ向けて試行する余地は残されていたように思います。

電子書籍の登場がある意味画期的だったのは、読者が史上はじめて自分で文字の大きさを選ぶことができるようになったことではないでしょうか。それまで編集者の専権事項であったことから読者を解放したことの意味は思われているよりずっと大きいと感じています。

デザイナーの木佐塔一郎さんはこちらの意図を完全に理解してくれました。美しい文字を使って、快適に読めること。文字そのものはもちろん、文字の大きさも適正で、行間もゆったりとしていて、読んでいてストレスがないこと。こちらの要望をすべて実現してくれたのです。木佐さんから届いた何種類もの文字組みの指定を印刷所に渡しました。実際に使うことになる本文用紙に何パターンもの文字が印刷されたものを見ていると、不思議な勇気が湧いてきます。ここまで徹底して基本から取り組めば大丈夫だという気がしてくるのです。

現在の古典新訳文庫のフォーマットはその時から変わっていません。読者から読みやすい文字でしかも十分な大きさで、行間も広くとってありストレスなく読めると言われると大変うれしい。本は内容だから、などと言っても読みやすくなければいけないという思いは変わっていません。行間を思い切り広げたため、一ページに入る字数も減りました。他社の文庫と比較するとページ数が増えて、定価に若干影響することもありますが、読みやすさを重視して、徹底的に読者サイドに立って考えたスタンスは理解されていると感じています。

表紙は古典新訳文庫オリジナルの紙で

創刊は二〇〇六年の六月の予定だったと書きました。しかしAさんから待ったがかかったのです。彼女はある日編集部に現れるとこう言いました。「創刊からのラインナップと翻訳の進行状況を見せていただけますか。業務部の担当として把握しておきたいのです」。至極まっとうな申し出でしたので、すぐに予定を告げたところ、「過去に創刊をしたほかのシリーズの経験から言って、これではすぐに苦しくなりますよ。新刊が出せなくなってしまうと大変なダメージになりますから、創刊は九月に延ばすべきだと思います。九月は光文社文庫の創刊月ですから、宣伝もしやすいのではないでしょうか」と言われてしまいました。社内への影響も考えて意地でも六月にはと思いましたが、そこまで言われては延期せざるを得ません。

カバーの紙もコストを抑えて映《は》えるものを採用しました。実は社長からは、古典のシリーズなのであまりコストのことばかり考えずに、品質の良いものを使うようにと言われていました。そのことはデザイナーの木佐さんにも伝えてあったので、彼が指定してくる用紙類はずいぶん高価なものが多かったのです。社長じきじきの意向だから自由に材料を選んでくださいといったのは、ほかならぬ私だったので木佐さんも自ずと力が入ったのは自然な成り行きです。しかし、ここでやりくり上手のAさんからストップがかかりました。「そんなに贅沢な作りにしたら、率直に言って儲かりません。定価が高くなってしまいますよ。これでは無理です」。彼女が提案してきたカバーの用紙はかなりお得な韓国メーカーのものでした。

さらにAさんは表紙についてはデザイナーの木佐さんの希望を満たすべく独自に紙作りをするというのです。ここで表紙というのは文庫のカバーではありません。業界用語はややこしいのですが、我慢してお付き合いを願いたい。カバーを外した状態での裸の本の表紙のことなのです。ここは文庫で一番しっかりした厚い紙を使う場所ですが、木佐さんの希望する紙では値段が高すぎるのです。適正な値段の表紙の紙を見つけることができなかったので、製紙会社と業務部が話し合った結果、なんと古典新訳文庫専用のオリジナル用紙を作ることになりました。

Aさんが新潟県長岡市にある北越製紙に出張に出かけたのは、創刊を間近に控えた二〇〇六年八月初旬のことです。ちょうど長岡の大花火大会の当日でした。「色味もっと濁らせてください。チリ（混ぜ物）も多めでお願いします」という通常の紙を作るときと正反対のオーダーをすると、オペレーターがおおいに戸惑っていたといいます。また色味の調整は薄い色から濃い色へと進めるのですが、少しでも希望よりも濃い色になってしまうと戻すことができないので材料はすべて廃棄となります。「この色だ！」というところで止めることに細心の注意を払ったので、その緊張は並み大抵のものではなかったでしょう。なにしろ失敗すれば再び機械を使えるのがひと月以上先になり、創刊も延期されるのです。大花火大会の見物もせずに、まさに花火開始の時間に長岡を後にするという強行スケジュールでした。その紙は見事に完成し、「お金のことは気にしなくていいと、駒井さんが言ったじゃないですか」と文句を言っていた（当然ですが）木佐さんも納得してくれました。ぜひ一度カバーを外して表紙を見ていただきたいと思います。そこにも努力と工夫の跡があるのですから。

「ふりがな」の工夫

いよいよ最終的に文庫の形を整えるべく様々な決定を下す時期になりました。本文に入れる注の問題も精密に考えなくてはなりません。いままでの古典の文庫では、巻末にまとめて注を入れるか、割注《わりちゅう》といって、小さな字で一行のスペースに二行入れる形式がほとんどでした。巻末に置かれた注は個人的な経験からいってもほとんど読みません。読みたくないからではなく、いちいち戻るのが面倒だからです。しかしこれでは世界の古典を読むときには決定的な不利をもたらします。当たり前のことですが、古典は時代も地理的条件もまったく違う場所を舞台にしています。ですから注を読まないと著しい理解の妨げになります。割注もかなり目にうっとうしい存在です。考えに考えた末、すべての注を該当の言葉が出てきた見開きページの左端に入れることにしました。こうすれば読者が文章を読んでいて「これはなんだろう？」と思ったら、すぐに目を左に転じれば注の助けを借りて理解することができます。もし知っていることならそのまま読み続ければよいだけです。これは長年にわたる自分の読書と編集者としての経験から導き出された結論でした。

ルビのことも説明しましょう。ルビ、すなわちふりがなをどう入れるかも重大な問題でした。海外の古典の翻訳ではルビを多用します。このとき知恵を出してくれたのが、創刊をはさんで一年半、編集の仕事を含めてすべての実務を引き受けてくれた編集者のSさんでした。

彼女は元は光文社の社員だったのですが、会社を離れてフリーの編集者として活躍していました。創刊前の大混乱のなかで、その経験を生かして編集部を助けてくれたのです。実際に書籍づくりを知っている編集者としてのSさんのアドバイスはいつも的確でした。その彼女が「ルビの拗音《ようおん》、促音《そくおん》はどうしますか」と聞いてくれました。拗音は例えば小さな「ょ」、促音は小さな「っ」です。実はルビに関してはこれまでの古典の翻訳は割合に鷹揚《おうよう》で、拗音や促音を使っていないものもありました。たとえば「憑依」は「ひようい」となっている例もあったのです。古典新訳文庫では「ひょうい」として、きちんと音がわかるようにしました。これは実は翻訳ではとても大切なことです。というのもルビが外国語の音を示す場合が多いからです。たとえば「信用」に振るルビで「クレジット」が「クレジット」となっていては分かりにくいし、ロシアの立憲民主党に「カデット」ではなく「カデット」とルビが振られていれば誤解を生じます。しかも登場人物が外国語を話す場面ではその言語の音をルビで表示する場合も多くあります。

さらに彼女のアドバイスで文字が一文字だけの行を止めました。改行した後で、たとえば「た。」という一字だけの行が来ることがあります。今でも普通に見ることができますが、実はこれが美しくない。一字だけがぶら下がるように残っていると、見た目が不安定で空きスペースが目立ってしまいます。古典新訳文庫ではこれは一切排することにしました。前の行の字の間隔を広げて、一字増やして二字とするか、反対に字の間隔を詰めて一字分を前の行に入れてしまうことにしたのです。デジタル化された故に可能な処置ではありましたが、格段に美しいページになったと思います。そもそもデザイナーの木佐塔一郎さんの文字組みの指定が大変に美的でしたから、さらにそれが洗練されたものになりました。

さらにさらに、拗音と促音が行頭にくることも禁止しました。これもSさんのアイデアだったのですが、小さな「ょ」や「っ」が行の頭にくると美しくありません。ですからそう指定して印刷所に徹底しました。これも文字の読みやすさと美的な配慮からでした。小さなことのようですが、このような積み重ねが、古典新訳文庫の文字組みは読みやすいといわれる結果を生んだのだと思っています。

第7章

ついに発売！

創刊八冊のラインナップ

第5章でふれたように二〇〇五年から編集部に参加したK先輩は、カッパ・ブックスや月刊誌で培《つちか》った豊富な編集経験を生かして積極的に助けてくれました。とりわけタイトルの付け方のうまさには羨望の念を抑えることができませんでした。二人でフランクフルトやロンドンのブックフェアに行って、優れたノンフィクション作品を探していた日々もよい思い出です。経験値の高いKさんの選択眼は確かなものがあり、とても勉強になりました。翻訳者の永田千奈さんから提案のあった、シュペルヴィエル『海に住む少女』はKさんの推薦がなければ決断できなかったと思います。Kさんは強くこの作品を推したのです。既訳を読んでみると確かに素晴らしい作家であり、個人的にも好みの作風でした。何も知らないまま、却下していたらどんなに悔いたことでしょう。

二〇〇六年六月からは、私よりひと回り若いN君が参加しました。現編集長です。書籍と雑誌の編集の経験がある彼が加わったことで、ようやく編集部としての体を成し始めました。しかし実際に創刊の準備に入ると猫の手も借りたいほどの忙しさです。カバーや校正刷りの進行の打ち合わせ、さらには新しい企画に伴う勉強など、いくら時間があっても足りません。特に次々に印刷所から届く校正刷りを前にして、新訳とは何か、という問題をその都度、根本から考えなくてはなりません。連日深夜まで仕事をして、週末もすべての時間を仕事に充てても到底間に合いません。仕方がないので禁酒することにしました。創刊までの二カ月間、飲んで楽しむことはできませんでしたが仕事はおおいに捗《はかど》りました。

創刊の冊数と作品タイトルは、もちろんこの時点で決定していました。この八冊を編集する過程は第4章と第5章でご紹介したとおりです。今一度その陣容を挙げておきましょう。

『リア王』（シェイクスピア　安西徹雄訳）
『初恋』（トゥルゲーネフ　沼野恭子訳）
『ちいさな王子』（サン＝テグジュペリ　野崎歓訳）
『マダム・エドワルダ／目玉の話』（バタイユ　中条省平訳）
『飛ぶ教室』（ケストナー　丘沢静也訳）
『カラマーゾフの兄弟1』（ドストエフスキー　亀山郁夫訳）
『猫とともに去りぬ』（ロダーリ　関口英子訳）
『永遠平和のために／啓蒙とは何か　他3編』（カント　中山元訳）

創刊時にかなりの冊数を刊行しなければ、書店の棚を取ることはできない。これは販売部のF君から聞いた重要なアドバイスです。ですから無理を覚悟して全部で八冊と決めました。負担は大きいのですが、このくらいの重量感がなければ既存の古典シリーズを凌《りょう》駕《が》することは難しい。そしてどんな目標をもって創刊されるシリーズなのか、イメージがストレートに読者に伝わるラインナップにしなければなりません。これを実現することはかなり難しいことでした。さらに九月に創刊した後のことも考えなければなりません。十月は四冊、十一月は五冊を刊行することに決めました。三カ月で十七冊。三人の編集部でこれをやり遂げるには猛烈な働きが必要になります。しかし最も重要なことは、このシリーズを続けていくことです。十七冊出して、はい、頑張りましたが力尽きました、では社長の憂慮が現実になってしまいます。しかしそうはなりませんでした。休刊になった雑誌があり、そこから新しいメンバーが加わることになったのです。八月から参加したH君は「週刊宝石」時代にも一緒に働いたことがあり、個人的にも親しい優秀な編集者でした。

いよいよ創刊に向かって走り出しましたが、ときに自分をまるでドン・キホーテのようであると感じることがありました。行く手には、長い歴史を誇る老舗の古典ブランドがそれこそ巨人のように立ちはだかっています。その蓄積の総体が醸し出す歴史の重みは十分に威圧的でした。新参者は胸を借りるしかありません。「徹底的に読者の立場に立って編集し、古典のイメージを変えて見せようではないか」。仕事の合間に夕食を取りに行く店で、部員たちを前に話す機会が多くなりました。「知ったかぶりをしてはいけない。こちらには誇るべき歴史も十分な教養もない。だからこそ分からないことを分からないと勇気を持って言うべきなのだ」。編集者は往々にして、この「分からない」が言えなくなることを知っていました。仕事をする相手は素晴らしい知性と才能の持ち主ばかりです。自分の無知を隠したくなるのは人情です。しかし私たちが知ったかぶりを始めた瞬間に自らの存在意義を失うことは避けられません。読者代表として、翻訳者と堂々と対峙《たいじ》しよう。連日深夜に及ぶ編集作業をこなしながらも、意気軒昂《いきけんこう》であった日々を懐かしく思い出します。

このころから校閲部とのやりとりも頻繁になりました。それまで外国の古典文学や思想書を手掛けたことがなかったにもかかわらず、ありがたいことに校閲部はこのシリーズに非常に好意的でした。

彼らは良い意味で原則に固執しました。二〇〇五年後半から始まった編集部とのやりとりにおける煩瑣《はんさ》な作業を厭《いと》わず、初めて直面する困難な問題にも積極的に取り組んでくれました。

「苦虫を嚙んだ顔」という表現

古典新訳文庫を直接担当してくれたのはOさんでした。ベテランの校閲者です。彼女の支えがなかったら古典新訳文庫の信頼性がここまで高まったかどうかは、はなはだ疑問です。古典作品を編集するうえで緻密な校閲作業が行われるかどうかは、生命線だと言ってもよいと思います。身びいきに聞こえるかもしれませんが「光文社の校閲は凄い」「光文社の校閲はここまでやるのか」。翻訳者たちからそういう声をたびたび聞く機会がありました。

Oさんに特にお願いしていたのは、日本語の表現としての正確さ。とりわけ慣用表現などのチェックです。そして文章の流れがスムースに頭に入るかということも重要なチェックポイントでした。

慣用表現には間違いが多かったのです。Oさんの印象に強く残っているのは「苦虫を嚙んだ顔」という表現だといいます。「苦虫を嚙みつぶしたような顔」が正しいことは言うまでもありませんが、これは従来の翻訳に登場した不正確な表現の典型です。「意味は分かるから、これくらいのことはいいじゃないか」という読者もいるかもしれません。翻訳者は原文との格闘に集中するあまり、訳文そのものに気が回らないことも多くなるのでしょう。不正確な表現が登場することはままあるのです。

海外の古典は、そもそも異文化を基盤として生まれた作品ですから理解は難しい。かえてこういう表現が頻出すると、分かりにくい内容がますます頭に入りにくくなってしまいます。読者が頭の中でもう一度正しい日本語に翻訳し直すのだから当然です。古典嫌いは案外こんな単純な理由で増えたのかもしれません。翻訳文学を読んでいるとだんだん頭が痺れてきて、日本の小説を読み始めてしまったという告白を何度聞かされたことでしょう。

なぜか翻訳だけ、このような不自然な表現が見逃されてきたのです。作家が書いたら指摘を受けるような日本語が、翻訳作品にだけ許されてきたのは不思議としか言いようがありません。元々が外国語の文章だから、少しくらい変な表現があって当たり前だという思いが読者、翻訳者、編集者にあったのではないでしょうか。現場の編集者として、なんとなく分かるのです。Oさんは率先してこのような不正確な表現をチェックしてくれました。

Oさんを通じて外部の校閲者にも助けられました。ドイツ哲学を原文で読み解く校閲者、古典ギリシャ語に堪能な校閲者が存在することに驚くこともありました。学者でなくとも大変な知識を持つ人々がいるのです。校正に「原文では」という書き込みがあると、私たちだけではなく、翻訳した専門家たちも驚いてしまう。

外部の校閲者たちの、プロの面目躍如の仕事ぶりを紹介しましょう。翻訳では、しばしば主部と述部の関係が非常に分かりにくい文章が登場します。原文の述部が非常に長いにもかかわらず、そのまま翻訳されてしまうからです。文意を追っていくことができず困惑した経験をお持ちの方も多いと思います。こういう種類の指摘は本来の校閲作業からは逸脱しています。しかし校閲者はいつも丁寧に指摘する労を厭わなかったのです。構文どおりだと主張する翻訳者もいましたが、日本語として意味を追っていくのが難しい文章には容赦なくチェックを入れてもらうことにしていました。こういう繰り返しの作業のおかげで古い翻訳調の文体は姿を消していったのです。

もう一例挙げましょう。校正作業の時に、校閲者によって、既訳の本を参照する人たちと先入観が入るから見ない人たちに分かれたといいます。文章に日本語にはない表現が出現した場合でも校閲者としてはなんとか意味を取ろうとします。その場合に、既訳を読むとヒントを得られることがあるのです。当然ながら既訳には注や訳文の補いなどが存在することがあります。ですから目の前の校正刷りにはなんの説明もない表現も、既訳を参照することで、例えば「ああ、これは『ことわざ』なのだ」と気づくことができます。一方で先入観に捉われたくないと、敢えて既訳をまったく読まない校閲者もいたそうです。

校閲作業でなによりも困難を極めるのは、日本語では普通使われないような言葉が翻訳の文章に登場する時です。そういう言葉はよく調べてみると英和や仏和辞書などには載っていることがある。しかし、いくら調べてもはっきりとした意味は分からない。たぶん日本語にない概念を表すときに、辞書の編纂者たちが訳語を作り出したのではないかと考えたそうですが、基本的には不自然な日本語なのでできるだけ自然なものに変えるように必ずチェックを入れたと言います。

こういうケースでは英語ならまだ辞書が揃っているから探索も比較的容易でしょうが、その他の言語になると、いちいち調べることはどんなに手間のかかる作業だったことでしょう。

ネットの存在の大きさにもOさんは言及しました。食べ物、土地の風景などが具体的に映像で見られるようになったことは、校閲作業においては想像以上に大きな変化だったといいます。調べたものが、「ああ、こういうものなんだ」と具体的に納得できることは新鮮な体験だったというのはよく分かります。ネットが校閲作業においても不可欠なものになった証左でしょう。

梅雨時に入ると作業は一段とリアルになりました。販売部はすでに五月には書店員への古典新訳文庫に関するアンケートを行っていました。予想通りというべきか悲観的なものがほとんどでした。多く寄せられた意見は、岩波文庫と新潮文庫があるのに、いまさら新しい文庫が必要だとは思えないという大変まっとうなものでした。周囲の悲観的な見方に慣れてはいましたが、残念な結果ではありました。しかし作業は粛々と進めるしかありません。営業サイドも宣伝をするためにいろいろな材料の提出を求めてきます。いよいよ書店にこのシリーズが並ぶ日がくる。興奮よりもプレッシャーの方が大きくなっていったのは仕方がありません。

九月発売ということは八月の半ばまでには、印刷所に戻す校正刷りの最終チェックを終えていなければなりません。前述した中山元さんとのカントの校正刷りのやりとりはその後も順調に進んでいました。しかし一度に八冊のチェックとなると想像以上に大変です。前述したように、新しい翻訳の校正刷りもつぎつぎと上がってきます。編集者の今野哲男さんには、さらなる翻訳者の発掘と進行の管理をしてもらい、私は校正刷りを読むことにできるだけ時間を割くようにしました。「新しい試みに挑戦するんだ」という意気込みだけは伝わったので、翻訳者もこちらの踏み込んだ提案に力強く応じてくれるようになりました。

書店向けパンフレットを作る

七月のある日のこと宣伝部のMさんが突然、編集部にやって来ました。これまでまったく交渉のなかったMさんの登場にいくぶん驚いたのは事実です。大柄な体軀《たいく》と長く伸ばした髪が個性的な印象を与えるMさんは、ニコッと笑うと予想外の言葉を口にしました。

「書店とメディア向けに古典新訳文庫のパンフレットを作りましょう」

えっと思いました。よもや社内からこのような予期せぬ援軍が現れるとは。思いもよらないことでした。話を聞いてみると、本格的な四つ折り大判の豪華なパンフレットの提案です。これは本当にうれしい話でした。

企画案を示しながら説明するMさんの構想を聞いていると、素晴らしいものが出来上がる予感がしてきます。コンセプトもいい。古典新訳文庫シリーズの狙いと創刊八冊のあらすじや内容・解説、作家の経歴が過不足なく入っている。原稿の締め切りを聞きました。なんとほんの数日しかありません。ぎりぎりの日程です。Mさんは、私が元週刊誌編集者だから、きつい締め切りには慣れているので大丈夫だろうと考えたようです。創刊前のドタバタで疲弊《ひへい》してはいましたが、うれしい提案に躊躇なくOKしました。

「いやあ、いい企画ですね。応援しますよ。それじゃ原稿お願いします」

Mさんはそう言うと風のように去って行きました。徹夜の連続で原稿を書きましたが、不思議と疲れを感じませんでした。結果として、デザインもスタイリッシュなうえにコンテがしっかりしているから、古典新訳文庫の創刊意図がしっかりと伝わるパンフレットになりました。

このパンフレットは貴重なメモワールです。たくさんの思い出が詰まっているのです。創刊後も折に触れて読み返してきました。初発の動力というか、自分が何を目指していたのかを知ることができるからです。

これが創刊後も長く続くMさんとのコラボレーションの始まりでした。Mさんがその後、どれだけたくさんの企画で古典新訳文庫を引っ張っていってくれたことか。その実行力と宣伝戦略の見事さは想像をはるかに超えたものでした。この稀代《きたい》のアイデアマンのMさんと共に今は販売局長を務めるK君が販売戦略の現場で大いに助けてくれました。当時の彼はまだ青年の面影を残す若きハンサムな営業マンでしたが、創刊前から翻訳出版編集部の担当としていろいろ相談に乗ってもらっていました。創刊の一年前の夏、書籍のキャップになっていた彼を誘って神楽坂に飲みに行きました。その当時流行っていた「ロングテール」という言葉を分からぬながら駆使して、これからは長く売っていく商品も必要だろうと力説したのを覚えています。すると、そうですねとあっさり賛同してくれたのです。

「既刊をそろえて売っていきたいという考えには賛成です。うちの会社では新しい考え方ですよね。分かりました。それでは一緒に売る方法を考えましょう」

彼がそう言ってくれた時、道が開けるような気がしました。また、古典新訳文庫のしおりに登場人物の人名表を入れたのは、K君の提案でした。一緒に飲んでいるときに、彼の頭にひらめいたアイデアです。この人名表入りのしおりは大好評でした。これ以外にもたくさんの企画を考えて実行に移してくれたのです。

なによりもありがたかったのは、K君が音頭を取って、小冊子『古典新訳の発見――〝新大陸〟はここにあった!』を刊行する体制を整えてくれたことです。これは「小説宝石」の全面的な支援を受けて編集されました。作家十九名に、「いま古典がおもしろい――私と名作」というアンケートをお願いして、「これまで最も感銘を受けた二冊と新訳で読めるとしたら是非もう一度読みたい作品を一冊」挙げてもらいました。江上剛さん、荻原浩さん、恩田陸さん、桜庭一樹さん、三浦しをんさんなど錚々たる作家陣からコメントをいただきました。あとで触れますが、亀山郁夫さんや野崎歓さんも参加した東京外国語大学のシンポジウム「世界の文学から地球の現実を見つめる」のレポートやその時に行われた安西徹雄さんの講演記録も収録しました。また「古典作品への誘い」というテーマで金原瑞人さん、沼野恭子さん、中条省平さん、丘沢静也さん、関口英子さんら五人の外国文学者にエッセイも書いていただいた超豪華な小冊子となったのです。創刊翌年の二〇〇七年一月の下旬に発送を予定、読者千名にプレゼント、残りを書店に配布して目録として使ってもらうよう企画を進めてくれました。

運命の九月七日

季節は変わり初夏の陽射しに打たれるような日々が到来しました。つぎつぎと校閲部から戻る校正刷りを読み、カバーの色味をチェックし、業務部のAさんはもちろん、宣伝部Mさんと販売部K君をはじめとする営業サイドと創刊のキャンペーンについての打ち合わせが続きました。50歳になった私は、信じられないくらい元気でした。この年齢で新しいことを始めるのは冒険であると周囲には思われていたようですが、本人は一向に気にしていませんでした。

炎暑の中で八冊の校正刷りの最終チェック作業は続きます。八月の初旬から、まず『リア王』と『飛ぶ教室』を本番の印刷に回しました。次は『猫とともに去りぬ』『初恋』『ちいさな王子』の順で進め、さらに『永遠平和のために／啓蒙とは何か 他3編』を終えました。ここまででもかなり疲弊はしましたが、最後に『カラマーゾフの兄弟』が控えていました。通算すると五回に及んだ校正作業を経て『カラマーゾフ』の最終チェックをなんとか終えたときはホッとして力が抜けました。その日の夕方には前述した小冊子に再録される予定の、作家の川上弘美さんとフランス文学者の野崎歓さんのサン＝テグジュペリ『ちいさな王子』の新訳をめぐる対談が予定されていました。光文社のPR誌「本が好き！」に掲載される対談でしたが、現場に向かった時はほぼ肉体的には限界でした。しかし気分は高揚していたのです。二人の文学者の素敵な話を聞くことができるし、今日からお酒も飲めるのです。充実した内容の対談が終わり食事をすませると、川上さんと野崎さんと一緒に飲み始めました。対談をセッティングしてくれたPR誌編集長のダジャレに腹がよじれるほど笑いながらも、「ああ、発売日が来ると読者の審判が下されるのだな」という思いが頭をよぎります。さして感傷的にもならなかったのは、ベストを尽くした感覚があったからでしょう。

八月の中旬、最初に『リア王』の見本が出来上がってきました。それを受け取った時の感激は一言では言い表せません。愛娘を愛でるように本を愛でました。K先輩は「これだけのラインナップをそろえたんだから絶対に評判になるよ。俺は大丈夫だと思うな」と言ってくれました。

ついに九月七日がやってきました。朝日新聞、読売新聞、日経新聞に全五段と呼ばれる大きな創刊の告知広告を打ちました。しかも朝日はカラーです。かなり高額な広告料金のことは考えないことにしました。当日の朝、新聞を広げて広告を見たとき、ああ、ついに始まったのだと思いを新たにしました。「賽《さい》は投げられた」のです。

これから起きる反応はまったく予測できません。幸運なことに創刊前から、新聞や雑誌の取材を受けていました。最初の取材は創刊前年の二〇〇五年のことでした。十月二十二日の朝日新聞に掲載された「名作の新訳　刊行ラッシュ」という記事に、新潮社、早川書房、藤原書店、岩波文庫、ちくま文庫などの紹介が続いた後で、来年六月に「古典新訳文庫」（仮称）を立ち上げる予定であること、当面、百冊程度の刊行を目指していく、二〇〇七年に団塊世代のリタイアが始まるので彼らを読者対象とする、というのが記事の骨子でした。私のコメントは「先を急ぐばかりの20世紀が終わり、いまは混迷の時代。読者は本質的なものへと向かっている」。以後ずっと変奏されていく説明の先駆けです。紙面には二〇〇三年からの新訳作品が表組のなかにずらっと並んでいます。一番初めに登場するのはもちろん『キャッチャー・イン・ザ・ライ』でした。やはり、この作品が出現したころから「新訳市場」は認知され始めていたのです。ずいぶん早い段階での取材はありがたいものでした。

次に取材を受けたのは「通訳・翻訳ジャーナル」です。二〇〇六年四月号に掲載された記事では、私が「翻訳が一つしかなくて、しかもそれが自分に合わなければ、その人は作品を読む機会を失ってしまう。でも、新訳によって選択肢が増え、自分のテイストに合った翻訳を選べるようになる」とコメントしています。この記事では二〇〇六年七月創刊と紹介され、この時点で発売予定が一カ月だけ伸びています。七月中旬に掲載された読売新聞のコラムで、翻訳者の深町眞理子さんが九月に創刊される古典新訳文庫と紹介しています。その時点では創刊は九月に修正していたのです。この記事で深町さんはご自身も古典新訳文庫で仕事をしていると書いたうえで、ただ簡単で分かりやすい訳文にするということに対して警告を発しています。

八月にはカラーの書影入りで朝日新聞、読売新聞に創刊することが紹介されました。日刊ゲンダイも九月頭に創刊を知らせる記事を掲載。これに東京新聞、毎日新聞、日経新聞が続きます。営業サイドが努力して流してくれた情報が、このような形で記事として結実したことに感謝すると同時に、この企画に対する期待値の高さを物語っているようにも思えました。

いざ創刊されると、直後から新聞、雑誌、テレビ、ラジオなどあらゆるメディアから取材を受けました。そのほとんどが意外の感を抱えての取材です。なぜ古典を？　なぜ光文社が？　何度も何度も同じ事を答えました。誇張ではなく、取材攻勢という表現がぴったりだと思いました。驚くほどの反響の大きさだったのです。自分がかつて週刊誌で、いろいろな人間に取材した時のことを思い出しました。そして取材される側の心情も分かるようになったのです。紹介してもらうことは、本当にありがたい。だが余計なことを言わないよう気を遣って話すと意外に疲れます。もちろん一件も断ることなく話をしたのは言うまでもありません。

なんと言ってもうれしかったのは、「週刊文春」の人気書評欄「文庫本を狙え！」にカントの『永遠平和のために／啓蒙とは何か 他3編』を坪内祐三さんが紹介してくれたことでした。ラインナップを知った時に、とても本格的というかきちんとしたシリーズで驚いたこと、訳者も一流の人ばかりだということ、そしてよくこんなメンバーを集められたものだという驚きを語っています。一番の注目の書として中山元さんのカントを挙げ、『プロレゴメナ』に予備校生のころに挑戦して、まったく歯が立たず、自分の頭ではカントは理解できないと思ったが、この作品を読んで、とてもクリアーに分かるじゃないか、という感想を書いてくれました。

クリアーな理由は「理性」という言葉（訳語）にある。普通この言葉は、「悟性」

という独特の哲学語に訳され、一般の読者は既にここでつまずいてしまう。

訳注で中山元は、「悟性」という言葉の本来的な意味を簡潔に説明したのち、「しかしここでは広い意味での理性と考えてほしい」と述べている。そのような判断のもとに選ばれた訳語なのだ。そしてそこにこの新訳の文字通りの新しさがある。

この新訳によってようやくカントが私たちの身近な哲学者になるだろう。

（「週刊文春」２００６年９月28日号）

当然ですが、この書評には我が意を得たりという思いがありました。前述した中山さんとのやりとりが実を結んだことが分かったからです。

地方紙にもどんどん紹介され始めました。『マダム・エドワルダ／目玉の話』『猫とともに去りぬ』をはじめ、すべての作品にたくさんの好意的な書評が寄せられたことは大きな自信につながりました。路線は間違っていなかったのです。

もう一つ印象に残った書評が、作家の大岡玲《あきら》さんに毎日新聞の「今週の本棚」に執筆していただいた「古典を人々の手元に引き寄せる好企画」という記事でした。企画として三つの美点を挙げてくれました。第一点、作品の選び方が面白い。カント『永遠平和のために』とケストナー『飛ぶ教室』が同じシリーズのなかで同時に刊行されるという発想が洒落《しゃれ》ている。第二点、翻訳者の陣容。当今一流の外国文学研究者兼文章家をきら星のごとく配している。作品と訳者のマッチングが絶妙。これだけのメンバーをどうやって口説いたのか。第三点、翻訳者ひとりひとりが訳し方の趣向に知恵をふりしぼっている。そうしてひとつひとつの翻訳について大岡さんが論評されています。

シリーズ創刊の意図を完全に理解した書評を書いていただいたことは、本当にありがたかった。大いに勇気づけられました。

この二つの書評に共通することは、企画を深く理解したうえで、実際の新訳の出来上がりをきちんと評価してくれていることでした。大岡さんにはその後、コッローディ『ピノッキオの冒険』の新訳を古典新訳文庫の一冊として入れていただきました。

その後も経済誌の「週刊ダイヤモンド」に紹介されたりして読者の裾野《すその》の広がりを感じつつありましたが、創刊第二弾が発売された翌日の十月十三日、なんと「日刊スポーツ」に大きく記事が掲載されたのです。年内の刊行ラインナップまで入っています。私はフランクフルトのブックフェアに出張していたのでK先輩が取材に答えてくれました。スポーツ新聞からの取材は、宣伝部のMさんがよく言っていた「この企画そのものをムーブメントにしなければいけません」という提案がすでにして現実のものになりつつあることを感じました。同じ日に創刊第二弾を紹介する大きな広告が朝日新聞に掲載されます。

小さな紹介記事まで含めると実にたくさんの記者たちが古典新訳文庫について書いてくれました。正直信じられない思いでした。これだけの大反響が起きると誰が予想したでしょうか。「古典は売れない」という周囲の悲観論にすっかり慣れてしまっていたので、ここまでのブレイクは予想を超えたものでした。

九月末には私自身が、初めてFMラジオに出演しました。生放送なのでちょっと緊張しましたが、古典についての話を十分にすることができ、大過なく放送を終えることができました。たくさんのリスナーが古典新訳文庫の存在を知ってくれるのではないかと思ったことをよく覚えています。

十月十二日の第二弾の発売にあわせて、読売新聞の「新!読書生活」という対談シリーズに島田雅彦さんと金原ひとみさんの古典文学についての対談が収録され、下段に古典新訳文庫の大きなカラー広告が掲載されました。これは宣伝部のMさんが仕掛けた新しい戦略的な告知の方法でした。登壇したお二人には自由に古典を含む文学について語っていただき、そのエッセンスをまとめて記事として掲載する。それに合わせて記事下に古典新訳文庫の広告を打っていく。これは、その後しばらくの間、古典新訳文庫の宣伝戦略の基本となったのです。次の十一月発売の最終チェックの準備をしながら対談に立ち会うことは、それなりに大変でしたが、この戦略の重要性はよく理解していたつもりでしたので迷いはまったくありませんでした。

十月十四日には東京外国語大学のシンポジウム「文学から地球へ！　世界の文学から地球の現実を見つめる」が文京シビックホールで開催されました。この時のレポートを、先に紹介した二〇〇七年初頭に読者プレゼント用に準備した小冊子『古典新訳の発見――〝新大陸は〟ここにあった』に収録しました。亀山郁夫さんや野崎歓さんの参加したシンポジウムは、それぞれのお話がとても個性的で面白かったし、安西徹雄さんの「古典と教養のルネサンス――イギリス人のシェイクスピア発見について」と題した講演は初心者にも分かるよう工夫された内容でした。このシンポジウムは亀山さんの主導で行われましたが、打ち上げが忘れられません。外国文学者たちがあんなに酔うところを初めて見たのです。新しい発見に満ちた楽しい時間でした。

十月はもう一つ、うれしいニュースが飛び込んできました。第十一回読売出版広告賞の金賞を受賞したのです。これは出版広告に与えられる賞ですが、創刊以来Mさんが手がけてきた古典新訳文庫の広告のデザインと内容が評価されたことは大きな喜びでした。デザインを手がけたベター・デイズの大久保裕文さんにはその後も沼野充義さんがホストを務めた対談集のカバーデザインなど編集部の仕事でいろいろとお世話になっています。

まだ取材ラッシュは続いていました。この頃の記事には古典新訳文庫のカバーをたくさん並べた写真を使ったものが増えました。デザイナーの木佐塔一郎さんの狙いは的中したのです。個性的なカバーが新しいシリーズの顔として認識された証しだと思いました。十二月四日号のアエラに掲載された「時代の気分は新コーハ」という記事は印象的なものでした。「コーハ」とは硬派のことですが、時代が本質的なものに向かっているという趣旨で書かれた記事でした。八〇年代半ばまでの「軽チャー」の時代が終わり、一九九五年の阪神・淡路大震災、サリン事件、九七年の山一、拓銀の倒産ショックがあった頃から世の中が大きく変化したという内容です。今、古典をなぜ読むのかという、古典新訳文庫の創刊の意図をよく理解して書かれた記事として強く印象に残っています。

無事離陸には成功

二〇〇六年十月からのリストを挙げておきましょう。創刊の翌月ですから、推力を落としてはいけないという思いはありました。せっかく離陸に成功したのに、急に降下が始まるのはよく見てきたことだったからです。

『イワン・イリイチの死／クロイツェル・ソナタ』（トルストイ　望月哲男訳）
『黒猫／モルグ街の殺人』（ポー　小川高義訳）
『海に住む少女』（シュペルヴィエル　永田千奈訳）
『帝国主義論』（レーニン　角田安正訳）

創刊のラインナップを踏襲した意外性と新鮮さにあふれた四冊であると各所から評価されたことは自信に繋がりました。トルストイ晩年の作品をロシア文学者の望月哲男さんの端正な文章で読むことは校正刷りの段階からとても充実した読書体験でした。小川高義さんのポーも作品の新しいイメージを創出するのに成功しています。この章の最初に書いた『海に住む少女』は、多くの人にとっては初めて読む短編集であったにもかかわらず、好評をもって迎えられました。そして『帝国主義論』です。カントに続いて、この月も社会科学の分野から一冊を入れようと思っていたのです。二〇〇五年くらいから、マルクスを読み直すという内容の本がずいぶん出版されるようになっていました。しかしロシア革命の本家本元であるレーニンの著作の新訳は、それほど多くはなかったので、読者には新鮮に受けとられたのではないかと思います。

十一月は結果として四作品、五冊になりました。

『ジェイン・エア（上・下）』（C・ブロンテ　小尾芙佐訳）
『クリスマス・キャロル』（ディケンズ　池央耿《ひろあき》訳）
『鼻／外套／査察官』（ゴーゴリ　浦雅春訳）
『カラマーゾフの兄弟2』（ドストエフスキー　亀山郁夫訳）

十七冊刊行することには成功しました。出来上がりは自信のあるものばかりでした。小尾さんと池さんは長いキャリアを誇る翻訳者です。文体については事前に十分打ち合わせをしていたので、最後になって話し合わなければならないような問題はまったくありませんでした。この二作品のように既訳が数多《あまた》ある作品は、それらを乗り越えることはきわめて困難なことだと思われていました。しかし、お二人の素晴らしい筆の力で難しい仕事が達成できました。これぞ名訳と誇ることのできる仕上がりだと思います。ゴーゴリについては、第5章で紹介したとおりです。そして驚くべきことに『カラマーゾフの兄弟』の第二巻が一巻からわずか二カ月後に刊行されました。これはいい意味で異常な事態と言ってよいものでした。編集部としては願ってもないペースではありましたが、翻訳者には過酷で超人的な努力が必要になります。亀山さんの集中力は維持されていたのです。このあとも凄まじいペースで翻訳が続けられたことはご存知の通りです。

十二月六日の東京新聞「文藝ガーリッシュ」で千野帽子さんが『海に住む少女』を紹介してくれました。この作品は、書評にも本当にたくさん取り上げられましたが、これは最も印象的な内容だったので忘れられません。こうして二〇〇六年は信じられないような大反響のうちに暮れていきました。実態はひたすら仕事ばかりして睡眠時間の短かったこと。しかし、まだまだ大丈夫だという気持ちに偽《いつわ》りはありませんでした。

十二月以降は、月二冊の刊行としました。淡々と月二冊を刊行していくといっても、原稿は既訳を超えるものにしていく努力を怠《おこた》らないようにしなければなりません。不眠不休という言葉がぴったりの多忙な日々ではありませんでした。冬休みも校正刷りを読む毎日で、大晦日《おおみそか》は除夜《じょや》の鐘《かね》を聞きながら仕事をしていました。盆も正月もないというのは、レトリックでなく実際にありうるのだということを初めて知りました。高揚していたのでしょう。異常なことをしているという意識はさらさらなく、ただひたすらに良い原稿を目指して働く毎日でした。

二〇〇七年になっても刊行点数は減らしたものの、仕事のペースはほとんど変わりませんでした。古典新訳文庫には、相変わらず風が吹いていたのです。あらゆる書評メディアが、新刊を取り上げて紹介してくれたので、ブーム（と呼ばせてもらいます）は、途切れることなく続いていたのです。

「財界」四月二十四日号にも「海外名作の新訳がブーム」という記事が載りました。「お色直しで再ヒット」というコピーがいかにも経済誌らしい。『カラマーゾフの兄弟』が大きなヒットになりかけているという追い風はありましたが、古典の新訳という企画自体が社会的に大きな注目を集めつつあることを実感していました。

二〇〇七年一月刊、キプリングの『プークが丘の妖精パック』（金原瑞人・三辺律子訳）

は、『ジャングル・ブック』などで日本でも大変有名なキプリングの未邦訳作品でした。この作品はイギリスでは広く読まれている作品であったにもかかわらず、日本ではなぜか一度も翻訳されたことがなかったのです。こういう作品も掘り起こして積極的に出版していくのだという姿勢が評価されていることを感じました。

この時期に、読者に鮮烈な印象を与えた一冊は、三月刊のトロツキーの『レーニン』だと思います。トロツキーといえば、レーニンと並ぶロシア革命を代表する革命家であり、また優れた著作家でもありましたが、長い間よい翻訳がありませんでした。森田成也さんの勢いある新訳で蘇ったトロツキーの筆には生彩があり、みなぎるようなエネルギーを感じさせました。しかもロシア語原典からの初めての翻訳であるという意欲的な新訳です。なんと産経新聞にも小さな書評が載ったのです。また四月に関口英子さんのイタリアン・ファンタジーの第二弾ブッツァーティ『神を見た犬』を刊行した際も、古典新訳文庫がこのジャンルに力を入れていくのだということが、読者に好感されていることが伝わってきました。

五月十日付の朝日新聞に駒井稔編集長は少し偉そうにこんなコメントを出しています。

「大成功です。定年退職で時間のできる団塊の世代を当て込んでいたが、読者の半分は30代までの若者でした」

少し余裕が出てきたように読めるかもしれませんが、もちろん内実はそんなものではありません。しかし六月になると明らかに様相が変わりました。亀山郁夫さんご自身のメディアへの露出が極端に増えたのです。「ドストエフスキーの季節」と書かれる記事を多く目にするようになりました。

そのひとつ、日経新聞の編集委員Uさんの取材は忘れられません。長いキャリアを持つ有名な記者であることは知っていました。Uさんはいろいろ聞かなければいけないことを一通り聞くと、とたんに砕けた口調でこう言ったのです。

「いや、もちろん記事にするためにお話を聞きに来たんだけど、個人的にね、どんな人が作ったのか興味があったんですよ。どんな人がこの企画をやったのかなって。会ってみたかったんだ」

思ってもみなかった言葉にうれしさがこみ上げてきましたが、照れてしまって妙な反応をしてしまいました。こう言ったと記憶しています。

「それでどうでした。がっかりしましたか」

六月刊のホイットマン『おれにはアメリカの歌声が聴こえる――草の葉（抄）』（飯野友幸訳）はシリーズで初めての詩集でした。

この詩を読んだ時は驚きました。翻訳において最も難しいと言われる詩の翻訳で、これは稀有な仕上がりだと思ったからです。編集部で校正刷りをチェックしていた時に編集者のSさんがその詩を読みながら、「素晴らしいですね」と声を弾ませたのです。そのとき、これは評判になると確信しました。第8章で詳述しますが、一人称を訳し変えていった手法は、革新的なものでした。

『カラマーゾフの兄弟』ついに完結

二〇〇七年七月に『カラマーゾフの兄弟』は四、五巻を同時発売して、完結に漕《こ》ぎつけました。全五巻を十カ月で刊行するという驚異的なペースでした。販売部は完結記念に全巻を入れることのできる化粧箱を作ってくれました。校正刷りの最終チェックを六月の中旬の深夜、Sさんと二人で終わらせた時の達成感は忘れられません。見本が出来上がってきて、万遺漏《ばんいろう》なく立派な本になったことを確認した時は、さすがに感無量でした。それから間を置かずして五巻累計で二十三万部という数字になりました。海外文学で、ロシア文学で、しかもドストエフスキーで、この数字は例外的なものだと誰しもが思ったはずです。

七月二十二日にはロシア・ポーランド文学者の沼野充義さんに企画していただいた、亀山郁夫訳『カラマーゾフの兄弟』完結記念シンポジウム「〈ビィヴァ、カラマーゾフ!〉——ロシア文学の古典新訳を考える——」というイベントが東大の法文二号館二階一番大教室で開かれました。満員の観客を前に、古典新訳文庫で翻訳を手掛けた浦雅春さん、望月哲男さん、安岡治子さん、沼野恭子さんが講演。「ロシア文学古典新訳を語る——翻訳家大集合」と銘打ったパネルディスカッションが行われたのです。第二部は亀山さんと沼野さんのトークセッションでした。「徹底討議——ここがすごい、『カラマーゾフの兄弟』という時宜《じぎ》を得た、素晴らしい対談になりました。

このイベントの打ち上げは、本郷にあるビアホールで開かれました。その会場で亀山さんが幾分不安そうな面持ちで「駒井さん、ここが頂点かな」と言ったのを覚えています。もちろん頂点どころではなく、通過点にしか過ぎなかったことは今になると良く分かるのですが、あの時点では亀山さんの捉え方が実感としては正しかったような気がします。ブームとはすべてこういうものかもしれませんが、最終的にどこまで行くのかは誰も予測できないのです。

打ち上げは古典新訳文庫でロシア文学を翻訳したすべての先生方が集まった贅沢なものになりました。若い学生たちも参加する宴会を心ゆくまで楽しみました。沼野さんのいつも変わらぬ心配りのおかげでした。

創刊一周年を迎えた二〇〇七年九月は次のようなラインナップでした。

『赤と黒（上）』（スタンダール　野崎歓訳）
『新アラビア夜話』（スティーヴンスン　南條竹則・坂本あおい訳）
『野性の呼び声』（ロンドン　深町眞理子訳）
『変身／掟の前で　他2編』（カフカ　丘沢静也訳）
『幻想の未来／文化への不満』（フロイト　中山元訳）

さらなる広がりを感じさせる五冊だと思います。しかも創刊から一年で四十冊作ったことになるのです。よくやったと思うと同時に、当時のスタッフたちには申し訳ないという気持ちがあります。自分の夢を実現するためにいくら徹夜をしようが勝手ですが、会社の仕事として、まったく割に合わない労働を引き受けてくれたK先輩、H君、N君、そして実務をすべて取り仕切ってくれたSさんに心からの感謝を捧げます。

この創刊一周年記念のラインナップでは、古典新訳文庫に新しいファンタジーの路線を確立した、南條竹則さんの登場は特筆すべき出来事でした。これはK先輩の尽力によるものです。Kさんは、南條さんと坂本あおいさんの翻訳で二〇〇五年に刊行された東京創元社のヘンリー・ジェイムズ『ねじの回転』の一行目を読んだ瞬間、これだ！と思ったと言います。すぐに南條さんにコンタクトを取り、翻訳をお願いすることができました。以後、イギリス文学の怪奇幻想小説の白眉が次々と紹介されていくことになるのです。

翻訳者の深町眞理子さんに訳していただいた『野性の呼び声』の臨場感あふれる翻訳は、日本語の翻訳文として極めて正統的なものでした。カフカは、「史的批判版」という一番新しいテクストを使った画期的な新訳でした。この最新のテクストを使用した理由については第8章で説明します。

中山元さんのフロイトの新訳が登場したことも大きな意味を持っていました。古典新訳文庫で次々と新訳を刊行していく中山さんへの読者の支持が、日に日に広がっていくのが実感できる日々でした。その分かりやすい新訳で、いままで諦めていた読書が可能になったことを、どれだけたくさんの読者が喜んだことか。編集者としても大変に恵まれていたと思わざるをえません。

この時期になると『カラマーゾフの兄弟』のおかげもあって、古典新訳文庫という固有名詞が少しずつですが、定着してくるのが分かりました。翻訳を依頼する時も、創刊前のように、企画の趣旨を一から説明する必要はありません。これならこの企画を長く続けられるかもしれない。大きな古典の森に育てていけるかもしれないと考え始めていました。

ですから余計に緊張を解くことを恐れました。少しでも油断したり慢心したりしたら、既存の文庫に負けてしまいます。週刊誌の経験から、読者の敏感さを甘く見てはいけないことをよく知っていたつもりです。質が下がれば、その時点で本能的に古典新訳文庫から離れていくのは自明のことでした。いやが上にも翻訳の質にこだわるようになっていったのは必然です。経験値も高くなってきたので、新訳をお願いするうえで、最初に話し合うべき重要なポイントも分かるようになっていました。

野崎歓さんにお願いした『赤と黒』は、校正の段階からさまざまなやり取りがありました。このスタンダールの代表作は、個人的にも古典新訳文庫にはぜひ入れたい作品でした。野崎さんには原稿の段階から最終のチェックまで、実に丁寧に対応していただきました。その野崎さんも家族旅行の旅先まで編集部が追いかけてくるとは想像もしなかったと思います。

二〇〇七年の盛夏。私たちは創刊一周年の五冊の最終チェックを粛々と進めていました。『赤と黒』も無事にほぼ終了の段階までできていましたが、最後に確認しておきたいことがいくつかあることに気づきました。担当したH君にその日の野崎さんのご予定を聞きました。「夏休みですから、ご家族でご旅行です」。季節からいってもごく自然な予定です。ではご滞在の場所は？　H君はこちらの意図を察知してか、知らないふりをしようとします。彼の動揺ぶりから、滞在先を承知していることを確信しました。

「最後にどうしても確認しておきたい事項があるんだ。申し訳ないけど、これを宿にファックスしてくれないか」

彼は「おまえは何という人間なのだ」という眼でこちらを見ました。しかし最後まであきらめるつもりはありません。

「分かりました」と言って、H君は意を決して校正刷りを送ってくれました。やがて野崎さんから丁寧なチェックが戻ってきました。

この話は作家の辻原登さんが主催されていた会合で、野崎さんが参加された時に披露したことがあります。辻原さんは編集者の武勇伝の類いとしてとても面白がってくれましたが、この話には後日談があります。

野崎さんに講演をお願いして、一緒に関西に出張した時に新幹線の車中でこの話になったことがあります。「いや、大変失礼なことを致しました」と素直に謝りました。いかに熱心さからとは言え、あまりに身勝手で失礼な行為だったと時間が経つにつれ後悔が深まっていたからです。すると野崎さんがぽつりと言ったのです。「いや、ぼくよりも妻が怒りましたよ」。これには恐縮しました。こちらは作業に夢中になっていましたが、それは自分勝手な言い分で、確かに家族旅行の旅先にまで校正刷りを送るような不届きな編集者はいないでしょう。本当に申し訳なかったと思っています。

『カラマーゾフの兄弟』の快進撃は続きました。「カラ兄」なる略語も生まれ、若者の間で、一種の流行語のようになったのです。作家の高橋源一郎さんが「週刊現代」のコラムで「世界文学『カラキョウ』化計画」と題して紹介してくれました。教えているゼミの大学生が「先生、『カラキョウ』って、ヤバイぐらい面白いですね」と言ったと書いてあるのを読んで微苦笑《びくしょう》を禁じえませんでした。亀山さんのメディアへの登場はますます増えていきました。

このころになると、民放やＮＨＫの取材が連続して入るようになり、加速度的に注目度が増していきました。

二〇〇七年の十月に、ＦＭ放送のＪＦＮで、今をときめく池上彰さんの「編集長！お時間です。」に出演しました。現在は大変な有名人になってしまった池上彰さんですが、そのころはまだフリーランスになって三年目ぐらいではなかったでしょうか。大ブレイクの直前ではありましたが、もちろんすでに名を知られたジャーナリストでした。この時の池上さんの、古典の新訳に対する理解の正確さには驚きました。実に的確に本質を突いた質問をしてくるのです。今日の大活躍もむべなるかなと思わせる鋭さが印象に残っています。

残念なことに、この頃、創刊前から編集部を支えてくれたＳさんが本来の編集者の仕事に戻るために古典新訳文庫を離れました。以後も校正刷りの最終チェック作業だけは続けてくれたので大いに助かりました。彼女の緻密なチェックがなければ品質に影響が出ることを恐れていたのです。

毎日出版文化賞特別賞を受賞

二〇〇七年の十一月に、『カラマーゾフの兄弟』が毎日出版文化賞特別賞を受賞しました。受賞の知らせが飛び込んできたのは、フランクフルト・ブックフェアで次のミーティングに向かっていた時でした。この作品が受賞するということになれば、このシリーズも続けていくことができるかもしれないという安堵の念が湧いてきます。ある大手新聞の学芸部長から、こういう企画の存続の条件として、大きな賞を取ることと、ベストセラーが出ることを創刊前に教示されていたからですが、これはもう大丈夫かなという気持ちになりました。

早速秘書室に連絡をとり、社長に伝えるように手配をしました。受賞の結果として創刊時と同じようなすさまじい取材ラッシュに見舞われました。一番困惑したのが、「なぜ売れたのか、解説せよ」というメディアからの要請でした。正直答えに窮《きゅう》したのです。『カラマーゾフの兄弟』が売れた理由など、そんなに簡単に説明できるわけがありません。ですから「こういう不安な時代には、本質的なものが読まれるのでは」などと言った決まり文句をコメントするしかありませんでした。

受賞が決まった後に亀山さんと話していると、創刊前の打ち合わせをした例の居酒屋が思い出されます。あれから、二年余。ずいぶん違う風景を見ている自分たちに驚くことしきりでした。授賞式で挨拶した社長は嬉しそうでした。自分の裁可した企画から、こういう結果が出たので満足だったのでしょう。


その後も『カラマーゾフの兄弟』の人気は衰えることなく、あらゆるメディアに取り上げられ、古典の新訳、そしてドストエフスキーの時ならぬブームの牽引《けんいん》役となっていきました。亀山さんに対する取材依頼は止むことがなかったのです。二〇〇八年秋、五冊まとめてではありましたが、百万部を超えた時、出張中だったフランクフルトのブックフェアで配られるニュースリリースに、日本で『カラマーゾフの兄弟』が爆発的に売れているという記事が載りました。誰がこの情報をもたらしたのかは分かりませんでしたが、出版の世界では世界的なニュースになったことを実感しました。

ニューヨークでエージェントとして働くドイツ人の友人とフェア中に食事を共にする機会がありました。彼の専門はロシア文学でモスクワにも留学経験があります。来日経験もありました。彼はすぐに質問してきました。「なぜ日本でドストエフスキーがそんなに売れたんだい」

フランクフルトの中国料理店で、質問が止むことはありませんでした。

「一体全体、日本人にとってドストエフスキーのなにが面白いのかな」「どういう人間が買っているんだろう。若い人、女性も読むのかい」「日本人は外国文学が好きなのか」「ドイツ文学は何が読まれているんだろう」。彼の質問は職業的な興味をはるかに超えています。ロシア文学を専攻して留学までした人間として興味が湧くのでしょう。こちらも一生懸命説明するのですが、なんとも歯切れの悪い答えになってしまいました。

「ドイツでもドストエフスキーを読む人間はたくさんいるけど、五巻累計で百万部はありえないな」。彼はそう言って肩をすくめました。

空前の(?)カラマーゾフ・ブームは、販売部にとっては心配事でもあったようです。結果と刷ったのはいいが、返品として戻ってくることも本という商品の宿命だからです。業務して安堵はしたものの、販売部のK君はそのことを本当に心配していたといいます。部のAさんによると、当時は印刷用の紙が足りなくなるかもしれないので業者が緊張したといいますから、それなりの事態にはなっていたようです。

そんなある日、編集部に不思議な電話がかかってきました。電話にでると奇妙なアクセントの日本語で叫ぶように話しかけてきます。

「こちらはロシアのＮＨＫです！」

は、それは何ですかと問う間もなく、今度は英語で話し始めます。何度も聞き直してようやく分かったことは、彼はロシア国営テレビ Russia 1 の記者であり、日本で『カラマーゾフの兄弟』が大ヒットしていることを取材したいという申し出だということでした。亀山さんにも取材するといいます。もちろん名誉なことだと了承しましたが、日本語と英語のどちらで取材されるのか、一抹の不安がありました。きっと通訳を連れてくるのだろうと高を括っていると、取材に現れたのはその記者とカメラマンの二人の青年だけでした。

彼らは本社の一階に展示されている古典新訳文庫を背景にインタヴューを始めました。日本語はあきらめたらしく、かなり癖のある英語で実に誠実に問いかけを繰り返します。「なぜ、日本でこんなにカラマーゾフが売れているのか」「主な読者層はだれか」こういう質問にこちらも英語で答える。ロシアの視聴者はこれで分かるのかな、と思いましたが後日送ってもらったＤＶＤを観るとロシア語できちんと説明が入っていました。

取材が終わって、二人に「あなたたちはカラマーゾフをいつ読んだのか」と問うと、ちょっとたじろいだ表情を見せました。顔を見合わせながら、「そう言えば学生時代に少し……」

ロシア文学はもちろん、レーニンやトロツキーの新訳も出しているというと、二人はなんとも複雑な表情をしました。

この間、亀山さんのメディアへの露出はさらに頻繁になっていました。あちこちのメディアからの取材が引きも切らない状態だったのです。編集部でもその全てを把握できないくらいでした。私にまで、ロータリークラブや大学で話をして欲しいという要望がきます。請われて東京国際ブックフェアの行われている東京ビッグサイトで講演をしたこともあります。すべての申し出を受けるつもりでいましたから、もちろん承諾はしましたが、会場に行くと知り合いの編集者がたくさん聞きに来ています。ばつの悪いことといったらありません。穴があったら入りたい気分でした。彼らは酒を飲んで陽気にふるまう普段の私を知っていますから、内心では大笑いしていたのではないかと思います。「何が真面目に『カラマーゾフはなぜ売れたか』だよ。駒井さんもだめになったなあ」。こういう悪態が聞こえてくるようで、やりにくいことこのうえありません。一刻も早く終わらせたいという気持ちになったことはお分かりいただけると思います。

しかし良いことは続くもので十一月に亀山さんはロシア語、ロシア文化の普及に貢献したことにより、ロシアの文化勲章にあたる「プーシキン・メダル」を受賞するためにモスクワに旅立ちました。そして時の大統領、メドヴェージェフから直接メダルを授与されました。二〇〇九年の年初には、なんとあの宝塚歌劇団が亀山郁夫訳『カラマーゾフの兄弟』を東京で舞台にかけたのです。編集部全員で赤坂サカスに観劇に行きましたが、想像以上に素晴らしい出来栄えに驚きました。新訳を基に作りあげられた独特の世界は、実に巧みに作品のエッセンスを伝えることに成功していました。「カラマーゾフ、カラマーゾフ」という歌声が今でも耳に残っています。生まれて初めて観た宝塚歌劇でしたが、十分に堪能することができました。

地道な刊行を続けていく

このような望外と言ってもいいような成功に支えられながらも、当然ですが地道な刊行は続いていました。二〇〇七年十一月に刊行された『幼年期の終わり』（アーサー・C・ク

ラーク　池田真紀子訳）は一九八九年にクラーク自身が書き変えた第一章を初めて訳出したものであり、その部分は本邦初訳でした。版権も新たに取得したのです。新訳した池田真紀子さんがあとがきで書いているように、一九五三年に刊行され米ソの宇宙開発を強く意識していた一章が、冷戦の終結を織りこんだ現代的なものに書き直されています。これは重要な変更ですが、それまでこの新しい章は翻訳されていなかったのです。この作品は古典新訳文庫に初めてSF作品が入ったことでも評判を呼びました。三島由紀夫が『小説とは何か』でバタイユなどと同時に紹介していた作品でもあります。「週刊新潮」の「闘う時評」で福田和也さんも高く評価してくれました。

十二月には『車輪の下で』（ヘッセ　松永美穂訳）。年が明けて二〇〇八年一月には、『肉体の悪魔』（ラディゲ　中条省平訳）。三月には『狂気の愛』（ブルトン　海老坂武訳）。四月には『永続革命論』（トロツキー　森田成也訳）。古典中の古典とでも言うべき作品を次々と新訳して刊行しました。古典の基本的なラインナップを充実させていくことに腐心したのです。五月には『消え去ったアルベルチーヌ』（プルースト　高遠弘美訳）を刊行。これは第8章で詳しく触れますが、プルーストが生前最後に手を入れたテクストを翻訳したものです。これも本邦初訳でした。この翻訳については、古典新訳文庫にかのプルーストがついに登場したという大きなメッセージになりました。

四月にはうれしいことに『赤と黒（上・下）』が五万部を超えました。これも古典としては破格の数字でした。

また四月に刊行された土屋京子さんの『鹿と少年（二〇一二年十一月『仔鹿物語』に改題）』（ローリングズ）、六月の土屋政雄さんの『月と六ペンス』（モーム）は、プロの翻訳者による新訳として大変な好評で迎えられました。若い頃に読んだこの二作が、こんなに面白い物語だと改めて教えられました。特に『仔鹿物語』は幼いころの枕頭《ちんとう》の書だったのですが、ピュリッツァー賞を受賞した本格的な作品であることを初めて知りました。児童向けにリライトされた縮約版で読んだので、土屋京子さんの見事な筆でよみがえったこの小説が、立派な文学作品であることを知ったことは個人的にも大きな収穫でした。


七月には満を持して『アンナ・カレーニナ』（トルストイ　望月哲男訳）の刊行が始まりました。わずか四カ月後の十一月には完結するという驚異的なペースでした。ロシア文学者の望月哲男さんの訳文は端正にして流麗であり、33歳で古典を再び読み始めたときに最初に読んだこの作品の新訳を刊行できたことは、大いなる喜びでした。50代に読む『アンナ・カレーニナ』は、また違う顔を見せてくれました。アンナの夫・カレーニンが親しい友のようにも思えたのです。妻の不貞を知ったカレーニンの深い苦悩がよく理解できたのです。なによりも白樺派によって造形された人道主義的な作家・トルストイというステレオタイプなイメージから脱出できたように思いました。トルストイは優れた超一流の小説家なのだという当たり前の事実をきちんと認識できたのです。これは望月さんの優れた新訳のおかげでした。冒頭の有名な書き出しの部分を引用してみましょう。

幸せな家族はどれもみな同じようにみえるが、不幸な家族にはそれぞれの不幸の形がある。

オブロンスキー家は大混乱のさなかにあった。夫が以前家庭教師に雇っていたフランス女と関係を持っていたことに気づいた妻が、もう一つ屋根の下には暮らせないと、面と向かって宣言したのだ。この悶着《もんちゃく》はすでに三日目に入っていて、当人同士も家族も使用人たちも、ひどくまいっていた。こうして一緒に暮らしていても意味はない、どこかの宿屋に偶然泊まり合わせた人々のほうが、自分たちよりもよっぽど親密なくらいだ――オブロンスキー家の家族も使用人も、皆そう感じていたのだ。

この印象的な書き出しから物語は始まりますが、実に読みやすく、格調高い日本語の文章が続いていくのがお分かりいただけるでしょう。大長編を読む時の重い緊張感から解放されて、物語そのものにすっと入っていけます。かつてのトルストイの翻訳とはひと味もふた味も違う、大きな膂力《りょりょく》を備えた作家としてのトルストイを初めて自然に感じることができるものでした。

二〇〇八年九月、創刊二周年のラインナップを見てみましょう。

『アンナ・カレーニナ3』（トルストイ　望月哲男訳）
『マクベス』（シェイクスピア　安西徹雄訳）
『寄宿生テルレスの混乱』（ムージル　丘沢静也訳）
『天使の蝶』（プリモ・レーヴィ　関口英子訳）
『社会契約論／ジュネーヴ草稿』（ルソー　中山元訳）

ムージルやプリモ・レーヴィはマニア垂涎の作品でしたし、ルソーは前月に『人間不平等起源論』を同じく中山元さんの新訳で出したばかりでした。同じ著者の新訳を連続して刊行することは読者に対する強烈なメッセージとなります。ルソーは中江兆民の翻訳から始まって、日本の近代における思想上の教師として長く言及されてきましたが、残念ながら私たち普通の読者が読むことのできるような翻訳は多くはありませんでした。ですから中山さんの仕事の意義は大変大きなものがあったと言えます。

十月には『罪と罰』の刊行が始まりました。『カラマーゾフの兄弟』の百万部突破から間を置かずして、次の作品の刊行が始まったことになります。ドストエフスキーという作家が、さらなる推力となってこのシリーズを牽引してくれたのです。同時刊行は『菊と刀』(ベネディクト　角田安正訳)でした。

前述したように翌十一月には『アンナ・カレーニナ』が全四巻で完結。評判の高い作品ばかりが怒濤《どとう》のような勢いで刊行されたので、ありがたいことにメディアの取材もひっきりなしに受けることになりました。

新訳についてはは稿を改めますが、ただ読みやすいものを目指していると思われていた古典新訳文庫が、実は翻訳の世界に革命を起こそうとしていることに敏感な読者は気付き始めていたのではないかと思います。

十一月には渡辺守章さん訳のロスタン『シラノ・ド・ベルジュラック』を刊行。この新訳の校正刷りを読んだ時の面白さと言ったら。誇張でなく夢中になって読みました。渡辺さんとの仕事は、本当に貴重な経験になりました。翌年の五月にシラノ役を鹿賀丈史《かがたけし》さんが演じてこの作品がミュージカルとして上演される直前に、トークイベントが行われましたが、渡辺さんの巧みな話しぶりにあらためて魅了されました。

二〇〇九年を迎えるとさらなる飛躍を目指しての試みが始まりました。一月に岸美光《よしはる》さんのトーマス・マン『だまされた女／すげかえられた首』、三月に大島かおりさんのホフマン『黄金の壺／マドモワゼル・ド・スキュデリ』、四月に藤井省三さんの魯迅《ろじん》『故郷／阿Q正伝』、そして中山元さんのニーチェの『善悪の彼岸』を刊行しました。中山さんはさらにニーチェの『道徳の系譜学』を六月に刊行するという超人的なスピードで翻訳に取り組んでいただきました。

このようにドイツ文学や中国文学が次々と刊行されたことで、このシリーズのふくらみが増したことが認識されたと思います。

創刊三周年二〇〇九年九月のラインナップです。

『グランド・ブルテーシュ奇譚』（バルザック　宮下志朗訳）
『グレート・ギャッツビー』（フィッツジェラルド　小川高義訳）
『種の起源（上）』（ダーウィン　渡辺政隆訳）
『闇の奥』（コンラッド　黒原敏行訳）
『歎異抄』（唯円《ゆいえん》著・親鸞述　川村湊訳）

創刊から三年が経っても、前進の気概をいささかも失っていないことはお分かりいただけると思います。たくさんの翻訳者の協力を得て、新訳という事業が順調に進んでいくのをようやく実感することができました。初めてのバルザックの短編集で、フランス文学が花開いた十九世紀の代表的な古典作品を手掛けることができました。あの『グレート・ギャッツビー』を小川高義さんの新訳で読んだ時は、これは間違いなく後世に残ると確信しました。後の三冊については、第8章で詳しく述べるつもりですが、とにかく緊張感を持続させることはできたつもりでした。創刊から三年。ここに至って、初めて古典新訳文庫は離陸に成功したのだという実感を持つことができたのです。

第8章

新訳に何ができるか?

カルチャーショックに見舞われる

一九九七年八月に翻訳出版編集部に異動になり、翻訳書の出版という新しい仕事に就くことになりました。41歳。書籍編集者としてはかなり遅いスタートでした。

書籍と週刊誌、どちらも編集者の仕事は同じではないかと思うかもしれませんがこれが全く違うのです。週刊誌は動で書籍は静。こんな対比ではすみません。書籍のフロアに移って驚いたのは自分の声が大きいということでした。馬鹿みたいな話だと思うなかれ。メールや携帯の無い時代には週刊誌編集部では固定電話で話すことが普通でしたから、勢い声が大きくなるのです。書籍編集者はそんなことはありません。こんな些細《ささい》なことからはじまって、さまざまなカルチャーショックに見舞われました。

なぜ翻訳出版編集部だったのか。社内の人間からもよく聞かれました。答えは簡単です。自分にとって最も面白そうな本を出していた部署だったからです。たとえば『アメリカを葬った男――マフィア激白！ ケネディ兄弟、モンロー死の真相』（サム＆チャック・ジアンカーナ著 落合信彦訳）や『秘密工作者――チェ・ゲバラを殺した男の告白』（フェリス・I・ロドリゲス、ジョン・ワイズマン著 落合信彦訳）などを読んで自分もこういう硬派なノンフィクションを手掛けてみたいと思ったのです。週刊誌の現場を踏んだ人間にとって最善の部署だと思えました。

英語を使う部署だと知ってはいましたが、事前に聞いていたことと実態は大いに違いました。会社ではよくあることですが、これには面喰らいました。私は英文科の出身でもありませんし、英語が得意でもありません。だから編集長と話した時に言われた「心配しなくていい。英語なんてできなくても大丈夫」という言葉にすっかり安心してしまったのです。ですから配属された初日に編集長から分厚い原書をポンと机の上に投げられ「まだやることもないから、これ一カ月で読んで」と言われたときの驚きをどう表現すればいいでしょう。「話が違います。英語はできなくてもいいと言ったでしょう」と叫びそうになりました。しかしそこは会社です。仕方なく毎日少しずつ読み始めました。長年の週刊誌生活で雑駁《ざっぱく》な毎日を過ごすことに慣れた身にとっては、まさに拷問のような日々です。文句を言っても仕方がないので辞書を引きながら少しずつ読み進めていくと、なんとこれが面白いのです。その本はのちに『アンダーボス――血の告白：マフィア［沈黙の掟］に背いた男』（ピーター・マース著　山本光伸訳）として発売されました。一級のノンフィクションでした。今読んでも十分面白いはずです。マフィアの大ボスをＦＢＩに売って、自分は整形手術を受けて普通に生活している、日本のヤクザで言えば若頭《わかがしら》だった男の告白です。組織内の奇妙な儀式や掟には興味をそそられましたし、この男が裏切り者になっていく過程は小説を読んでいるような味わいがあったのです。

とにもかくにも、こんな風に書籍編集者の日々は始まりました。しかし過酷な日々は続きます。少し慣れてきたと思ったら秋のフランクフルト・ブックフェアに行くことになりました。海外出張です。「海外ですか。いいですね」と周囲の同僚は羨《うらや》みましたが、これが過酷な旅でした。異動前に英会話力についても尋ねてありました。編集長の答えは「相手の言っていることが、だいたいわかればいいんだよ」

外国旅行の現場で鍛えた、さまざまな単語を駆使して何とか意思を通じさせてしまうようないい加減な英語力で間に合うのかなと思ったのが大きな間違いでした。

フランクフルトに着いてブックフェアが始まると驚愕しました。海外のエージェントたちの本の説明が信じられないくらい早口なのです。本の説明は日本語で聞いてもよくわからないことが多いのですが、まして英語です。現場では英語が標準ですから相手も容赦がない。できなければ参加資格がないというスタンスです。この事態は予想をはるかに超えていました。しかも編集長の英語はとても流暢《りゅうちょう》であり、彼が出版界では一番の英語の使い手だということも知りました。

幕張の四倍もあるというメッセのなかを走りながら、三十分おきにミーティングをこなしていくと一日でくたくたになります。編集長に抗議しましたが時すでに遅し。疲れ果てて帰国すると、今度こそ会話の勉強をしようとするものの、悲しいかなすぐに日常に流されてしまうのです。

翻訳への目覚め

書籍づくりにようやく慣れて、校正刷りを読み、カバーの装丁などを違和感なく進行できるようになったころでした。ある日、一冊の本の翻訳原稿が上がってきました。プロの翻訳者の仕事ではありませんでしたが、相応のキャリアを持つ人間の原稿だったのです。原稿を読み始めると狐につままれたような気がしました。冒頭の部分からまったく頭に入らないのです。自分が疲れているのだと思い、同僚に読んでもらうことにしました。彼女は静かに読んでいましたが、終わるとそっけなく一言「全然分からないわ」といって原稿を返してきました。やっぱりそうか。人はいつも自分を責める。相手の経歴が整っている場合は特にそうです。しかしその原稿は最初から日本語としては理解できるようなものではありませんでした。英語はできる人なのでしょうが、翻訳の訓練がまるでできていなかったのです。長いやりとりの末、無事出版に漕ぎつけましたが、翻訳という作業が語学力とは単純に結びつかないことを学んだ最初の出来事でした。

編集部には英語の使い手が二人いました。一人はもちろん編集長です。それからもう一人、東京外国語大学を卒業した英語の達人がいたのです。翻訳者から受け取った原稿を読んでいると必ず分からないところが出てきます。こういう時は、この二人に助けを求めました。

原文でいえばたった四行。しかし訳文はまったく意味がわからない。明らかに無理に日本語を作った印象があります。原文を何度も読み、それから辞書を引いて何度検討してもどうしても分からない。二人にここが分かりませんと聞くと、待ってましたとばかりに大判の分厚い辞書を持ってきてページをめくり始めます。一つの単語に二十の訳語が載っている場合、これは十五個目に該当するねと言われると最初は驚きます。それでも分からなければ、別の大きな辞書や英英辞書の登場となり、構文解析の時間となります。時間はどんどん過ぎていく。やっとこうではないかという結論にたどり着いたときは、すでに二時間以上たっていることはざらでした。大学のゼミでしごかれているような気分になりましたが、今思うと本当にありがたい教育でした。解読できた時の喜びは大きく、霧が晴れるように分かるとはこういうことなのかと思ったものです。

私が学んだのは英語ではありません。二人のおかげで翻訳の本質を学んだのです。外国語を理解することはこんなに難しいのだということ。あるいは読解のミスは起きやすいということ。そして何よりも私を驚かせたのは、翻訳調の難解な文章は、実は日本語としての文章表現の未熟さに帰するところが大きいということでした。これは驚天動地の認識革命でした。誰もが理解できない自分ばかりを責めてきたのですが、実は翻訳の文章に問題があったことは意外ですらありました。古典新訳文庫を始める用意はこのときに整ったのだと言ってもよいと思います。それまで長期にわたって世界の古典を読み続けて、自分の理解力の無さに絶望していた身としては驚くべき覚醒だったといえます。

もちろん序章の冒頭に掲げた長谷川宏さんの「訳者まえがき」の文章は、ずっと頭に残っていましたが、この作業を通じてやっと実感を伴った理解に辿り着くことができたのです。

さらに二人が挑んでもどうしても完全な理解に至らず、ネイティヴの力を借りることもありました。構文はなんとか解析できても、文化や歴史的な背景を知らないと日本人にはまったく分からない事柄が必ずある。こういう時は、ネイティヴの、しかも知識のある人間に確認することが大事だということも学びました。二人の厳しい教師に出会えたことは幸運だったとつくづく思います。

古典新訳文庫に関して言えば、よく言われるのが読みやすさを重視するあまり、文章が簡単になりすぎているのではないか。あるいは原文はもっと難解であるのに訳文は引っ掛かりなく、すらすらと面白く読めるのはいかがなものかという疑問です。

これについては大いなる誤解があると思えるのです。古典新訳文庫で仕事をするすべての翻訳者が原文のニュアンスを極力残しつつ、文章を彫琢《ちょうたく》していることは言うまでもありません。編集部も難しい漢字を使わないでくださいとか、やさしい文章にしてくださいなどとことさらに言ったこともないのです。晦渋な文体が再現できるなら、それは願ってもないことです。原作が芸術作品であるなら、翻訳作品も芸術作品でなければならないというのが理想的な形です。それを目指して古典新訳文庫は奮闘してきたのですから。

難しい議論はひとまず置いておき、今この国で、この時代に、本当に必要とされているのは、なによりもまず理解することができる訳文ではないでしょうか。それが叶わずに多くの読者が古典離れを起こしてきたのなら、それを克服しつつ理想に向かって進んでいけばいい。長年、現場で翻訳の原稿と取り組んできた編集者としての実感です。

読める訳文を実現するためにはどうしたらよいのでしょうか。私の答えは明快です。翻訳における無用な難解さを排することに尽きます。日本語として理解不能な不自然な表現、必然性のない奇妙なレトリック、リズムを欠いた文章。こういった要素を排除していけば、読むことが可能な翻訳ができあがることをすでに実務として学んでいました。

自分自身がそうだったように、多くの読者が自分ばかりを責め、能力がないから分からないのだと古典に背を向けてしまうのをなんとか防ぎたい。そのためにはどんな翻訳でも作品として読むことができるのが大前提です。

そしてどんなにかみ砕いた訳文を採用しても、難解な文学と思想は存在することを古典新訳文庫の編集過程で痛いほど学びました。

体験的新訳論

いわゆる直訳と意訳という言葉に象徴される翻訳観は、私が翻訳出版の仕事を始めた一九九〇年代後半にはまだ普通に語られていました。ひとつひとつの単語に辞書に載っている訳語を逐語《ちくご》的に、言いかえればやや機械的に当てはめていくといわゆる直訳調の訳文になります。いまでもこういう翻訳はたくさん残っていますが、読み通すのには忍耐が必要になります。それは日本語としての単語と単語のつながりを考慮に入れないから、奇怪な日本語表現を頻出させることになるのです。イメージが結べないまま読み進むうちにまったく理解不能になり、本を投げ出してしまう。これが原文に忠実だとされる直訳ならば読者にとっては災難でしかありません。この直訳調の文章が近代の日本語の表現を豊かにしてきたという功績があったとしても、もうその役割は終わったのではないでしょうか。

それでは意訳という時に、何を意味していたかといえば、原文から離れて勝手に作り上げた(ややいいかげんな)訳文であるというニュアンスではないでしょうか。長い間この二項対立のなかで翻訳は語られてきました。いわゆる直訳では読みがたく、意訳では間違った訳文を読まされているかもしれないというのでは読者は浮かばれません。もちろん原文の一部を意図的に飛ばして訳したり、極端な例では書かれていない事柄を勝手に書き入れてしまうような翻訳は論外であることは言うまでもありません。

新訳を考えるとき、原文をきちんと正確に読み取りながら、それを自然な日本語として表現するという極めてオーソドックスな考え方に立つべきではないかと考えました。それは日々の仕事で原稿をやりとりしている優秀な翻訳者たちがすでに試みていることでもあったのです。世界文学や思想の理解不能な翻訳をありがたがっていた時代があったことは確かですが、翻訳の世界にも新しい才能と潮流が生まれつつあることを実感していました。

翻訳に関して書かれた本は無数にあります。そのなかで指針となるような本は何かと問われたら、この本をお勧めしたいと思います。三島由紀夫の『文章読本』（中公文庫）です。六十年近く前に書かれた本ですが、古典新訳文庫の準備をしているときも、三島の明晰な分析に励まされてきました。三島由紀夫は稀代の西洋文学の読み巧者です。フランス文学者の鹿島茂さんが編んだ『三島由紀夫のフランス文学講座』（ちくま文庫）という本まであるくらいです。堀口大學が訳したラディゲの『ドルジェル伯の舞踏会』への傾倒ぶりは有名ですが、他の作品、例えばゾラの『ナナ』を16歳の時に読んで正確に理解した作家です。現代口語文と翻訳の文章の関係についても鋭い考察を書き残しています。

現代口語文がいかにして発生したかは、それぞれの専門家の本によって十分見ていただくことができますが、翻訳文が現代口語文に影響し、また現代口語文が翻訳文に影響したことは、疑いを容れない事実であります。

この『文章読本』のなかで敢えて翻訳の文章について一章を割いているのも、いかにも三島らしい。その翻訳に対する考え方は時代の制約はあるものの正鵠《せいこく》を射ていると誰しも認めざるを得ないでしょう。三島はこんなふうに翻訳の文章を考えています。

その小説や詩や戯曲の少くとも全体的効果が損われているような翻訳は、如何に語学的に正確であっても、日本語で読んでよい翻訳ということはできません。要は作品としての全体的効果がうまく移されているかどうかということであります。

これについては、翻訳の二つの対照的な典型的な態度があります。一つは多くは個性の強い文学者の翻訳になるもので、どうせ外国の文物、風俗が完全にそのまま日本語に移されないということを承知のうえで、自分の個性の強い歯で外国文学を咀嚼して、自分の個性の色あいに染めあげ、しかも原作者に対する自分の精神と感覚の深い底からの愛情をそのまま翻訳に移して、あたかも自分の作品であるかのごとき癖の強い翻訳文を作る態度であります。もう一つはオーソドックスなやり方と考えられているもので、とうてい不可能ながらも原文のもつ雰囲気、原文のもつ独特なものを十のうち一つでも、能うかぎり日本語で再現しようとする、良心的な語学者と文学の鑑賞力を豊富に深くもった語学者との結合した才能をもつ人が試みる翻訳であります。

（傍点著者）

三島は前者の代表として森鷗外《おうがい》の『即興詩人』『ファウスト』、日夏耿之介《ひなつこうのすけ》『リロメ』、齋藤磯雄《いそお》のリラダンの翻訳などを挙げ、後者の例としては杉捷夫《としお》のメリメ『マテオ・ファルコネ』を章末に引用しています。さらに文章は続きます。

この二つの根本的に立場の異なる翻訳文から、われわれが選択する場合、結局、翻訳されたものが、日本文学と肩を並べ、日本文学と同等の資格で存在し、もはや日本文学の一つの宝としてもち出しても、不思議でないようなものこそ立派な翻訳文ということが言えるのであります。

ここから先はしばしば引用されるので、お読みになった方もいるかもしれません。特に原作者への礼儀として放り出せというところは有名です。

一般読者が翻訳文の文章を読む態度としては、わかりにくかったり、文章が下手であったりしたら、すぐ放り出してしまうことが原作者への礼儀だろうと思われます。日本語として通じない文章を、ただ原文に忠実だという評判だけでがまんしいしい読むというようなおとなしい奴隷的態度は捨てなければなりません。

文学者の個性の強い翻訳はあまり見かけなくなりました。圧倒的に多いのは後者の翻訳です。たとえ村上春樹が訳しても、語学者として翻訳しているという側面が強い。前者のような翻訳が成立する時代は、近代文学の黎明期《れいめいき》であったと思われます。翻訳が日本文学として評価されること。これこそが、困難ではありますが目標とすべき地点だと考えていました。

また、一昔前のように誤訳を神経質に指摘し続けなければいけないような時代も終わりつつあると思っていました。翻訳の世界に生きる人々のレベルが、劇的に向上しつつあることを肌で感じていたのです。

創刊前から、あるいは創刊後も翻訳について書かれた本は、重要だと思われるものについては目を通すようにしていました。難解な翻訳論には歯が立たないものもありましたが、自分の力でも読み通せるものについてはそれなりに勉強をしたつもりです。ベンヤミンの有名な「翻訳者の使命」（ちくま学芸文庫）も読みました。いろいろ教えられた本はたくさんあります。

翻訳について書かれた書物によく引かれる森鷗外の「訳本ファウストについて」（ちくま文庫）という文章をご存じでしょうか。このエッセイを読んだ時は、ちょっと嬉しくなりました。ハイライトを引用してみましょう。

私は「作者がこの場合にこの意味の事を日本語で言うとしたら、どう言うだろうか」と思って見て、その時心に浮び口に上ったままを書くに過ぎない。その日本語でこう言うだろうと云う推測は、無論私の智識、私の材能に限られているから、当るかはずれるか分らない。しかし私に取ってはこの外に策の出だすべきものが無いのである。

それだから私の訳文はその場合のほとんど必然なる結果として生じて来たものである。どうにもいたしかたが無いのである。

近代日本の生んだ最大の翻訳者とも言える鷗外の言葉には説得力があります。その翻訳の功績が大きいことは言うまでもありません。確かに三島由紀夫が指摘したように、鷗外の翻訳は自分の強い個性を反映させたものかもしれません。しかし原文を正確に読み取り、それを正しく読みやすい日本語にしていくという古典新訳文庫の方法論を考えるうえで、その翻訳論は大きなヒントとなりました。翻訳だということを意識せずに、日本語の文章として自然に読めることが、読者の最も切実な願いであることを知っていたからです。「今、その作家が日本に生きていて、この作品を日本語で書いたら、どういう文体になるでしょうか」。これは不遜にも鷗外に倣って、亀山郁夫さんとの居酒屋での打ち合わせでも使ったフレーズです。翻訳をお願いするたびにすべての翻訳者に提案してきたことでもありました。少し偉そうに聞こえるので口に出すのに勇気がいる言葉ではありますが、古典新訳文庫の目指す理想の翻訳を一番簡潔に伝えることのできるものだと思っています。ですから打ち合わせに臨んで必ず伝えることにしています。

「古典」という定義

「古典」という定義についても、ずいぶんと考えました。どの時代からが古典かという議論はすぐに抽象的な議論になってしまい、不毛な感じが否めませんでした。これも野崎歓さんのひと言がヒントになったのです。

「もう我々は二十一世紀を生きてるんだから、二十世紀に書かれたものは古典だと思うな」

私は大きくうなずきました。

「そうですね。シュールレアリスムもヌーヴォー・ロマンも、もう古典ですよね」

海老坂武さんに訳していただいたアンドレ・ブルトン『狂気の愛』と中条省平さんのロブ゠グリエ『消しゴム』は、立派な古典としてこのシリーズの中に定着しています。もっともこの二作ほど編集部が苦労したものもありません。二十世紀フランス文学はなんという難解な作品を生み出してくれたのでしょうか。原稿をいくら読んでもなかなか理解できたという実感をもてませんでした。

最終的には古典の定義として、著者存命中のものは基本的に避けることにしました。もう一作書けそうな作家は立派な現代作家なのです。

これは同時に古典新訳文庫で、どういう作品を選んでいくのかという問題に直結するテーマでした。明治以来の長い翻訳の歴史には、自ずからある傾向性が生まれたことは否定しようのない事実です。ある時期にしきりに翻訳されたが、その後あまり顧みられない作品もあります。またわが国でだけ翻訳され続ける作品もあるといいます。こういう事実を踏まえて二十一世紀の今、新訳に値する作品かどうかを厳しく吟味することにしました。初期の頃は、編集者の今野哲男さんと一緒に作品を読み直しましたが、その後は編集部の会議で議論するようになりました。もちろん専門の外国文学者や哲学者の意見をよく聞いて独善に陥らないように最大限の努力をしたことは言うまでもありません。

そしてもう一つ、従来の文学全集や思想書の全集のような体系に則った作品選びは絶対に避けようと思っていました。あの教養主義的な匂いがしたとたん、読みたくなくなるのが古典だという強い確信があったからです。もっと自由に、もっとしなやかに古典と向きあうためには、時間と空間を自在に行き来しながら面白そうなところから、あえて言えばつまみ食いしていくのが正しい読み方だと考えたのです。

新訳の賞味期限

それから間もなく野崎歓さんから逆に面白い質問を受けました。

「ねえ、駒井さん。ぼくらがやっている新訳なんだけど、いつまで『新訳』って言えるんだろう。沼野恭子さんと話をしていたら、そんな話になって、駒井さんに聞いてみようってことになったんですよ」

なるほど。古典の定義がなんとかできると今度は新訳の定義ですか。確かに「新」を冠したは良いが五十年後も新訳のままかという疑問は理解できます。私はこう答えました。

「新訳は確かに新しい訳って書きますけど、それは古い訳に対して画期的に新しい、しかもいつまでも清新な訳という意味ですから、すぐに古くなる訳文ではないことが大切だと思います。最低でも三十年。いや五十年くらいは輝いている新訳というか、翻訳でなければやる意味ないじゃありませんか。二、三年で古くなってしまうような翻訳では古典新訳文庫ではありません」

野崎さんはなるほどね、と頷《うなず》いてくれました。実際に新訳でというと、過度に新しさを意識した翻訳が届くことがあります。たとえて言えば流行語大賞に出てくるような言葉を使った翻訳です。「イケメン」とか「熟女」という言葉が出てくる。そんな言葉を使えば十年後はおろか、五年後には陳腐《ちんぷ》だと笑われてしまう可能性があります。よく言うではないですか、流行は珍奇から始まって滑稽で終わる、と。「いま、息をしている言葉で。」とは、流行語で訳すことではありません。このことを理解してもらうことが意外に困難であることも知っています。新訳とは流行りの言葉ですらすら読めるようにしたもの、という固定観念に捉われている読者や翻訳者もまだいるのです。

以上のことに関連しますが、「翻訳には賞味期限があるか」といういやになるくらい繰り返される問いがあります。簡単に結論がでるものではないように思えます。だが、そうでしょうか。案に相違して、これは簡単な問題だともいえなくもありません。三島由紀夫が書いたように、理想の翻訳が実現して、翻訳自体が一つの「作品」になった暁には、それは時空を超えて読み継がれるものになる可能性は大いにあるということです。いままでのように、何とか意味さえわかればいいという時代の翻訳は消えていくでしょう。しかし古典新訳文庫のような仕事が出た後は、翻訳それ自体が作品として残って行くことはあるのではないでしょうか。

言文一致体が成立して間もないころとは事情が違います。すでにして日本語のスタンダードはそれなりに完成されてきたと考えてもよいように思います。日本における近代の小説家の文章は、森鷗外、樋口一葉、泉鏡花などの文語体に近い文章で書かれた作品は読むのは大変ですが、それ以降の作家なら、慣れるまで少し我慢すれば普通の読者でも十分読めるはずです。まして文体の完成度が上がり、ある意味では安定期に入ったと言ってもいい今日、翻訳の文章ばかりに賞味期限を言うのは、本質的ではないと思えてなりません。フランスでは高校生が十九世紀の文学作品を普通に読んでいるといいますし、かなり古い翻訳も現役で読まれているそうです。ロシアでもプーシキンくらいは若い人たちがそのまま読めるということを聞くと羨ましくも思いますが、これからは翻訳も含めて日本語で書かれた作品もそうなっていく可能性が十分あるのではないでしょうか。

沼野充義さんから教えていただいたトルーマン・カポーティ『ティファニーで朝食を』（龍口《たつのくち》直太郎訳　新潮文庫）の訳者あとがきは忘れられません。昔読んで忘却の彼方にあった本を取り寄せて訳者解説を再読した時は切なくなりました。訳者の龍口直太郎さんがこの翻訳を上梓したのは一九六〇年。昭和三十五年。ティファニーを知っている人間などごくごく少数しかいなかったでしょう。前述したように私は30歳の時初めてニューヨークへ行った時に、ティファニーも訪れましたが、朝食は食べられないことはもちろん知っていました。

でも龍口先生は店で尋ねたのです。「ここには食堂がありますか?」と。切ない話ではありませんか。インターネット世代には想像もできないでしょう。検索ワードを入れれば世界中のことがある程度は分かる時代です。私が翻訳出版の世界に初めて身を置いた一九九七年当時でも翻訳者はすでにネットを使いこなしていました。それ以前の翻訳者は一日の大半を図書館で調べ物に費やすのが普通だったといいます。しかしネットの登場ですべてが変わりました。ずいぶん便利な時代になったことは確かです。

堀口大學が翻訳に関するエッセイ「翻訳こぼれ話」(『日本の名随筆 別巻45 翻訳』別宮貞徳編 作品社)で書いていますが、昔は「彼はトーストにバターを塗って食べた」と訳すことができず「彼は焼麵麭に牛酪を塗って食べた」とした時代があったといいます。これは日本人の生活に西欧のスタイルが取り入れられる前のことだからです。以前はクロワッサンなど食べたことがない日本人が普通でしたから三日月パンと訳しましたが、いまはパン屋さんで普通に売っているし、幼児でも知っています。デジタル革命だけではありません。日本人の豊かになった生活スタイルが翻訳の世界を劇的に変えたことは間違いありません。

堀口大學は加えてキスは「接吻」あるいは「口づけ」、ベッドは「寝台」と訳していた時代を回想しています。セックスを交合などと訳していた時代は過去のものとなりました。これは何を意味するのでしょうか。翻訳の賞味期限の問題に立ち返ってみましょう。消費生活のレベルが欧米とほぼ変わらないものとなり、彼らの習慣やライフスタイルがごく身近になってくると、従来のように訳語が古臭くて読めないという事態は少なくなっていくのではないでしょうか。もちろん死語と化す言葉が皆無となるわけではありません。言葉というものの性質上、死語がなくなることはないでしょう。しかし明治の小説がなんとか読めるということと同じように、平成の翻訳も読まれ続ける条件は整ったといってもよいのではないでしょうか。

ところで翻訳は劣化コピーであるという根深い偏見があるのをご存じでしょうか。文芸畑の編集者と話す機会があるたびに、翻訳に対する誤解に遭遇しました。

「駒井さんのやっていることは翻訳でしょう？　ぼくらがやっているのは生きている作家と新しい小説を生み出す共同作業をすることなのですよ」

このように言われたことは一度ならずあります。私は一瞬言葉を失い、いや翻訳も立派な創作なのだと口ごもりつつも主張するのですが相手はたいてい聞く耳を持ちません。彼らが主張するように、翻訳は果たして創造的な作業ではないのでしょうか。

もう一人、明治の人間に尋ねてみましょう。幸徳秋水《こうとくしゅうすい》です。「翻訳の苦心」（前出『日本の名随筆』所収）という文章を残していますが、これが無類に面白い。劣化コピーに関する問題意識はすべてここに含まれていると言ってもよいくらいです。出だしからして秀逸です。自身もジャーナリストとして実際に翻訳に従事していましたし、マルクス・エンゲルスの『共産党宣言』を堺利彦と共訳したりしているから説得力があります。その幸徳秋水は翻訳についてこう書いています。

翻訳で文名を売る位ひズルいことはない、他人の思想で、他人の文章で、左から横に書たものを、右から竪に器械的に引直すだけの労だらう、電話機や、写字生と大して相違する所はない、と語る人がある、少しも翻訳をしたことのない人、殊に外国文を読まぬ人にコンな考へを持つ者が多い。

是れ大なる謬りである、思想は別として、単に文章を書く上から云へば、翻訳は著述よりも遥かに困難である、少くとも著述に劣る所はない、少しく責任を重んずる文士ならば、原著者に対し、読者に対し、其苦心は決して尋常のものではない。

先ほどの編集者に読んでもらいたいような文章です。この後に続く実際の翻訳に従事したものだけが知る「困難」は、今日我々が直面する問題と何ら変わりがありません。そのことに驚きを覚える人が多いのではないでしょうか。

何冊かの例外はあるものの、編集者としてほとんどを翻訳という作業に関わる仕事をしてきました。だからこそ多少は分かることもありますし、また伝えたいこともあるのです。この世界に翻訳という営為がなければ文化の豊かさはないのではないかという、いささか大胆に思える仮説について考えてみましょう。

この考えは『翻訳史のプロムナード』（辻由美著　みすず書房）に多くを負うています。この本は古典新訳文庫を準備する時に何度も読み返しました。実に優れた本であり大変な労作だと思います。翻訳に興味のある人は必ず繙《ひもと》かなければならない本だといってもよいでしょう。

紀元前のエジプトから始まって現代に続く翻訳の歴史をフランスを中心に壮大な文化史

として描いているのですが、そこで翻訳が果たした役割の大きさは想像を絶するくらい大きい。自分がこれから進めようとする企画も、このような気宇壮大《きうそうだい》な翻訳史の末席に連なるものだと思い至り、また、そう思うことは士気を鼓舞《こぶ》してくれました。

翻訳という営為は、決して二次的なものではないと思います。文化を形成するうえで本質的に不可欠なものではないでしょうか。想像してみてください。翻訳がなければ、人類の文明は個々の文明のなかに収斂《しゅうれん》され停滞して、世界はひどく退屈なものになるに違いありません。

いまさら日本が文化を輸入に頼っている文化的な途上国であると言う人はいないでしょう。この世界に存在する他の文化もほとんどすべてが外来文化の影響を受けてきました。「純粋な文化」という考え方自体が成立不可能ではないかということをもう一度考えた方がよいのではないでしょうか。

近代文学や思想も、「輸入文化」だったという自虐《じぎゃく》的な指摘をするより、輸入がなければ成立しなかった文化だが、そこに日本人の独創的な工夫が加えられたのだと考えた方がよほど実りある議論になると思います。

思想について言えば、我が国においては幕末から明治初期に輸入された概念ばかりで成立してきたことは否定しようがない事実です。この辺の事情は柳父章《やなぶあきら》の『翻訳語成立事情』（岩波新書）に詳しい。この本も創刊前から何度も読んで教えられるところの多い本でした。よく知られているように、個人、社会、自由、権利などはすべて明治期に作られた翻訳語といわれる人造語です。概念そのものが我々の祖先がオリジナルに考えたものではありません。この国にない思想を輸入せざるを得なくなった時、あたらしい言葉を作り出さざるを得なかったのは当たり前です。ただしこれは日本だけの現象ではなく、世界的に起きたことであるのは、『翻訳史のプロムナード』でも言及されています。

思想の言葉ではなく、例えば「愛」のような言葉はどうなのでしょう。高校生の時に坂口安吾の「恋愛論」で学んで長く記憶に残ったエピソードがあります。ヨーロッパから宣教師たちが日本に来た時、彼らが翻訳するのに最も苦労したのは「愛」という言葉でした。武士道では色恋ということとすぐに不義となる。清純な意味が「愛」という言葉には含まれていなかったということを安吾は指摘します。だから神の「愛」と宣教師たちは訳すことができず、さんざん考えた末に、やむなく「神のご大切」と訳しました。「余は汝《なんじ》を愛《よ》す」と言えないから「余は汝を大切に思う」と翻訳したのです。近代的な恋愛観に普通の日本人が触れるのは十九世紀も末になってからでしょうが、その頃ようやく「愛」という言葉が本来の意味でなんとか使えるようになったことを考えると感慨深いものがあります。

古代は中国から文物を輸入し、近代は西洋から輸入してきた事実をもう一度シンプルに受け止めてみたらどうでしょうか。もちろん西洋にはもっと優れたものがあるなどと言って、オリジナルを作る作業をおざなりにしてきた日本近代の負性もあるでしょう。それは重要な反省点かもしれません。しかし西洋近代が辿った道は、文学、思想においても人類史上稀有の普遍的かつ独創に満ちた時代であったことは確かです。であるからこそ、日本のみならず非西洋世界はその輸入に狂奔しなければならなかったのですし、繰り返しになりますが、古典新訳文庫のラインナップは結果としてそのほとんどが十八世紀、十九世紀のヨーロッパ文学と思想になってしまうのです。

近代化におけるロールモデルが西洋であることは、つい最近までの日本人の知性の在り方を決めてきたのではないでしょうか。ご本家との距離で測ったのは仕方がない面もあります。常にご本家はこうであるという言説に皆がひれ伏してきたことも否定できません。少なくともバブル経済期くらいまでは、日本人は延々と続く近代を生きていたと思えるのです。

解説、年譜、あとがきの工夫

古典新訳文庫では翻訳の後に解説、年譜、訳者あとがきを入れています。これを編集部では勝手に三点セットと呼んでいます。他の文庫の場合は訳者あとがきだけのケースがほとんどであり、解説があってもそんなに分量は多くないのが普通です。古典新訳文庫には解説が本文より長いというものさえあります。これは、ただ作者や時代背景といった一般的な紹介を解説の執筆者にお願いするのではなく、この作品が二十一世紀に読まれるべき意味を書いてほしい。もう一度現代に新訳という形で蘇らせる意義を書いてほしいとお願いしているからです。もっともっと書いてくださいと言われた外国文学者や哲学者から、「そんなに長く書いていいのですか」という懸念の声が上がることがあります。もちろん「どうぞ気にせずに」と申し上げてきました。年譜は従来のように単純に作家の一生を追ったものではなく、新訳した作品がどのように生み出されたのか、その背景が分かるような年譜にしたい。最新の情報を入れて作者の一生がくっきり浮かび上がるようにしてほしいとお願いしてきました。訳者あとがきでは、翻訳にあたってどういう翻訳の工夫が行われたのかを具体的に書いてもらいました。たとえば一人称をなぜ「ぼく」あるいは「俺」にしたのか等々。外国の本にはこんな仕掛けはありません。だから版権継承者に本を送ると、最後にわけのわからないことがいっぱい書かれているのはなんだ?といった質問が来ることがあるのです。

もっともペーパーバックで刊行されている英語の古典作品などには、最初に丁寧な解説があり、それなりに読者に配慮した作りになっているものもあります。

最初は冒頭に解説その他を入れてしまうことも考えましたが、あまりにも教科書臭くなってしまうのでやめました。作品と正面から向き合って読んでいける新訳を作るほうが重要だと考えたのです。

そうはいっても、読者が読み進むのにあまりにも負担が大きすぎると判断した場合には「訳者まえがき」を付けてもらうことにしました。プルースト、魯迅、ドストエフスキー、プラトンなど、時代や書かれた背景が分からないとすぐに挫折してしまいそうな作品があります。なんとしても読み抜いてもらうには相応の予備知識が必要だと判断した場合には躊躇なく「訳者まえがき」を入れることにしました。

読者がその古典を読み終えることができるよう、あらゆる工夫を試みるという姿勢は創刊以来変えていません。そこまでやるのか、というくらい懇切丁寧なガイドを付けることを目標としました。小説にでてくる地理が読者に分からないと思えば、躊躇なく地図を入れましたし、当時の風俗や文物が分かりにくければ注に加えて本文中に写真やイラストを入れました。しおりには登場人物の一覧を入れて、一番分かりにくいと言われる名前の問題を解決しようとしたことはすでに書きました。しおりがあれば読んでいるページに出てくる人名はすぐに分かります。必要なら家系図も入れました。注を見開きページの左側に入れる工夫についても説明をしましたが、なにより大事なことは注の中身です。作品の理解を助けるために、まず登場する地名や人物、当時の政治や婚姻の制度などについても説明を加える。それから習慣や風俗についても説明する。さらには度量衡《どりょうこう》です。お金の単位、そして現在の日本円ならいくらか。あるいはマイルやヤード、露里などの距離を示す言葉を説明する。いままでの翻訳書では、何故かあまり触れられなかったこれらのことについて、それこそかゆいところに手が届くように徹底的に注を付けたのです。

かつてここまでやった文庫はなかったと翻訳者に言われることがありました。それは私たちに対する賛辞だと思います。もちろん鬱陶しいことこのうえない編集者だということはよく承知しています。しかしこれは「週刊宝石」で学んだ、普通の読者のために最善を尽くすという精神をいかんなく発揮した結果なのです。

古典新訳文庫では、大学で教鞭《きょうべん》をとる外国文学者だけではなく、いわゆる職業翻訳家にお願いした作品がかなりあることには触れました。古典の翻訳については以前は外国文学者が手がけることが多かったのは事実です。しかし古典新訳文庫では最初からプロの翻訳者の起用を考えていました。

多くのプロの翻訳者は文芸作品もノンフィクションもどちらも手掛けます。土屋京子さんは、中国の近代史を鮮やかに描いた傑作『ワイルド・スワン』（ユン・チアン）の翻訳で注目されましたが、古典新訳文庫では小説ばかり翻訳していただいています。バーネット『秘密の花園』から始まってマーク・トウェイン『トム・ソーヤーの冒険』『ハックルベリー・フィンの冒険』、ウェブスター『あしながおじさん』、そしてC・S・ルイス『ナルニア国物語』へと連続して翻訳をお願いしてきました。いずれも素晴らしい翻訳ですが、トウェインの作品の翻訳をお願いした時に黒人奴隷の言葉をどう訳すかでいろいろと相談しました。お気づきの方も多いでしょうが、なぜか黒人の言葉は東北の農民を彷彿《ほうふつ》とさせる言葉で訳されてきたのです。「おねげえでごぜえますだ、旦那さま」というような訳が典型的なものです。最近までミステリーなどでも黒人の言葉は同じ調子で訳されてきました。

ては最初から相談して黒人奴隷のジムの言葉をそのように訳さないことに決めていました。土屋さんとは、この問題につい
皆背景に大きな問題があることに気づいていたはずです。土屋さんとは、この問題につい

姓が同じ土屋政雄さんは名文家として知られています。モーム『月と六ペンス』、ヴァージニア・ウルフ『ダロウェイ夫人』、ヘンリー・ジェイムズ『ねじの回転』など難易度の高いものばかりをお願いしてきました。作品の解像度は極限まで上がり、日本語の作品として、しかも現代作品として古典を読むことができます。最近ではカズオ・イシグロがノーベル賞を受賞して、土屋さんの翻訳が脚光を浴びたことをご存じの方も多いでしょう。イシグロが日本で素晴らしい翻訳家を得たことを言祝《ことほ》ぐ文章をいくつも読みました。

黒原敏行さんに『闇の奥』をお願いした経緯は後で触れます。ハクスリー『すばらしい新世界』も非常に明晰な翻訳で評判が高い。最近、編集部念願のフォークナー『八月の光』が刊行されました。池央耿さんにはディケンズ『クリスマス・キャロル』『二都物語』、ウエルズ『タイムマシン』、ギッシング『ヘンリー・ライクロフトの私記』を新訳していただきましたが、個人的な偏愛の対象である『ヘンリー・ライクロフトの私記』の味わい深い文章は、何度読み直しても飽きることがありません。村上博基《ひろき》さんにはスティーヴンソン『ジーキル博士とハイド氏』『宝島』というジョン・ル・カレの名訳者にぴったりの新

訳をお願いすることができました。

フランス文学でもヴェルヌの『地底旅行』『八十日間世界一周』の明晰な翻訳を実現していただいた高野優《ゆう》さん、シュペルヴィエル『海に住む少女』から始まって、モーパッサン『女の一生』、ルソー『孤独な散歩者の夢想』、シュペルヴィエル『ひとさらい』、ラファイエット夫人『クレーヴの奥方』、デュマ・フィス『椿姫』まで、フランス文学の古典の王道を次々と見事に翻訳していただいている永田千奈さん、そしてバルザック『ゴリオ爺さん』、コンスタン『アドルフ』など重量級の作品を訳していただいた中村佳子《よしこ》さんの仕事には本当に助けられました。

ドイツ語ではホフマンの幻想的な作品の見事な新訳を試みた大島かおりさんなど古典新訳文庫で活躍している翻訳者は多士済々《たしせいせい》です。プロの翻訳者たちが現代文学やエンタテインメントだけでなく、古典作品を訳すことは大変に重要なことだと考えています。

古典新訳文庫のテクストについても説明しておきましょう。一番分かりやすいカフカの例を挙げます。カフカについていえば三種類のテクストがあるということを訳者の丘沢静也さんから聞いて驚きました。まず最初がカフカの友人であったマックス・ブロートが編集した全集です。これはブロートが、カフカを宗教思想家に仕立て上げようとしたものだと丘沢さんは『変身／掟の前で 他2編』の解説で書いています。たぶんに恣意《しい》的な編集がされた痕《あと》のある全集のようです。これがいわゆる「ブロート版カフカ全集」。次に友人のブロートの影響を排除してカフカの手稿にもとづいて忠実にテキストを確定した全集が「批判版カフカ全集」です。しかしこれでもまだ完全ではありませんでした。テクストを確定する時のバイアスを排除してカフカの手稿などをそのまま提示して決定稿としようという動きが出てきたのです。これが古典新訳文庫のテクストとなった「史的批判版カフカ全集」です。丘沢静也さんから、この話を聞いて版権を取得することを打診された時は即座に了承しました。古典は使われるテクストで内容が大きく変わることが多いことを学習していたからです。

最後にもう一度問うてみましょう。新訳とは何か。
たくさんの原稿を前に何度もそのことを考えざるを得なかったことは何度も書きました。もうある意味、神学論争のような不毛な議論は終わりにすべき時が来たのではないでしょうか。大好きな作家、米原万里《まり》さんの著作に『不実な美女か貞淑な醜女《ブス》か』（新潮文庫）という愉快なタイトルの本があります。通訳者として活躍した米原さんの実体験を踏まえたエピソード満載の本で、読んでいてとても楽しい。しかし、そろそろ「不実な美女」という言葉と決別する時期ではないかと思います。文章は美しいけれど原文に忠実ではない、という使い古されたレトリックはもう不要ではないでしょうか。少なくとも古典新訳文庫は「貞淑な美女」たちを数多く登場させたのですから。

ここからは今まで触れる機会のなかったいくつかの作品の具体的な例を挙げながら、あわせて私たちが新訳と考えるものを説明してみたいと思います。

最初にお断りしておきたいのは、私たちは先行訳、つまり既訳に対する敬意を失ったことはないということです。今日とは比べものにならない困難な環境のもとで、限られた辞書や資料を駆使して、その時代における最良の翻訳を目指した先人たちの苦闘には最大級の敬意を払ってきたつもりです。そのうえに積み重ねる形で、最新の研究成果や新しいテクスト、さらにはネットなどを駆使しながら、既訳を乗り越える新訳を作っていくことが古典新訳文庫の責務であると考えたのです。この考えに従って、翻訳者たちと具体的な新訳の打ち合わせを進めてきました。

もし自分がソクラテス裁判の裁判員だったら

ギリシャ哲学の、しかもプラトンの新訳を出版できることは信じられないような幸運だと考えていました。後に『メノン——徳《アレテー》について』を新訳していただいた渡辺邦夫さんから、ギリシャ哲学の新訳について最初のお申し出があった時のやりとりを思い出します。創刊前から当然、リストアップはしていたものの、なんら具体的なものではありませんでした。渡辺さんからお手紙をいただいた時点でもその後の展開は予想もつきませんでした。ギリシャ哲学の新訳に関する限り、ハードルは非常に高いと感じていましたから、刊行を始めることができた時の喜びは余計に大きかったのです。

新訳していただいている渡辺邦夫さん、納富信留《のうとみのぶる》さん、そして中澤務《つとむ》さんの三人が編集部に現れた時のことでした。「近代哲学と違って難しい用語はないけれど、一読してプラトンが何を言いたいのかさっぱりわからないことが多いのです」。私は率直に言った。普遍的な問題を論じていて、意外に現代的であるし、文章は対話だから平明なのだが、読了した瞬間に狐につままれたように感じてしまう。これはギリシャ哲学、特にプラトンを読んだ人から良く聞かされる感想でした。それをそのまま伝えると意外なことに先生たちは黙って聞いてくれました。そして翻訳はもちろん、訳者まえがき、解説、注でそういうフラストレーションをできるだけ取り除くことに同意してくれたのです。

最初の刊行は中澤務さんの『プロタゴラス――あるソフィストとの対話』から始まりました。本当に読みやすい翻訳でした。既訳の出版から五十年以上が経ち、欧米での研究はさらに進展している。その成果を反映させた新訳です。理解するに十分な解説も書いていただきました。その一節には、プラトンの哲学を理解する重要なポイントが書かれています。

プラトンにとって、哲学とは、紙の上に書かれた既成の理論や学説のことではなく、問題を批判的に考察して真理を探究していく知的営みそのものでした。ものを考えるということは、自分自身を相手に行なう対話なのであり、自分自身を批判的な吟味にかける営みなのです。哲学の書物は、読者のこうした批判的思考をうながすものでなければなりません。ですから、プラトンの作品では、正解が解説されるのではなく、正解を求めて試行錯誤する思考の過程が描かれることになります。ソクラテスが対話相手と繰り広げる議論を追いながら、読者もその探求に巻き込まれ、みずからの批判的思考を鍛え上げていく――プラトンの対話篇は、そのように読むべきものだと思います。

ここには私たちが苦しんできたプラトン哲学の読み方が実に鮮やかに解説されています。古典新訳文庫でギリシャ哲学を刊行する意義を語って間然《かんぜん》するところがありません。以降の作品もこの方針にしたがって新訳されたのです。渡辺邦夫さんの『メノン』の解説はなんと百ページを超えています。この解説を書くために渡辺さんは納富さんが勤務していた慶應義塾大学の研究会で研究者、院生、学生を相手にその内容を発表して反応を確かめながら完成させたことを訳者あとがきで書いています。

納富信留さんの『ソクラテスの弁明』の訳者まえがきもぜひお読みいただきたい。あまりに有名な作品ゆえに私たちが鈍感《どんかん》になりがちな事柄に気づかされます。

この作品を読む方は、「皆さん」と呼びかけられる裁判員の席に坐って、騒然とする屋外の法廷でソクラテスの語りに耳を傾けている自分の姿を、想像してください。当日に裁判員に任命されたばかりの法廷で、何が起っているのかもよく分からないまま、告発者メレトスやアニュトスの訴えに耳を傾け、次に被告ソクラテスの言葉を聞いて、その場で票を投じなければならない。さて、その瞬間にあなたは、どんな目にあい、何を考え、どう行動するのでしょうか。

『ソクラテスの弁明』は、私たち一人ひとりに、自分のあり方、生き方を問う作品なのです。

このまえがきを読んだ時に、プラトンの新訳を読むことの本当の意味を改めて意識させられました。自分が裁判員としてソクラテスを裁く側にいるとしたら。彼の生死を決める立場にいるとしたら。それは戦慄《せんりつ》すべき状況ではないでしょうか。西洋文明の淵源だという解説を長い間聞かされながら、なにか遠い世界だと感じていた日本の読者に、このようなリアルな提案をすることは画期的なことだと思います。最新の研究成果を反映させ、理解できるように新訳されたプラトンの登場は日本の哲学の翻訳史においても大きな意味があると思っています。ちなみに編集部のN君はこのプラトンの新訳をはじめ、哲学、社会科学、自然科学の分野を一手に引き受けて奮闘してくれました。

ナボコフ独特の表現

古典新訳文庫が刊行したナボコフの三冊はすべてロシア語原典からの初めての翻訳です。いわゆる本邦初訳です。ナボコフには誰もが知っている『ロリータ』（若島正訳　新潮文庫）という名作があります。ロリコンという言葉の元になった有名な小説ですから読んだ方も多いと思います。しかしこの『ロリータ』に先駆けて『カメラ・オブスクーラ』という、その原型とも呼べる作品が存在することをロシア文学者の貝澤哉《はじめ》さんから教えられ、ひどく興味をそそられました。この作品の英語版からの翻訳（『マルゴ』篠田一士《はじめ》訳　河出書房新社）は出版されていますが、ロシア語原典からの翻訳はありません。しかもいかにもナボコフらしいのですが、ロシア語原典と自ら英訳したものは内容にかなりの相違があるというのです。貝澤さんからそのような説明を聞いて、すぐに翻訳をお願いしました。そして『マルゴ』を早速取り寄せて読んでみました。なるほど美少女が中年男を虜《とりこ》にする点では同じだが、こちらの方がより少女の悪意は際立っています。ロリータは12歳ですが、マルゴは16歳ですから若干年上ではありますが、非常に似た物語であることは理解できました。出来上がってきた翻訳を読んでみると改めて衝撃的な内容に驚きました。主人公の名前はマグダです。この軽薄で美しい少女の残酷さは比類がないという印象を受けました。ナボコフという作家の造形する人物には独特の悪意があります。それが魅力でもあるのですが、クレッチマーという裕福な中年の美術評論家を破滅させていく過程には、戦慄を覚えました。

同時に、翻訳に使われた独特な日本語表現がどうしても気になり、校正刷りをもって担当したN君と一緒に早稲田大学に直接お話しに行ったのです。ナボコフが「言葉の魔術師」だとは承知していても、編集者として違和感の残る表現をそのまま本にすることはできません。貝澤さんは最初からこちらの理解の浅さを予知していたようでした。終始硬い表情でこちらの話を聞いていましたが、その顔からは断固たる意志が読み取れます。重ねてもう少し分かりやすくできないかとお願いすると腕組をしたまま相槌《あいづち》も打ちません。そして最後にこう言ったのです。

「これがナボコフの表現なのです。ナボコフらしい表現を日本語に移すとこうなるのです」

その時ようやく理解できました。ナボコフのアクロバティックな文体や表現をぎりぎりのところで日本語にしたのだということが分かったのです。無理を言って時間を割いてもらったことに詫《わ》びを言って編集部に引き上げました。

私がこだわった表現は、解説で貝澤さん自身が挙げています。

たとえば、ざっと読んだだけではわかりにくい、妙に込み入った比喩や描写——妻が話している受話器からは「顕微鏡的な声」が聞こえ、タクシーは「右に赤い舌を出すと角を曲がって消え」(もちろんウィンカーのことだ!)、ドアには「黄金色の自分の姓が無邪気に冷たく輝く」(つまり金文字の表札が出ているのだ)——これらは、読者をつまずかせ、理解を困難にすることで、言葉が不透明な障害物にほかならないことをみずから実践しているのだと言ってよいだろう。

さらに『絶望』と『偉業』を加えた、ロシア語原典からの新訳・ナボコフ三部作の出現は、日本の読書界にとっては事件と言えるものでした。見事に再現されたその独特の文体と内容に大きな衝撃を受けることは間違いありません。

日本の古典を新訳すると

日本の古典の新訳について説明をしましょう。古典新訳文庫が日本の古典を現代語訳することに力を注いできたことは意外に知られていません。西洋の古典を新訳することは同時に日本の古典を考えることになります。日本の古典も世界文学の一翼を担う存在ですから当然です。

『歎異抄《たんにしょう》』の現代語訳をお願いしたのは文芸評論家の川村湊さんでした。文芸評論の世界で活躍されていたからご著書は何冊も読んでいました。親鸞が関西弁で目の前で喋っているような訳文に心がときめきました。

おうおう、みなさんは、常陸《ひたち》の国から十いくつもの国の境目《さかいめ》を越えて、こんな遠くによう来なはったのう。身のわずらいや命のさわりも、ものともせんで、この愚禿《ぐとく》親鸞のところへ来なはったのは、ただただ、一途《いちず》に極楽往生の道を聞こうと思うてのことやろなあ。

こんな素敵な現代語訳があるでしょうか。親鸞さんと思わず呼びかけそうです。そしてそれこそが親鸞という人の本当の立ち位置だったことを想起させてくれます。それではあの有名な「善人なをもて往生をとぐ、いはんや悪人をや」の一節はどう訳されているのでしょうか。

善《え》え奴が往生するんやさかい、ましてや悪い奴がそうならんはずがない。世間のしょうむない奴らは、悪い奴が往生するんなら、なんで善《え》え奴がそないならんことあるかいなというとるけど、なんや理屈に合《お》うとるようやけど、それは「ひとまかせ（＝他力本願）」ちゅうモットーにはずれとるんや。

川村さんは多くの『歎異抄』の現代語訳が原文より難しいと感じることに疑問を呈します。親鸞の口伝の言葉は当時の人々にとってはもっと耳に残る、わかりやすいものであったに違いないという考えのもとにこの新訳を試みたのだとあとがきで書いています。なんとなく分かるというようなレベル、つまり直接身体に染みこむような現代語で訳されるべきだと考えたのです。これは実に重要な意味を持っていると思いました。それまでの日本の古典の現代語訳が持っていた教養主義からの解放を高らかに宣言していたからです。作品本来の姿で味わうという古典新訳文庫の掲げてきた理想が日本の古典で実現されたことをとてもうれしく思いました。

これが大変好評だったので、第二弾として『梁塵秘抄《りょうじんひしょう》』をお願いすることになりました。川村さんは最初の打ち合わせで、これまでの現代語訳は古典だからということで過剰に上品に解釈されていると話されたのです。そして今様《いまよう》は当時の歌謡曲なのだから、いわゆる流行歌として現代語訳する方針を示されました。これにはまったく異論のあるはずもなく原稿の上りを楽しみに待ちました。

届いた原稿を読むとうれしいことに、これぞ新訳という内容です。当時の遊女を含む庶民の哀切な歌声が歌謡曲として見事によみがえっています。梁塵秘抄とはこんなにも悲しい、そして笑いもある、切実な歌だったのだと思いを新たにしました。すべての歌に丁寧な解説が添えられています。私の大好きな歌をいくつか紹介しましょう。

遊ぼうよ　遊ぼうか
遊ぼうよ　遊ぼうか
夕暮れまではまだ遠い
路地には子どもがまだいっぱい

遊ぼうか　遊ぼうよ
石蹴り　縄跳び
隠れ鬼
遊ぶ子どもの声聞けば
体のしんから揺れてくる
遊び心がむずむずと
遊ぼうよ　遊ぼうね
揺らぎ　揺れてく　わたしの体

この歌の原歌は『梁塵秘抄』で最も有名な歌ですからご存知の方も多いと思います。

遊びをせんとや生まれけん　戯れせんとや生まれけん
遊ぶ子どもの声きけば　わが身さえこそゆるがるれ

この歌は従来から遊女が歌った悲しい歌だと教えられてきました。私もそのように信じてきましたが、川村さんはこの歌の解釈は分かれると断ったうえで、こう指摘します。「今様の多くが白拍子や遊女などの芸能民にうたわれたことは確かだが、歌そのものの主人公をそれらの人々に擬する必要はない。八代亜紀が波止場女の歌をうたったからといって、八代亜紀が本当に波止場女である必要はないのと同じことだ」。川村さんは、「遊ぶ」も「戯れる」も文字通りの意味であり、無邪気な子供たちの遊び唄を聞いて、自分も遊びたくて体がむずむずしてくるというふうに素直に解釈したのです。

せっかくお店に誘っても

せっかくお店に誘っても
あなたは遊びもしないで　帰るのね
ほらほら　あたしの胸は　燃えさかり
あなたが恋しい　肌が火照《ほて》るわ

この原歌は以下のようなものです。

御前に参りては　色も変らで帰れとや　峰に起き臥《ふ》す鹿だにも　夏毛冬毛は変るなり

川村さんの解説を聞いてみましょう。「中世には神社仏閣の門前に遊女たちと遊ぶ場所があったことは、公然の事実である。せっかく神仏の『御前』に来たのに、遊んでゆかないあんたはヤボな人だと、女性が詰《なじ》っているのである」

最後にもう一つ。

も一度　抱いて
も一度　抱いて　夜が明けても　このままで
鳥が啼いても　鐘が鳴っても
きのうの夜からの　ベッドのなかで
二人の愛は　飽き足りない

このままで　このままに

原歌は以下です。解説は不要でしょう。日本人はこんなに大らかだったのです。

去来寝《いざね》なん夜も明け方に成りにけり　鐘も打つ
宵より寝たるだにも飽かぬ心を　や　如何《いか》にせん

日本の古典の新訳はとても重要だと思います。古典に関しては、若い人には現代語訳でどんどん読ませて、古典の面白さを教えるべしと言ったのは、かの坂口安吾です。三島由紀夫は日本の古典くらいは原文で読むべきであると主張しました。私は日本の古典作品について何も知らないでいるより現代語訳で読んだ方がいいと思っています。

古典新訳文庫について話をすると必ず出るのがこの話題です。外国語なら翻訳しなければならないが、日本の古典くらいは原文で読むべきだという意見を多く聞きます。私の答えはとてもシンプルです。

「それが一番望ましいとは思います。しかし自分自身のことを考えても、古典文法の授業こそがぼくを古典から遠ざけることになりました。この企画を進めるうえで、日本の古典の提案があると、まず漫画や現代語訳で作品を読んだうえで打ち合わせに行きます」

一度など高校教師の集まりで、このように言ってしまってから「しまった。ここには古文の先生もおられるに違いない」と内心焦りましたが、案外専門の先生方から賛意を表されることが多かったのです。

例えば『源氏物語』を原文で少しだけ読むことと、大和和紀《やまとわき》さんの『あさきゆめみし』全十三巻を読むことはどのように違うのか。大胆に言ってしまえば、理解は限りなく後者において進む可能性があるのではないでしょうか。本物に触れることばかりを強制した結果、何も知らないままに終わるのではあまりにもったいない。

『源氏物語』は漫画を読んでから、現代語訳に進めばよいと思います。与謝野晶子《よさのあきこ》訳、谷崎潤一郎訳、円地《えんち》文子訳、田辺聖子訳、瀬戸内寂聴訳、林望《のぞむ》訳など、いくつも優れた訳はあります。自分が読みやすいものを選べばよいし、読み比べるのも一興です。読書は勉強ではないのですからもっと自由であっていい。そして本当に原文で読みたくなれば、その人はきっと古文を学び始めると思います。

日本古典の新訳の嚆矢《こうし》となったのは、橋本治さんの『桃尻語訳　枕草子』（河出文庫）です。この本が刊行された時、「週刊宝石」編集部でも大評判になりました。「春って曙よ！　だんだん白くなってく山の上の空が少し明るくなって、紫っぽい雲が細くたなびいてんの！」という出だしは衝撃的でした。自分たちの仕事に通じる部分があることに皆気づいていたのです。

橋本さんにはこのほかにも『双調《そうじょう》　平家物語』『窯変《ようへん》　源氏物語』（ともに中公文庫）『絵本徒然草《つれづれぐさ》』（河出文庫）など一連の仕事があります。これらの仕事から多くのことを学びました。こういう作品を「超訳」と評言するのは当たらないと思います。それどころか、これこそが現代語訳なのです。清少納言が平成の世に『枕草子』を書いたら、きっと桃尻語で書くだろう、なんて想像するだけで楽しいではありませんか。

『虫めづる姫君』の驚くべき現代性

このシリーズで日本の古典といえば、先に紹介した川村さんの仕事に続いて、詩人・作家の蜂飼耳《はちかいみみ》さんが現代語訳した『虫めづる姫君——堤中納言物語』です。編集部待望の一冊でした。一番望んでいた、正確で読みやすく格調の高い古典文学の現代語訳が実現しているからです。しかも一編、一編の現代語訳の後に蜂飼さんのエッセイが付いています。

こういう形式で日本の古典を読むのは、とても贅沢な体験です。蜂飼さんには大変な手間をおかけすることになりましたが、読者にとっては充実した読書体験が可能になったと思います。

この現代語訳を読んでいると、古文の授業で題名だけは習ったこの『堤中納言物語』という短編集の魅力が、途方もなく大きいことに驚かされます。もちろん千年近く前に書かれた物語ですから、当時の風習や歴史的な背景を知らないと理解できません。ですから蜂飼さんには、ずいぶんたくさんの注や解説を書いていただくことになりました。

題名にもなっている「虫めづる姫君」は、一番知られている短編です。本当にこれが古典かと思うほど個性的なお姫様が登場します。主人公の姫君は今時の「リケジョ」そのもの。こんなに現代的な話が日本の古典にあることが正直大きな驚きでした。そして宮崎駿《はやお》監督が『風の谷のナウシカ』を発想する基になった作品と聞いてさもありなんと思いました。日本の古典といえば貴公子とお姫さまのほの暗い部屋での逢い引きというイメージばかりが浮かんできます。それももちろんありますが、男の子たちと一緒に平気で毛虫で遊んでいるようなとても魅力的で個性的な少女が登場するのです。こんなにあっけらかんとした、いわば現代的な少女が描かれていることに心底驚きます。

「世間ではよく、蝶よ花よ、なんていって、はかないものをもてはやすけれど、そんなのは考えが浅いよね。ばかばかしくて、おかしいよ。だって、人間っていうものは、誠実な心を持って物事の本質を追究してこそ、すぐれているといえるんだから」

そんなことをいって、ちょっとこわいような虫をいろいろと採集しては、脱皮したり羽化したりするところを観察しようと、そばの者に、虫籠へ入れさせる。

なかでも、毛虫がお気に入り。

「毛虫って、考え深そうな感じがして、いいよね」

そういって、朝に晩に、額へ伸びた髪をじゃまにならないように耳に掛けて、毛虫を手のひらに這《は》わせる。毛虫たちをかわいがって、じいっと、ごらんになる。

当時の風習に従って、眉毛《まゆげ》を抜いて眉墨で描くこともせず、お歯黒《はぐろ》もしないで白い歯を見せて笑う。そして「人間っていうものは、取りつくろうところがあるのは、よくないよ。自然のままなのがいいんだよ」というのです。

意外の感に打たれました。日本の古典文学のイメージが変わったのです。確かに作品が書かれた当時の古い習慣があり、制度があり、考え方があります。しかしこの作品を蜂飼さんのきちんとした格調高い現代日本語で読むことによって、私の日本の古典のイメージ自体が一変しました。さらに言えば、明治以来、やや否定的に捉えられることもあった日本の古典に、このような作品があり、それが時代を超えて読み継がれてきたことは、自分自身の日本文学観に大きな変更を迫るものでした。

本書では明治時代以来の急速な近代化、すなわち西洋化の過程における翻訳の役割について考えてきました。そこには日本文化に根差すものは、無意識に途上性の象徴のように感じてきた私たちの感性の歴史があることは否定できません。日本人が自国の古典に向き合う時は、フランス人やイギリス人のように現代まで続く、連続した文化と捉えることが極めて難しいものになっていると感じていました。

明治の思想家を現代語訳で

同じような意図から近代日本が生んだ作品も刊行してきました。

内村鑑三《かんぞう》の『余は如何《いか》にして基督信徒《きりすとしんと》となりし乎《か》』を知らない人はいません。そう、題名は。読んだことのある人、手を挙げて。いませんね。古典はそんな本が多い。よく誤解している人も多いのですが、この本は英文からの翻訳であり、内村鑑三が日本語で書いた本ではありません。

そもそもは沼野充義さんの提案により新訳した作品です。これは魅力的な企画だと思い、すぐに翻訳者を探しました。

タイトルは『ぼくはいかにしてキリスト教徒になったか』に変更しました。HOW I BECAME A CHRISTIAN が原題ですから、いま、息をしている言葉で翻訳するとこうなります。明治の日本人はずいぶん英語ができました。内村鑑三のみならず、岡倉天心《てんしん》なども『茶の本』や『日本の目覚め』など有名な書物を英語で書いています。

日本近代の揺籃期《ようらんき》にキリスト教という、いわば西洋列強を支えていた宗教の信者となることはどのようなことであったのか。特別に興味の湧くテーマではありました。江戸時代末期に生まれ、明治から昭和の初めまでを生きた人間の物語です。前半の札幌の話は、日本人が異国の宗教であるキリスト教をどのように受け入れたのかを語る部分ですが、校正刷りで読んで初めてとても面白い内容であることが分かりました。

後に必要があって、再びこの新訳を読み返した時に、これは粟飯原文子《あいはらあやこ》さんに新訳していただいたアフリカ文学の傑作、チヌア・アチェベ『崩れゆく絆』のある意味では日本版ではないかと気づきました。『崩れゆく絆』では、キリスト教の伝来がアフリカの伝統的な部族社会を変質させていく象徴的な出来事として描かれています。ですから西洋列強がキリスト教を広めながら勢力を広げていった時代を共通の背景として持っているのではないかと思ったのです。すでにいくつかの外国語にも翻訳されている本ですが、古典としてもっと読まれてよい作品ではないかと思います。

アメリカに行った時に、青年・内村鑑三が体験した数々の不条理をどう感じたかはさらに面白いのです。内村鑑三は仲間と共にシカゴのレストランでメソジスト信者の黒人のウェイターたちに囲まれ、彼らの教会の執事と名乗る男に紹介されます。その男性は二時間にわたって内村たちの世話をした後に、列車に乗る彼らの荷物を持って送ってきました。お別れを言って荷物を受け取ろうとすると手を差し出して「いくらかくれ」と言われます。発車のベルが鳴っているので、やむなく金を渡して荷物を取り戻しますが、この体験は内村鑑三をいたく傷つけました。拝金主義に冒されているキリスト教国の現実を知ったのです。さらに先住民、黒人、中国人に対する凄まじい差別の実態についてもきちんと書いているところは、内村らしい誠実さが感じられます。

一人称の「I」は「余」とでも「私」とでも「俺」とでも訳すことはできます。翻訳者の河野《こうの》純治さんと話し合ったうえで、「ぼく」にしました。河野さんはノンフィクションの翻訳でずっとお世話になってきたベテランの翻訳者です。内村鑑三がこの本を書いた時は30歳を超えたばかりでした。実際の体験は10代、20代のものですから「ぼく」という表現がぴったりだと思ったのです。

ぼくは、グレゴリオ暦で言うと、一八六一年三月二十三日に生まれた。ぼくの家は武士階級に属していた。だからぼくが生まれてきたのは戦うため——「生きることは戦うこと《ウィーウェレ・エスト・ミーリターレ》」というセネカの言葉のとおり——だった。赤ん坊のときからそうだったのだ。

「第一章　異教」の書き出しはこんな風に始まります。解説は橋爪大三郎さんにお願いしました。素晴らしい解説を書いていただきました。新訳で蘇った内村鑑三を是非お読みいただきたいと思います。

明治の思想家と言えば、なんといっても中江兆民です。『三酔人経綸問答《さんすいじんけいりんもんどう》』『一年有半《いちねんゆうはん》』

を現代語訳していただいたのはエッセイストの鶴ヶ谷真一さんです。編集者だった鶴ヶ谷さんは、文章がほれぼれするほど上手です。そして漢文を自在に読むことができるのです。その鶴ヶ谷さんなら、我々を悩ませる漢文調の明治の日本語も格調高い現代日本語になるだろうと大きな期待を持ってお願いしました。結果として素晴らしい新訳になりました。中江兆民の名前を知っていても、著作に触れることのない高校生や大学生に是非読んでほしいと思います。『三酔人経綸問答』を読むと近代日本の黎明期にこんなふうに冷静かつ的確に世界を捉え、そして考えた思想家がいたことに驚きます。東アジアの政治的、地政学的な分析は、今日の日本のあり方を考えるうえで重要な示唆に富んでいます。古典として読み返す価値が十分にあると思います。というよりも、ルソーをはじめとするヨーロッパ思想を徹底的に学んだ兆民が、この時代に考えたことが、恐ろしいほど現代の私たちの問題意識に通じているということだと思います。『一年有半』は、がんで死を覚悟した兆民が残した白鳥の歌です。明治の学者はここまで外国の思想を血肉としていたのだということを知る最良のテクストでもあります。

この路線は、幸徳秋水へと進んでいきました。幸徳秋水は中江兆民の弟子なのです。何か剣呑《けんのん》な感じがするのは、こちらに刷り込まれた大逆事件の印象があるからだと思います。山田博雄さんの読みやすい文体で見事に現代語訳された『二十世紀の怪物　帝国主義』は、考えられるかぎりで最も正統的で鋭い知性によって書かれた書物です。落ち着きのある、学識に裏付けされた、敢えて言えば偏りのない書物なのです。現前する世界の矛盾を何とか解明し、変革したいと思う人間の思いが伝わってきます。ホブソン、レーニンに先駆けて書かれた「帝国主義論」の嚆矢となる作品です。

案外知られていませんが、推薦の文章を内村鑑三が書いています。

政府には宇宙や世界の調和について考えることのできる哲学者が一人もいないのに、陸には十三師団の兵があって、武器はいたるところでまばゆく輝いている。民間には人民の鬱々《うつうつ》とした気持ちを癒《いや》すことのできる詩人が一人もいないのに、海には二十六万トンの戦艦があって、平和な海上に大きな波しぶきを立てている。家庭内の人間関係は荒れ果てて最悪の状態に陥っている。父と子は互いに対して不満を持ち、兄弟は争い、姑《しゅうとめ》と嫁は互いをバカにする。こんな状態にもかかわらず、外国に対しては、日本は東海に浮かぶ桜の国、世界にも稀《まれ》な礼儀正しく善良な国であるといって誇っている。帝国主義とは、本当はこのようなものである。

しかもキリスト者の内村鑑三が「わが友、幸徳秋水君の『帝国主義』がここに完成した」と紹介しているのです。

川村湊さんの『歎異抄』『梁塵秘抄』、蜂飼耳さんの『虫めづる姫君』、そして鶴ヶ谷真一さんの『三酔人経綸問答』や山田博雄さんの『二十世紀の怪物　帝国主義』という近代の作品を含めて、日本語で書かれた古典の現代語訳という仕事を丁寧に進めてくれたのは、編集者の佐藤美奈子さんです。私の細かい指摘と訳者の間に立って本当に大変だったと思いますが、どれも素晴らしい作品にしてくれました。

夢のプルースト登場

かのプルーストについて触れましょう。高遠弘美さんと翻訳についてお話をした後、作っていただいたリストのなかにこの第六篇『消え去ったアルベルチーヌ』が入っていたのです。世界文学を仕事にする編集者なら、少しでも文学に志をもつ編集者ならプルーストの『失われた時を求めて』を手掛けてみたいと誰しも思うでしょう。しかし全七篇、文庫で全十四巻になろうという大長編です。『カラマーゾフの兄弟』や『戦争と平和』よりも長い。たぶん最長ではないでしょうか。ですから、なかなか実際の機会に恵まれない。けれども高遠さんの提案はグラッセ版『消え去ったアルベルチーヌ』一巻だけを訳出するというものでした。

プルーストが亡くなる直前に、最終的に手を加えたこのテクストは、まだ日本では翻訳されていなかったのです。そのことを聞いた時はなぜ？と思いました。世界でも一番と言ってよいくらいプルーストの翻訳が盛んな国で、なぜそんなことが起きるのでしょうか。その理由を聞いて驚きました。この巻はプルースト自身が生涯の最後の日々に大きくカットしたので、そのまま採用すると話が最終篇につながらないからなのです。それでは作品の形が壊れてしまうということで、それまでの訳者は別のテクスト（とくにプルーストの最終チェックがなされていない第五篇以降には複数のテクストが存在します）を使いながら、話がつながっていくようにしていたのでした。結果として、このグラッセ社から刊行されたテクストはその重要性は十分認識されながらも、日本では未訳のままだったわけです。高遠さんの話を伺って、一冊だけでも十分に出版する価値があると判断して、躊躇なく翻訳をお願いしました。経緯はもちろん違いますが、カフカと通じるテクスト選択の難しさも理解できました。あのプルーストを刊行できる。編集者冥利《みょうり》に尽きると思ったのを覚えています。

この本にはグラッセ版に含まれていた「編者解説」「はじめに」「緒言」「附録」「註」もすべて訳出してあります。五十ページにも及ぶそれらの文章を読むとフランスの出版人がいかにプルーストを大切に考え、テクストの校訂に労を惜しむことなく取り組んだかがよく分かります。その部分も個人的には大変勉強になりました。

懇切丁寧な訳者前口上を書いていただきましたが、その終わりの部分でプルーストの読み方について高遠さんが書いている文章を引用しましょう。

もうひとつだけつけ加えておくなら、プルーストの文体の複雑さである。ひとつの文が二十行、三十行と切れないのはよくあることで、その連想や比喩、分析や思考の道すじはときに、すんなりと頭に入らないことがあるかもしれない。その場合はもう一度反芻しながら、ゆっくりと読み進めることをお薦めする。文体上の複雑さは作品が晦渋であることを意味しない。プルーストは「本質的に明快な作家なのだ」（鈴木道彦）という言葉はまさに正鵠を射ていると言わなくてはならない。

これこそプルーストを読了するための秘訣であると思います。文体の複雑さを内容と同一視してはならないということを、プルーストを読むときは肝に銘じるようにしてきました。

手元に届いた高遠さんの原稿は素晴らしいものでした。森鷗外に倣っていえば、プルーストが日本語で書いたらまさにこういう文章になるだろうという想定が実現されていたのです。編集者として密かに歓喜し興奮したことは言うまでもありません。二十世紀文学を代表する文学作品の翻訳を刊行することは、編集という仕事の最高峰を極めていく実感がありました。しかも自分がその最初の読者であることの至福を十分に味わえるのです。

周囲からはすぐに個人全訳に移行すると思われていましたが、私は慎重でした。十四巻を出し続けることは誰が考えても容易なことではありません。周囲の状況も刻々と変わっていきます。安易にお願いするようなことではないと考えていたのです。あらゆることを十分に考慮したうえで、意を決して高遠さんにこう言ったのです。「私を含めてすべての読者が全巻読了できるような新訳をお願いいたします」。刊行は二〇一〇年九月にスタートしました。

満を持しての出版ですから凝りに凝った作りにすることにしました。まずプルーストが小説の素材にした主な絵画の図版を入れることにしたのです。小説のなかに絵に対する言及や描写があっても、当の絵画が分からないのでは楽しみようがないからです。同時に小説に登場する当時の服装や髪形から家具や小物類に至るまで写真やイラストにして紹介することにしました。

自身のプルースト体験から言って、これらの助けがなくては実際のところ読み進めていくのは難しいと思ったからです。たとえば私たち日本人にとって、馬車や家具、帽子の形の違いなどまったく実感がありません。ですから装丁家の坂川栄治さんにお願いして挿画を描いていただいたうえで、高遠さんに詳しい説明を書いていただきました。こうした過剰とも思えるくらいの情報を入れていくことを、この新しい個人全訳の仕事を進めていくうえでの編集方針としました。まったくの偶然ですが、岩波書店からもプルーストの個人全訳の刊行が始まりました。よく「お互いに知っていましたか」と聞かれましたが、本当に全く知らなかったのです。岩波の担当者とは面識がありましたが、その担当者も驚いていたくらいです。とにかく全十四巻が完結するまで見届けたいと考えています。

実際に刊行が始まったとき、不思議な感動に襲われることがありました。この作品に自分が編集者として関わることができたこと自体が信じられません。稀なる僥倖《ぎょうこう》であると思わざるをえませんでした。はるか昔に新宿のバーで魅力的なおじさんと交わした会話を思いだして胸中でそっと呟きました。「どうやら夢かなって、古典的な編集者になれたようですよ」

先ごろ刊行された『収容所のプルースト』（ジョゼフ・チャプスキ著　岩津航《こう》訳　共和国）の内容は、『失われた時を求めて』第三巻の読書ガイドで、すでに高遠さんにより紹介されています。著者のチャプスキはポーランド人の画家・文筆家ですが、第二次大戦が勃発し、ナチス・ドイツとソ連の侵攻が始まるとソ連軍に捕えられ、収容所に閉じ込められます。その仲間たちの多くは「カティンの森」事件で命を落としましたが、チャプスキは辛くも生き残りました。零下四十度の極寒のなか、肉体的にも極限状態にある囚人《しゅうじん》たちは、死の恐怖から逃れるため、その人が最もよく覚えていることを仲間と講義形式で語りあうことを始めます。チャプスキは記憶を呼び起こしながら、なんとプルーストの講義を行うのです。

このシリーズのなかでも最も感動的な読書ガイドだと思います。この個人全訳は担当している編集者の笹浪真理子さんの緻密な作業と情熱に助けられてきました。ここに記して感謝したいと思います。

『闇の奥』の正体

外国の詩は売れない。出版関係者、とくに文学を専門としている出版社の人間と会うと異口同音に発せられる言葉です。確かに日本の詩人の詩集でも初版部数はそう多くありません。外国文学の詩集は売れないというのが業界の常識です。ヨーロッパ諸国やロシアでは盛んにおこなわれているという詩の朗読会もあまり開かれていない。まして翻訳で読む外国詩です。

古典新訳文庫には、一冊だけ詩の新訳があります。ホイットマンの『草の葉』です。ホイットマンは、アメリカでベトナム反戦デモに参加した若者たちがその詩集を愛唱したという伝説を読んだことがありました。男性を愛することもあった詩人だとも。アメリカのあるべき姿、本来のデモクラシーとは何かを時空を超えて訴えかけていると言われています。言われていると書いたのは、そういう作品であるなら是非読みたいと思って既訳を手に入れて読み始めましたが、すぐに挫折してしまったからです。詩そのものはたぶん読んできた方だと思います。しかしホイットマンの良さはなかなか分かりませんでした。

飯野友幸さんから編集者の今野哲男さんを通じて、ホイットマンの詩の翻訳の提案があったとき頭に浮かんだのは、売れ行きは大丈夫かな、というはなはだ散文的な感想でした。ですから新訳を読んだ時の衝撃と言ったら。ホイットマンという詩人に惚《ほ》れました。それほどに魅力的な新訳でした。

「おれにはアメリカの歌声が聴こえる」。題名からしてロックの歌詞のようで素敵です。いっそ「草の葉」というタイトルはやめて、「おれにはアメリカの歌声が聴こえる」を本のタイトルにしよう。それから全訳ではなくて（抄）として、とにかく読者に手にとってもらうことにしよう。そう考えて十九編を飯野さんに選んでもらい、薄くて軽い詩集にしました。しかしそこに詰め込まれたエネルギーは無限大です。アメリカと民主主義を知りたければ、そしてアメリカの民衆を知りたければ、この詩集を読むのが一番早い。安直なアメリカ史を読むくらいならこちらを読むことをお勧めします。そして読後に軍事大国と化した現在のアメリカを想起するのは意味のあることだと思います。実際の詩をご紹介しましょう。

おれにはアメリカの歌声が聴こえる

おれにはアメリカの歌声が聴こえる、いろいろな賛歌がおれには聴こえる、
機械工たちの歌、誰もが自分の歌を快活で力強く響けとばかり歌っている、
大工は大工の歌を歌う、板や梁《はり》の長さを測りながら、
石工は石工の歌を歌う、仕事へ向かうまえも仕事を終わらせたあとも、
船頭は自分の歌を歌い、甲板員は蒸気船の甲板で歌う、
靴屋はベンチに座りながら歌い、帽子屋は立ったまま歌う、
木こりの歌、農夫の歌、朝仕事に向かうときも、昼休みにも、夕暮れにも、
母親の、仕事をする若妻の、針仕事や洗濯をする少女の心地よい歌、
誰もが自分だけの歌を歌っている、
昼は昼の歌を歌う――夜は屈強で気のいい若者たちが大声で美しい歌を力強く歌う。

一人称は若いときは「おれ」、中年は「ぼく」、老年に達してからは「わたし」と変化します。これは飯野さんの新訳の工夫です。勢いのある時期は「おれ」、落ち着きが出てく

ると「ぼく」、老いて「わたし」というのは、とても重要で本質的な工夫だと思います。

詩の翻訳については萩原朔太郎が「詩の翻訳について」というエッセイを残しています。詩の翻訳は基本的に不可能である。だから翻案しか道はないという内容です。彼が翻案と考えている方法は現代では新訳と言われます。そういう作業が詩の翻訳には不可欠なのだという内容です。


さて、いよいよ『闇の奥』です。古典新訳文庫を準備している時から、常にリストに挙がっていたのが、コッポラが映画『地獄の黙示録』を制作する時に原案としたといわれるこの作品でした。既訳は数冊ありましたが、こちらの力不足もあって、残念ながら作品の全容は今一つよく分かりません。これは難しい作品なのだと思いました。この困難を乗り越える翻訳者の候補として、第一線で活躍する黒原敏行さんに一縷の望みを持ってお願いしたのです。「分かる『闇の奥』をお願いいたします」。分かるというのは、文字通り普通に読んでいける小説にしてくださいという意味でした。

前述した『崩れゆく絆』を書いた現代アフリカを代表する作家、アチェベが、「アフリカ人から人間性と言葉を奪い去り、アフリカを『ヨーロッパすなわち文明のアンチテーゼ』として描いている」（訳者解説）と猛烈な批判を加えたことで有名な作品の全貌を知りたいという実に個人的な動機です。敢えてつけ加えれば、この個人的な動機や怨念（？）がこのシリーズの根幹にあります。自分が読んで分からなかった作品や、もう少し分かりやすくできるのではないかと思った作品がラインナップに登場するのです。古典が対象ですから、それでラインナップに大きな偏りが出たわけではないと考えています。

黒原さんが懇切丁寧に訳者あとがきで書いている翻訳の数々の工夫を読んでいただきたいと思います。既訳と比較しながら校正刷りを読んでみると、「なるほどこういう訳文だから分からなかったのか」と納得できました。難解と言われてきた古典には往々にしてこういうことが起きるのです。時に大胆な補いを行いつつ、読者に分かるように工夫した画期的な翻訳です。物語の語り手、船乗りマーロウの声が読後にも耳に残ります。

古典の新訳は時に作品の解像度を上げることによって伝説的な作品を迷妄から解き放ち、普通に楽しめる作品にしてしまうことがあります。これは余計な外皮を引きはがす偶像破壊のように思われることもあるのです。

ロレンス『チャタレー夫人の恋人』のように人口に膾炙しすぎて、霧に包まれたような作品の新訳ほど引き受け手探しに苦労した作品はありませんでした。今の若い世代は、この作品が「猥褻《わいせつ》文書」だとして摘発され、裁判で争われたことも知らないかもしれません。創刊前からずいぶんと諸方に打診しましたが、断られ続けたのです。既訳は二十種類近くあるそうですが、最も新訳が望まれながらも、一向に実現しないという古典に典型的な作品でした。

作品自体は、生意気盛りの高校生の時に読みました。もちろん理解力の不足もあったでしょうが、貴族の奥さんと使用人の森番との恋愛が描かれたこの小説のどこが猥褻なのか、どこが優れているのか、よくわかりませんでした。「週刊新潮」の「黒い報告書」の方がよほど過激だと冗談を言いあったのを覚えています。

ロレンスには個人的にも好きな作品があって、特に『息子と恋人』は吉田健一の翻訳で古典再読期に読んで感銘を受けました。『虹』『恋する女たち』や紀行文なども読みましたが、なぜか難解な印象が残りました。

依頼を快諾してくれたのは英文学者の木村政則さんでした。若手の優秀な研究者で翻訳にも意欲満々である彼は、すでに古典新訳文庫でモームの短編集『マウントドレイゴ卿／パーティの前に』の翻訳を刊行済みでした。

新訳に何ができるか？

既訳にいまひとつ満足できなかったのは、主人公の森番のメラーズとチャタレー夫人であるコニーが生きている人間に感じられないことでした。原作では主人公の二人がもっと生き生きとした人間として描かれているはずだと思えました。ロレンスの文体が晦渋であったとしても、肉体を備えた存在として主人公の二人がもっと身近に感じられるように翻訳してほしいと木村さんにお願いしました。

厳しい階級社会の垣根を越えて愛し合い、人間性の回復を目指したと言われるこの小説本来の姿を知りたかったのです。当然ですが、もはや猥褻というキーワードで語られる時代ではない。そういう雑音から離れて、コニーとメラーズの「性」と「生」の讃歌を聞いてみたかったのです。それは作品を本来の姿に戻すことだと思いました。

訳者あとがきで新訳の方針を木村さんは次のように述べています。

翻訳するにあたっては、従来のロレンス像や作品評は気にせず、自分の印象に従おうと決めた。つまり、速くて荒い文章で書かれた恋愛小説として訳す。ただ、ここで問題が生じる。荒い文章を速いリズムに乗せていくと、肝心の物語がぼやけてしまうのだ。ここが翻訳の分かれ道だろう。私は物語のほうを重視した。これだけ有名な作品でありながら、物語の味わいに関してはあまり語られていない気がするからだ。

木村さんとはそれから何度打ち合わせをしたでしょう。よく最後までお付き合いいただいたと思います。一読いただければ、ロレンスが素晴らしい作家であること、現代を生きる私たちにとって、いかに切実な小説であるかが分かると思います。二十世紀文学の主要なテーマである「性」をここまで愚直に徹底して追求した小説であることに感銘を受けること間違いありません。

以前にノッティンガムにあるロレンスの生家を訪ねたことがあります。貧しい炭鉱夫の家に生まれたロレンスは労働者階級出身の作家と勉強してきた私は、生家のある意味での立派さに驚きました。もちろん華美な家ではありません。しかし日本でいう炭鉱住宅、いわゆる炭住という木造住宅のイメージとはまるで違います。広くはないが、どっしりとした造りの家でした。内部はロレンス博物館になっていて案内係の女性がいました。

彼女は当時使われていた石炭を入れる重くて大きなアイロンを手にしました。こんな重いものを使って家事をしていたから、ロレンスの母は大変だったのよ、と言いながらアイロンをこちらに手渡すのです。普通は博物館の展示物に手を触れることなどできません。案内の女性は言いました。「それは本物よ。どうぞ触ってちょうだい。当時の女性がどんなに大変だったか、分かるでしょう」

本物？　びっくりする私を楽しそうに見ながら言うのです。『息子と恋人』に登場した母親を思い出しながらアイロンを手に取りました。確かにとても重い。

「彼の父は炭鉱夫で貧しかったからこんな家に住んでいたのよ」

驚いた私は思わず言ってしまいました。

「ぼくは日本人ですが、ここはかなり立派な家に思えます」

彼女は一瞬虚を突かれたような表情をしましたがすぐさま笑い出しました。

「あなた本当に日本人？」

私の感想は素直なものでした。今はネットでも見ることができるので、興味のある向きはどうか確かめてほしいと思います。

その後に近くにある貴族のバイロンが住んでいたというニューステッド・アビイを訪れましたが、こちらは想像を上回る大きいものでした。

新訳で『チャタレー夫人の恋人』の印象は大きく変わりました。なによりコニーとメラーズが私たちの隣人になりました。コニーはセックスに積極的な魅力的な若い女性だし、メラーズは繊細で頭の良い男です。粗野な森番と上流階級の婦人との不倫劇のような小説ではないことがはっきりしたと思います。付け加えれば、訳者まえがきに書かれているように、チャタレー夫人の夫・クリフォードは正式な意味では貴族ではないのです。

いくら傑作だと聞かされても若い人が古典を読まないのは理由のないことではありません。新訳が必要なこともよくお分かりいただけたと思います。

ただ繰りかえしになりますが、既訳を軽んじているのではないことは分かっていただきたい。編集者がロレンスの生家を訪ねることができるほど日本の経済力が上がり、ネットが普及したおかげで調べ物の効率が革命的に向上したことで翻訳の質も向上したのです。

「ふらんすへ行きたしと思へども　ふらんすはあまりに遠し」。萩原朔太郎が『純情小曲集』でこう嘆いたのは二十世紀の初めでした。

「種の起源」を読まずして人生は語れない

二〇〇九年に刊行したダーウィン『種の起源』は渾身《こんしん》の一冊でした。この名のみ高くして誰も最後まで読んだことがないとさえいわれる伝説の名著を、なんとしてでも読めるものにしたい。これは長年の夢でした。今西錦司《いまにしきんじ》と対談した吉本隆明は、既訳で読んでいたはずです。この本だけではなく、カントやヘーゲルも難解な翻訳で読んでしまう能力には敬服していましたが、どこかで何故彼だけが読めるのかという疑問も頭を去りませんでした。

この点について疑問を投げかけると、中山元さんはこう教えてくれました。

「そりゃ、吉本さんは勘がいいのでしょうね。勘所を押さえているから、読めるんでしょうね」

そう言って中山さんは楽しそうに笑いました。

翻訳した渡辺政隆さんとは同年代ということと、すでに何冊もポピュラーサイエンスの翻訳をお願いしてきたこともあって、生物学の分野における翻訳ではいろいろと相談に乗ってもらっていました。

実際に翻訳が始まると大変な仕事だということが分かりました。ダーウィンの論証は誠実で素晴らしく粘り強い。文章を追っていくだけでも相当な努力が必要になります。それでも読み進むうちにこの論考の虜になりました。展開される議論の緻密なこともさりながら、壮大な生物の進化史を知ることは得がたい体験だったのです。編集部の細かい指摘に真摯《しんし》に応えてくれた渡辺さんの努力に感謝は尽きません。とにかく分かる新訳をと、校正刷りに入れた稚拙《ちせつ》な鉛筆の指摘に対して最後まで文句も言わずに付き合ってくれました。

渡辺さんが訳者まえがきで新訳の工夫を書いています。

ダーウィンの文章は一文がきわめて長く、しかも文と文のあいだも接続詞なしで、単にコロンで区切られ、延々と続いていたりする。また、一段落もきわめて長い。本書では、古典新訳文庫の刊行趣旨に沿い、読みやすさを優先するために臨機応変に段落を改めた。さらに、原文にはない小見出しも補った。

十九世紀の最大の書物と言えば『資本論』、そしてこの『種の起源』です。資本論にはいくつか翻訳がありますが、『種の起源』には事実上、手に入る翻訳は一つしかありませんでした。

ダーウィンの肉声が聞こえてくるような渡辺さんの新訳の文章に魅せられながら読み進むと、展開される議論は、生物学に縁なき衆生にも十分理解できるものだったのは驚きでした。
その本を読む前と読んだあとで人生が変わる本という言い方があります。あまりに手垢《てあか》のついた表現ではありますが、正真正銘そのような本は存在します。『種の起源』がそれです。ダーウィンの思考の跡をじっと追っていくとそこには驚くような認識の革命が待っているのです。渡辺さんが解説の末尾でこう書いています。

進化の起こり方は、常に偶然と必然に左右され、行方が定まらない。あらかじめ定められた運命など存在しないのだ。生存することの意味を問う中で虚無に走るのはたやすい。しかし、偶然が無限に繰り返された結果として人生は存在するという考え方には荘厳なものがある。『種の起源』を読まずして人生を語ることはできない。

人生を考える書であることがお分かりいただけるでしょう。途中難しいところもありましたが、そこを渡辺さんに聞きながら（つまり解説に書いてもらうということです）なんとか校正刷りを読了した時の感動は自分が想像していたよりもはるかに大きいものでした。なぜ、かくも多様な生物がいるのか、という問いは誰しも一度は考えたことがあるでしょう。

ダーウィンは、すべての生物は共通の祖先を持ち、少しずつ変化しながら枝分かれをしてきたのだという結論に辿り着きます。『種の起源』の有名な結びの文章をご紹介しましょう。

つまり、自然の闘争から、飢餓と死から、われわれにとってはもっとも高貴な目的と思える高等動物の誕生が直接の結果としてもたらされるのだ。この生命観には荘厳さがある。生命は、もろもろの力と共に数種類あるいは一種類に吹き込まれたことに端を発し、重力の不変の法則にしたがって地球が循環する間に、じつに単純なものからきわめて美しくきわめてすばらしい生物種が際限なく発展し、なおも発展しつつあるのだ。

ドイツ文学の充実

最後に古典新訳文庫におけるドイツ文学に触れておきたいと思います。ドイツ文学の充実ぶりは翻訳者のおかげで、当初の予想をはるかに超えるものとなったからです。残念なことに最近は少し元気がないともいわれるドイツ文学ですが、古典新訳文庫では、個性的なラインナップを実現することができました。

まず挙げたいのは、トーマス・マン『ヴェネツィアに死す』『だまされた女／すげかえられた首』の「エロス三部作」です。翻訳した岸美光さんによる命名ですが、正直なところマンのイメージががらりと変わりました。『トニオ・クレーゲル』と『魔の山』を読んで作家としてのトーマス・マンのイメージを固定化された読者は多いと思います。その作家がエロスをテーマにしてこういう作品群を残していたのは驚きでした。さらに『詐欺師《さぎし》フェーリクス・クルルの告白』という超絶技巧を駆使して新訳された傑作を読むに及んで、トーマス・マンの作家像は大きく変わりました。この『魔の山』と好一対《こういっつい》をなす長編の面白さは、ちょっと比類がありません。稀代の詐欺師クルルの物語を読まずして生を終えるのは惜しい、と思うような傑作です。

難解をもって知られるリルケ『マルテの手記』は、松永美穂さんの手になるこの新訳で読めば、どのような作品か必ず理解できると思います。名高いけれど、読んでみると茫漠《ぼうばく》たるイメージだけが残り、なぜこれがそれほど重要な作品なのかと思っていた方にお勧めです。とてもクリアに作品の全体像が読み解けます。

さらには個人的にも長年の愛読書であったフケー『水の精《ウンディーネ》』も識名章喜《しきなあきよし》さんの新訳でぜ

ひ読んでほしい一冊です。ジロドゥ『オンディーヌ』（二木麻里訳）のもととなった小説ですが、人間と水の精の悲しい恋を描いた物語でドイツロマン派の香り高い作品です。

最後にとても人気のある新訳、ショーペンハウアー『読書について』。そして『幸福について』を挙げたいと思います。訳者の鈴木芳子さんに手掛けていただいたこの二作によって、我が国にショーペンハウアーは蘇ったと言ってもよいと思います。分かりやすく、親しみやすい文体でありながら、内容はとても辛口。哲学者が目の前で語っているような新訳は、若い世代にも人気を博しました。

本来なら刊行したすべての作品とその翻訳者の仕事を紹介したいところですが、残念ながら紙幅《しふく》の都合もあり、この辺で終わりにしなければなりません。様々な工夫がなされた文庫であることはお分かりいただけたと思います。どうぞご自分で手に取ってそれぞれの新訳を楽しんでいただきたいと思います。

終章

オフラインのイベントから

二十一世紀の情報発信

二〇一〇年になっても『カラマーゾフの兄弟』は大きな注目を集めたままシリーズ全体を牽引していました。それだけではありません。一月には創刊前からの念願だったカント『純粋理性批判』（全七巻　中山元訳）の刊行がついに始まり驚異的なペースで新訳が進められていたのです。同時に刊行されたのはE・ブロンテ『嵐が丘（上）』（小野寺健《たけし》訳）。これの世界文学の正典ともいうべき作品を手掛けることができたことは、不思議な安堵感を与えてくれました。もうちょっとやそっとではこのシリーズは終わらないだろうという確信とでも言ったらよいでしょうか。他社からも幾つも新訳は出ていましたが、小野寺さん渾身の新訳は数々の画期的な解釈をもたらしました。

二〇一〇年の九月、創刊四周年企画に、ドストエフスキー『悪霊1』（亀山郁夫訳）。プルースト『失われた時を求めて1――第一篇「スワン家のほうへI」』（高遠弘美訳）を刊行することができました。亀山さんのドストエフスキーの新訳は、途方もなく早いペースで進んでいました。『罪と罰』（全三巻）はすでに前年の七月に完結していたのです。ドストエフスキーやプルーストの巨大な作品群についに辿り着いたという感慨がありました。

さらに十月にはジュネ『花のノートルダム』（中条省平訳）という念願の作品を刊行でき

ました。第4章で書いたように、ジュネは私たちの世代のある種の偶像でした。ですから興奮もしましたが、何度も校正刷りを読むうちにジュネの文章はやはり一筋縄ではいかないことを悟りました。しかし中条さんの才筆のおかげで、今一つ分からないジュネ作品というイメージは完全に払拭《ふっしょく》されました。こういうクリアなジュネの翻訳を高校生の時に読みたかったとしみじみ思いました。それがかなえば二十世紀文学をもう少し早く理解して、楽しむことができたのではないかと思ったのです。

二〇一一年になると、いよいよ安定感は増したように感じていました。『悪霊』（全四巻）と『純粋理性批判』の刊行は順調に続いていましたし、六月には川村湊さんの『梁塵秘抄』の刊行をもって念願だった日本の古典という路線も充実の度を増していくことができました。社会科学の翻訳をたくさん手掛けていただいている斉藤悦則《よしのり》さんも七月にマルサス『人口論』で古典新訳文庫に参加していただき、今日までミル『自由論』、ヴォルテール『カンディード』『寛容論』『哲学書簡』など、N君が担当してたくさんの社会科学系の作品の読みやすく優れた新訳を手掛けていただいています。

二〇一一年の九月、創刊五周年は以下の三冊を刊行しました。

『うたかたの日々』（ヴィアン　野崎歓訳）
『カメラ・オブスクーラ』（ナボコフ　貝澤哉訳）
『純粋理性批判6』（カント　中山元訳）

ここから先は淡々と着実に、しかも意欲的な新訳を忘れずに進んでいけばいいのだと考えていました。決して日常に堕してはいけない。思えば二〇〇四年に企画に着手して以来、すでに七年が経過していました。刊行がルーティン化することを一番恐れなくてはならないことは自覚していました。編集部のメンバーも変化しました。途中、何人かの新たな部員が加わって助けられた時期もありましたが、K先輩は二〇〇九年に定年を迎え、翌年H君も他部署に異動になりました。この時点でN君と二人で仕事を進めることになったのです。創刊からの時間は私たちにそれなりの訓練を施してくれたので、あとはきちんと仕事をしていくことだと思っていました。

編集者の今野哲男さんは変わらず古典新訳文庫のために奮闘してくれました。彼の企画力と人脈がどれほど助けになったことか。それでも多忙な時もあったため旧知の編集者O

君に助けを求めました。二〇一一年の十二月から彼は編集作業を助けてくれることになったのです。英語が堪能で翻訳出版について熟知しているO君の参加で一息つくことができました。彼は二〇一六年から社員として古典新訳文庫の編集者となりました。海外ノンフィクションも手掛けながら忙しい日々を送っています。

この後刊行された作品については、巻末の一覧を見ていただきたい。古典新訳文庫の解説目録やホームページも参照いただければ、その後の歩みも確認できると思います。

創刊して二年後の二〇〇八年にいわゆるリーマン・ショックがありました。経済のグローバル化が一層進んでいることを思い知らされる出来事でした。古典新訳文庫がようやく安定期に入った二〇一〇年くらいから世界に新しい変化が起きていることを実感していました。それまで「世界第二位の経済大国」とことあるごとに言っていた我が国のGDPが中国に抜かれたのです。人々は自然にこのフレーズを忘れていきました。二〇一一年には東日本大震災が起きました。自然災害とともに原発事故が起きたことは全世界に大きな衝撃を与えました。

また、長く続くデフレ経済を脱却できずにいることで、社会の閉塞感が一段と強まっていくのを古典新訳文庫の原稿を読みながら肌身で感じていました。二〇一三年に日銀総裁に黒田東彦氏が就任。大胆な金融緩和策が実施されましたが、物価は上がらず、いまだに個人消費は伸び悩んでいます。一方で世界でも例のない急激な少子高齢化が進んでいます。外国人労働者が街に増えつつあるのを感じるようになりました。

さらにはスマホが急速に普及していきました。電車に乗ると老いも若きもスマホの画面を見つめています。SNSが急速に広がり、情報の伝達システムが変化していることを感じます。まったく新しい世界を生きているという感覚に襲われることも稀ではありません。こういう世界の大きな変化を目の当たりにしながら、いま、なぜ古典を読むべきなのか、ということを今さらですが、考えるようにしていました。二十世紀の冷戦の終焉とはまるで違いますが、起きている変化のスピードと深さは同じだという思いがないわけではありません。倫理の揺らぎを感じることも多くなりました。この未曾有の変革期に読者に読んでもらうべき古典とはなにか。編集部の会議ではそのことを意識した議論が増えていきました。

さて、宣伝部のMさんはその後も一貫して斬新な提案をしつつ編集部を助けてくれました。宣伝部から異動して書籍コンテンツ事業部の部長となった後も変わりない援助を惜しみませんでした。Ｍさんは常々こう言っていました。

「これからは、今までのマスメディアを中心とした方法論に加えて、オンラインとオフラインを使いわけた戦略を立てなければなりません。ですから多角的な取り組みが重要になります。従来とは違ったやり方を大胆に試行錯誤する時期に来ていますよ。要するに、二十一世紀の新訳には二十一世紀の情報発信を、ということです」

実際、出版文化産業振興財団（ＪＰＩＣ）とコラボレーションした企画は意欲的なものばかりでした。ＪＰＩＣの中泉淳事務局長とＭさんの尽力がなかったらどれも実現しなかった企画です。まず一つめは二〇〇八年秋にスタートした「光文社古典新訳文庫　感想文コンクール」（後に読書エッセイコンクールに名称変更）です。光文社が主催、ＪＰＩＣの協力と朝日学生新聞社の後援を得て、このシリーズを題材とする大規模な感想文コンクールを実現しました。中学生部門、高校生部門、大学生・一般部門と三つのカテゴリーに分け、それぞれの課題図書を古典新訳文庫から選んで感想文を募集しました。

企画の趣旨に賛同してくれた中学校、高校の先生方が熱心に応援してくれて、毎回千通を超える感想文が届き、大いに勇気づけられました。

選考委員は、ロシア・ポーランド文学者の沼野充義さん、元外交官で教育者の北川達夫さん、そしてＪＰＩＣの理事長である肥田美代子さんという錚々《そうそう》たるメンバーです。毎年十一月に最終選考をするのですが、私も参加して侃々諤々《かんかんがくがく》の議論が交わされます。沼野さんは全体の流れを考えてくださり、北川先生は専門の教育の立場から発言します。児童文学作家である肥田さんはいつもユニークな視点から票を投じてくれました。残念ながら諸般の事情により二〇一六年、第九回をもって終了となりましたが、いつかまた違う形で再開されることを願っています。

二つめは安西徹雄訳『マクベス』の上演です。

朗読劇としての『マクベス』はまず京都と名古屋で公演が行われました。二〇一〇年六月に国立国会図書館本館で実際にそれを観た時は本当に感激しました。すでに安西さんは亡くなった後でしたが、この上演を見ることができたらどんなに喜んだことかとつくづく残念に思いました。

この朗読劇は五人で演じられました。マクベスは有川博さんです。五人それぞれが何役かこなしますから、たくさんの役者によって演じられているかのような重層的な印象を与えるのです。しかも上演の前に上智大学の同僚であった英文学者の小林章夫さんのレクチャーがあるという贅沢な構成です。シェイクスピア劇が最初に上演された当時は、すべてが立ち見席であり、しかも屋外劇場だったので日中に公演が行われていた、などということを知ってから観劇すれば、観客は『マクベス』をより深く楽しむことができたのです。「ヘエエイ、マクベース」という魔女の呼びかけ。「晴々《はればれ》しいなら禍々《まがまが》しい、禍々しいなら晴々しい」というセリフが今でも耳に響いてくるようです。自分たちが編集して刊行した作品が、このような形で上演されることは大きな喜びでした。

この『マクベス』が二〇一〇年秋に軽井沢で上演された時のことは、ひときわ印象深い。軽井沢ユニオンチャーチという古い教会で演じられたのですが、とにかく寒かった。休憩時間にトイレに駆け込む役者さんたちの姿が忘れられません。しかしそれほどの寒さを忘れさせるほどの熱演でした。

その直後には安西さんが教鞭をとっていた上智大学でも上演されました。聴衆の反応が素晴らしく良かったので上機嫌になったMさんと私は、役者さんたちとの愉快な打ち上げの後もひたすら飲み続けました。

さて、三つめは沼野充義さんにお願いした「対話で学ぶ〈世界文学〉連続講義」シリーズです。この企画は東大の現代文芸論研究室の協力を仰ぎました。これこそ古典新訳文庫の将来の広がりを視野に入れて考えられた企画でした。古典を刊行するだけではなく現代と交差する点を作っていかなければならない。Mさんのこういう考え方に基づいて二〇〇九年にスタートしたのです。最終的には二〇一六年まで七年にわたる息の長い企画になりました。沼野さんをホストに日本を代表する作家、詩人、外国文学者、翻訳者、そして外国人の日本文学研究者にも登場してもらい、古典について、現代の世界文学について、縦横に語ってもらった企画です。古典とはその時代を代表する作品であり、未来の古典は現在も生み出されつつあるという視点でゲストたちに文学を語ってもらい、対話の内容が読書リストとしても機能するように設計しました。毎回対談イベントの形をとることで合計五冊の本にまとめることができました。合計で二十六回。三十人以上のゲストが登場したことになります。一冊目にはリービ英雄さん、平野啓一郎さん、ロバート・キャンベルさんらを迎えての対談となりました。『世界は文学でできている』というタイトル名で始まり、『つまり、読書は冒険だ。』で幕を下ろしましたが、沼野さんの熱意がなければ、到底ここまで続かない企画でした。

リアルなイベントの重要性

先に『マクベス』の朗読劇のことを書きましたが、古典新訳文庫で刊行された作品を原作とした演劇の上演はこれだけではありません。二〇一〇年に二木麻里さんの『オンディーヌ』が調布市せんがわ劇場で、渡辺守章さんの『シラノ・ド・ベルジュラック』は演劇集団キャラメルボックスによって東京と神戸で上演されました。

谷川道子さんのブレヒト『母アンナの子連れ従軍記』は二〇一〇年鳥取市で、二〇一一年には東京と長野で次々舞台化され、二〇一四年には『三文オペラ』が新国立劇場中劇場で上演されたのです。谷川さんが新訳したブレヒト作品には、さらに『ガリレオの生涯』『アンティゴネ』があります。残念ながら若い世代にはブレヒトは、あまり身近な作家とは言えないようですが、この新訳を機に読者が増えていくことを期待しています。

二〇一一年には浦雅春さんのゴーゴリ『査察官』（題名は「検察官」でした）が劇団NLTによって銀座博品館劇場で上演されました。

二〇一二年になるとワイルド『サロメ』が新国立劇場で作家の平野啓一郎さんの翻訳を台本として、宮本亜門《あもん》さんの演出で上演されます。多部《たべ》未華子さんがサロメを、奥田瑛二《えいじ》さんがヘロデ王を演じて評判になりました。この舞台は私たちも鑑賞しましたが、平野さんの新訳を基に再現された、いままでのサロメ像とは違う斬新な印象がありました。

同じく小田島恒志《こうし》さんのバーナード・ショー『ピグマリオン』も二〇一三年に新国立劇場で舞台化されました。主演のイライザは石原さとみさんが演じましたが、大変な熱演だったことが記憶に残っています。ヘンリー・ヒギンズを平岳大《ひらたけひろ》さん、アルフレッド・ドゥーリトルを小堺一機さんが演じて印象に残る舞台でした。

刊行した作品の上演の場に立ち会うと感激もひとしおです。校正刷りを読んでいた日々が蘇るのです。ああ、こんなふうにあのセリフをしゃべるんだな、と思ったりします。だから素直に面白いのです。安岡治子《はるこ》さんの新訳による『地下室の手記』も二〇一三年に劇団イキウメの前川知大《ともひろ》さんの演出で舞台化され、東京と大阪で上演されました。これは舞台を現代の日本に移したリアルな心象劇になっていたのです。ドストエフスキーが現在の日本を舞台に演劇を手掛けたらこういう作品になるだろうと想像させるに十分な迫力がありました。安岡さんにはドストエフスキーでもう二作『貧しき人々』『白夜／おかしな人間の夢』という魅力的な新訳がありますので、ぜひお読みいただきたい。

こうした舞台化は、戯曲は売りにくいという出版界の常識からいえば、とてもありがたいものでした。しかも演劇人たちがテクストとして古典新訳文庫を意識してくれていることも心強く思えたのです。まさに「いま、息をしている言葉で」翻訳されたものでなければ、舞台での鑑賞には耐えられないだろうと思っていたからです。

さらに『カラマーゾフの兄弟』はフジテレビで舞台を日本に移して再構成され二〇一三年に放映されました。亀山郁夫さんと撮影現場を訪れたのが懐かしく思い出されます。演じている役者さんたちと亀山さんの役づくりをめぐるやりとりを聞くのも楽しい時間でした。

ネット時代におけるオフライン、つまりリアルなイベントの重要性を早くから見抜いていたMさんは、創刊間もないころから、さまざまなイベントへの参加を編集部に促してきました。その後新聞社と組んで各地で展開されることになりますが、最初の大きなイベントは二〇〇七年の二月、「光文社古典新訳文庫　トークセッション in 名古屋」でした。

野崎歓さんに『ちいさな王子』のお話をお願いすることにしたのです。私が名古屋まで同道しましたが、この時は創刊から間もなかったので熱心な聴衆に勇気づけられるという体験をしました。編集というのは地味な仕事です。人気《ひとけ》の絶えたフロアでじっと校正刷りを読んでいる時間が長い。そうした作業に集中している弊害もあります。読者が目の前から消えていくのです。誰が読むのかではなく、原稿をチェックすることだけが無上の喜びとなってしまう。だから本物の読者に接するためにもイベントはとても良い機会なのです。編集者の謬見《びゅうけん》を正してくれる特効薬といってもいい。

この名古屋のイベントには、前述した古典新訳文庫を創刊から支えてくれた販売部のK君も来てくれました。彼はこのほかにもたくさんのイベントに、時には子連れで参加してくれました。そして野崎さんの話に深い感銘を受けたのです。作品が書かれた時代背景が分かれば、もっと理解が深くなることを知ったからだといいます。たとえば『赤と黒』の話を聞いた後にこんな風に話してくれました。

「この話を中学生のときに聞きたかった。もし聞いていれば仏文科に行っただろうと思います。人生を変えるくらいの話だと思いました」。K君の受けた衝撃はそのくらい大きかったのです。現在、彼の主導で販売部は毎年「出前授業」を行っています。作家や翻訳者に、応募のあった中学や高校に出向いてもらい、著作や翻訳した作品について話してもらう企画ですが、この時の体験をもとに発想されたものだと本人から聞きました。

現在進行形のイベント

Mさんの提案は終わりがありません。次々と魅力的な企画が続きます。次は「ブックオカ」でした。「ブック」と「福岡」を合わせて「ブックオカ」。分かりやすいネーミングです。二〇〇六年に始まったので、初参加は三年目のことでした。亀山郁夫さんと小川高義さんに講演をお願いしました。以後亀山さんはほぼフル出場です。

「ブックオカ」は二〇一七年に福岡県が県文化の振興に貢献した個人や団体を表彰する第二十五回県文化賞（社会部門）を受賞。ここには本の未来を考えるヒントがたくさんあります。けやき通りで行われる「のきさき古本市」やにぎやかに開催されるイベントの数々。東京から著名な作家やアーティストもやってきます。古典新訳文庫の編集長として話をする場も設けてもらいました。少人数のイベントでは、どんな成果が上がるのかと冷ややかにみる出版人もいましたが、それは時代を読み間違えているように思います。SNSのおかげもあって、少人数の熱烈な支持者は、いままでとは違い大きな発信力を持つ可能性すらあるのです。

実行委員長で書店「ブックスキューブリック」を経営する大井実さんは、その辺の事情をよく知っています。昨年、『ローカルブックストアである』（晶文社）を上梓した大井さんは、小さな書店が街づくりの中心になることを夢見ていました。そしてそれは見事に成功したのです。

ブックオカを現場で支える編集者の藤村興晴さんは、石風社《せきふうしゃ》を経て忘羊社《ぼうようしゃ》を創業しました。彼は出版とは本来どういう営みかを教えてくれた若い友人です。その仕事ぶりはとかく数字のストレスにさらされがちな私たちにとって一つの理想形に思えました。もちろん彼にだって人に知られぬ苦労はたくさんあるでしょうが、そういうことを微塵も感じさせません。

「仕事しているときには何のストレスもなかとですよ」

博多弁でこう言われると返す言葉がありませんでした。

たくさんの書店員と会って話す機会があることも貴重な体験です。「書店員ナイト」と名付けられたイベントに亀山さんと参加して、彼らの熱気に触れると、なんとかよい本を作ろうという気持ちになるのです。

ここまで書いてくると、古典新訳文庫は編集の現場だけではなくイベントや企画を通じて、つまりオフラインの場でさまざまな人々と出会いの場を共有できたことに思い至ります。幸運なことにいつの間にか横の広がりの中に包摂されていたのです。これは素晴らしいことだと思います。従来とは全く異なる、人間のつながりによるネット時代の告知に自然に移行していったのです。

さて、古典新訳文庫は幸運なことに賞の対象にもなりました。古典を新訳する企画での受賞など最初は全く予想していませんでした。

亀山郁夫さんの毎日出版文化賞特別賞から始まり、二〇〇八年六月には第一回大学読書人大賞を『幼年期の終わり』で受賞しました。この授賞式は若い大学生たちが主催した素敵な授賞式だったことを覚えています。新訳した池田真紀子さんにご挨拶いただきました。

二〇一〇年七月、『アンナ・カレーニナ』を新訳した望月哲男さんがロシア科学アカデミーロシア文学研究所（附属）ロシア文学世界諸国語翻訳家国際センターのコンクールでロシア文学作品世界諸国語翻訳家国際コンクール「散文」部門優勝者に選ばれました。これは世界のロシア文学者が行った翻訳を対象とした権威ある賞です。個人的にも思い入れのあるこの作品が、本場ロシアの賞を受賞したことは大きな喜びでした。

二〇一四年には、関口英子さんの『月を見つけたチャウラ　ピランデッロ短篇集』が須賀敦子翻訳賞を受賞。創刊の一冊『猫とともに去りぬ』以来、一貫してイタリアン・ファンタジーを翻訳して古典新訳文庫に新しい路線を作っていただいた関口さんの受賞も有難いものでした。十一月にイタリア文化会館で授賞式が行われましたが、二次会も含め楽しい夕べになりました。

さらに二〇一六年に平岡敦さんの『オペラ座の怪人』が第二十一回日仏翻訳文学賞を受賞。六月にフランス大使公邸で開かれた授賞式と祝賀パーティに参加しました。立派な会場に驚くと同時に、自国文化を大切にするフランスのお国柄に触れることができて実に興味深い一夜でした。そしてこの受賞は古典新訳文庫が創刊から十年を迎えて新しいステージに入りつつある実感を与えてくれたのです。

ここで現在進行形のイベントについて触れましょう。「紀伊國屋書店 Kinoppy＝光文社古典新訳文庫 Readers Club Reading Session」として紀伊國屋書店の電子書籍 Kinoppy とコラボして進めてきた読書会は、もう四十回以上続いてきました。毎月一回、紀伊國屋書店新宿本店のイベントスペースで開かれています。古典新訳文庫で仕事をしていただいた翻訳者に登場いただいて、私が質問をする形のトークショーです。遠く関西からきてくれるお客さんもいるし、毎回必ず出席するいわば常連の方もいる。Mさんのオフラインの仮説はここでも証明されたのです。このようなイベントが新しい潮流になってきたのは間違いありません。
本の好きな人に評判の荻窪の書店「Title」でも、何回かイベントを行ってきました。この書店では常時さまざまな催し物が行われています。店主の辻山良雄さんはリブロ池袋本店のマネージャーでしたが、閉店後の二〇一六年一月に自分でこの書店を開いたのです。個性的な品ぞろえが評判の新しい書店として評価が高い。辻山さんは二〇一七年に開店までの経緯を綴《つづ》った『本屋、はじめました』（苦楽堂）を上梓しました。

もう一つ新しい動きをご紹介しましょう。亀山郁夫さんから紹介されたのが、「猫町倶楽部」という日本最大の読書会です。参加人数は年間でのべ約一万人に迫ります。本拠地が名古屋なので、現在は名古屋外国語大学の学長を務める亀山さんは何度も登壇していま す。代表の山本多津也さんにお目にかかって、最初に名古屋の猫町倶楽部で古典新訳文庫の話をした時は本当に驚きました。参加しているメンバーが本当に本の好きな人たちばかりなのです。それは代官山で開かれている東京の読書会でも同じでした。いったい活字離れ、本離れとはなんでしょう。こんなにたくさんの本好きたちが嬉々《きき》として課題本について話しあっている。今までのやり方では読者に自分たちの本の情報が届いていないのではないかという危惧を感じざるを得ませんでした。同時にネットとSNSを駆使した読書会の運営の仕方に新しい時代の到来を感じました。名古屋と東京だけでなく、関西、金沢、博多にも広がる大きな組織に成長した「猫町倶楽部」を統括する山本さんの手腕にも感心します。若いメンバーたちによって実に見事に運営されているのです。東京の第二会場で私が選書をした本の読書会が開かれています。ちょっと気恥ずかしいのですが、通称駒井組と言います。サポーターをはじめとする若いメンバーとの交流は本当に楽しい時間です。たくさんのことを教えてもらう場になっています。

二〇一六年の晩秋、私は編集長職をN君に託しました。二〇一七年三月に定年退職を迎えることになっていたからです。創刊十周年を無事に迎えることができたので、この仕事に一区切りついた実感はありました。三十六年前に新宿のバーで上司のおじさんに打ち明けた、いつか自分の書棚が自ら編集した本で一杯になる夢は幸運にも叶えることができました。最近若い読者や出版人と話していると、古典に関しては古典新訳文庫を読んで育ったという人がたくさんいます。本当かなと思っていろいろ質問してみると確かに読んでくれている。昨年「ブックオカ」で出会った27歳の青年は高校生の時から、ずっとこの文庫を読んでいますと私に告げました。彼は博多の出版社で働いています。

そもそも本を読むことが大好きな少年でした。お小遣いをもらうより本をプレゼントされる方がずっとうれしかった。小さな頃によく両親に連れて行ってもらったのは横浜の伊勢佐木町《いせざき》にある有隣堂です。その店内の様子は半世紀を経ても色褪《いろあ》せることなく、鮮明に記憶に残っています。まだ日本が豊かではない時代でした。一冊の本を買ってもらうことが、子供にとっては大きな喜びだったのです。長い時間をかけてやっと選んだ本を手にして眺めた書店の風景は忘れられません。そしてその一冊の本を暗記するほど読みました。その少年は、長じて出版社で働き、最後に古典の新訳を手掛けることができました。

創刊以来編集した一冊一冊は、どれも可愛い子供のような存在です。もちろん翻訳者によって生を享けた子供であることは承知しています。だからこそすくすくと成長していくところをそっと見守ってあげたい。

新参者だったこの文庫シリーズが新しい権威になるのではなく、常に斬新な企画に挑み続ける永遠の挑戦者であってほしいと願っています。

あとがき

冷汗三斗《れいかんさんと》という言葉を初めて実感しました。この本を翻訳者たちが読む姿を思い浮かべると筆が止まり、何度原稿を破棄しようと思ったことでしょう。長く編集者として働いてきたので、その原稿が出版に値するかどうかはきちんと判断できると信じていました。もちろん自分の原稿に関しても、その判断は適用されなければなりません。ですから時々こんな内容は公刊する価値があるのだろうかという疑問が、群雲《むらくも》のように湧いてくるのを抑えることができませんでした。

結果として、ここであとがきを書いているわけですから、出版に値するという自己評価を与えたことになります。言いつのることだけはすまい、知ったかぶりもすまいと決めていました。もし、お読みいただいて禁を破っていると思われる個所があったとしたら、どうぞお許しいただきたい。

それにしても人間の記憶の不思議さよ。みずからの記憶の不完全さはいうまでもありませんが、親しい人たちの記憶の食い違いにしばしば呆然としました。十年以上も前の話ですから当たり前のことなのですが、人間は記憶を物語に変えてしまう存在だということを思い知ったのです。

こんなことを書くと、勘のいい読み手は周到な言い訳を用意していると思うかもしれません。もちろん間違いを少なくするために、あらゆる資料を渉猟《しょうりょう》し、必要なら本人の話を聞いて確認に努めたつもりです。それでも誤りはあると思います。どうかご海容《かいよう》のほどを。

浅学菲才を顧みずにこの本を書いた理由の一つに、古典新訳文庫を支えてくれた人々に対する感謝の念があります。まず翻訳者の方々。この本で翻訳家ではなく翻訳者という表記を使ったのは、いわゆる職業翻訳家と外国文学者を区別することなく表記するためでした。加えて先生という表記が頻出するのを避けるために、すべて「さん」という表記で統一したことをお断りしておきます。

本文中でも触れましたが、デザイナーの木佐塔一郎さん、装画を描いていただいている望月通陽さんにも改めて感謝いたします。

また、創刊以来、古典新訳文庫のホームページを運営している真野直美さん。いつも本当にありがとうございます。

光文社の関係者は文中ではすべてイニシャルにしました。あえて実名を挙げませんが、この場を借りてお礼を申し上げます。

みなさんのおかげで古典新訳文庫は誕生し、今日まで刊行を続けてくることができました。本書には登場しなかったけれども、現場で協力を惜しまなかったたくさんの同僚たち、関係者の皆様方、本当にありがとうございました。

そして古典新訳文庫を創刊以来支持し続けていただいている読者の皆様にも心からの感謝を捧げたいと思います。

最後にこの本の出版を快諾され、執筆を終始支え続けてくれた而立書房社主の倉田晃宏さんにお礼を申し述べたいと思います。自分の立ち位置に迷っていたところ、未完成な状態での原稿を快く読んでいただき、適切な助言を得たおかげでここまで来ることができました。

ここからは笑い話と思って読んでいただきたい。編集者として原稿には容赦ない指摘をしてきました。そういう自分が少しだけ自慢でした。しかし倉田さんにいろいろ指導されると不思議なくらい傷つくのです。自業自得といえばそれまでですが、これは大きな発見でした。人間というものは、自分の窓から世界を眺めている。そのことは十分学んでいたつもりでしたが、今回、初めて実感できました。

書き終わってしみじみと思うことは、まだ読んでいない古典が山のようにあるということです。ローマの哲人・セネカに教えられるまでもなく人生は短い。残された時間を有効に使って、古典の森をもう少し奥深くまで散策してみたいと思っています。森を歩く時に一人では淋しいので、一緒に出かける若い人はいませんか。さあ、手を挙げて！

「光文社古典新訳文庫」刊行一覧

刊行年月	書　名	分類	著　者	訳　者
06. 9	リア王	英米	シェイクスピア	安西 徹雄
06. 9	初恋	露	トゥルゲーネフ	沼野 恭子
06. 9	ちいさな王子	仏・伊	サン＝テグジュペリ	野崎 歓
06. 9	マダム・エドワルダ／目玉の話	仏・伊	バタイユ	中条 省平
06. 9	飛ぶ教室	独	ケストナー	丘沢 静也
06. 9	カラマーゾフの兄弟１	露	ドストエフスキー	亀山 郁夫
06. 9	猫とともに去りぬ	仏・伊	ロダーリ	関口 英子
06. 9	永遠平和のために／啓蒙とは何か 他３編	独	カント	中山 元
06.10	イワン・イリイチの死／クロイツェル・ソナタ	露	トルストイ	望月 哲男
06.10	黒猫／モルグ街の殺人	英米	ポー	小川 高義
06.10	海に住む少女	仏・伊	シュペルヴィエル	永田 千奈
06.10	帝国主義論	露	レーニン	角田 安正
06.11	ジェイン・エア（上）	英米	C・ブロンテ	小尾 芙佐
06.11	ジェイン・エア（下）	英米	C・ブロンテ	小尾 芙佐
06.11	クリスマス・キャロル	英米	ディケンズ	池 央耿
06.11	鼻／外套／査察官	露	ゴーゴリ	浦 雅春
06.11	カラマーゾフの兄弟２	露	ドストエフスキー	亀山 郁夫
06.12	ドリアン・グレイの肖像	英米	ワイルド	仁木 めぐみ
07. 1	ジュリアス・シーザー	英米	シェイクスピア	安西 徹雄
07. 1	プークが丘の妖精パック	英米	キプリング	金原瑞人・三辺律子
07. 2	恐るべき子供たち	仏・伊	コクトー	中条省平・中条志穂
07. 2	カラマーゾフの兄弟３	露	ドストエフスキー	亀山 郁夫
07. 3	ヴェネツィアに死す	独	マン	岸 美光
07. 3	レーニン	露	トロツキー	森田 成也
07. 4	箱舟の航海日誌	英米	ウォーカー	安達 まみ
07. 4	神を見た犬	仏・伊	ブッツァーティ	関口 英子
07. 5	秘密の花園	英米	バーネット	土屋 京子
07. 5	地下室の手記	露	ドストエフスキー	安岡 治子
07. 6	ヴェニスの商人	英米	シェイクスピア	安西 徹雄
07. 6	おれにはアメリカの歌声が聴こえる 草の葉（抄）	英米	ホイットマン	飯野 友幸

07. 7	カラマーゾフの兄弟4	露	ドストエフスキー	亀山 郁夫
07. 7	カラマーゾフの兄弟5　エピローグ別巻	露	ドストエフスキー	亀山 郁夫
07. 8	武器よさらば（上）	英米	ヘミングウェイ	金原 瑞人
07. 8	武器よさらば（下）	英米	ヘミングウェイ	金原 瑞人
07. 9	変身／掟の前で 他２編	独	カフカ	丘沢 静也
07. 9	赤と黒（上）	仏・伊	スタンダール	野崎 歓
07. 9	野性の呼び声	英米	ロンドン	深町 眞理子
07. 9	新アラビア夜話	英米	スティーヴンスン	南條竹則・坂本あおい
07. 9	幻想の未来／文化への不満	独	フロイト	中山 元
07.10	１ドルの価値／賢者の贈り物 他21編	英米	O．ヘンリー	芹澤 恵
07.10	知への賛歌　修道女フアナの手紙	その他	ソル・フアナ	旦 敬介
07.11	十二夜	英米	シェイクスピア	安西 徹雄
07.11	幼年期の終わり	英米	クラーク	池田 真紀子
07.12	車輪の下で	独	ヘッセ	松永 美穂
07.12	赤と黒（下）	仏・伊	スタンダール	野崎 歓
08. 1	芸術の体系	仏・伊	アラン	長谷川 宏
08. 1	肉体の悪魔	仏・伊	ラディゲ	中条 省平
08. 2	宝島	英米	スティーヴンスン	村上 博基
08. 2	人はなぜ戦争をするのか　エロスとタナトス	独	フロイト	中山 元
08. 3	狂気の愛	仏・伊	ブルトン	海老坂 武
08. 3	オンディーヌ	仏・伊	ジロドゥ	二木 麻里
08. 4	永続革命論	露	トロツキー	森田 成也
08. 5	消え去ったアルベルチーヌ	仏・伊	プルースト	高遠 弘美
08. 5	木曜日だった男 一つの悪夢	英米	チェスタトン	南條 竹則
08. 6	月と六ペンス	英米	モーム	土屋 政雄
08. 7	アンナ・カレーニナ１	露	トルストイ	望月 哲男
08. 7	アンナ・カレーニナ２	露	トルストイ	望月 哲男
08. 8	人間不平等起源論	仏・伊	ルソー	中山 元
08. 9	アンナ・カレーニナ３	露	トルストイ	望月 哲男
08. 9	マクベス	英米	シェイクスピア	安西 徹雄
08. 9	寄宿生テルレスの混乱	独	ムージル	丘沢 静也
08. 9	天使の蝶	仏・伊	プリーモ・レーヴィ	関口 英子
08. 9	社会契約論／ジュネーヴ草稿	仏・伊	ルソー	中山 元
08.10	罪と罰１	露	ドストエフスキー	亀山 郁夫

08.10	菊と刀	英米	ベネディクト	角田 安正
08.11	アンナ・カレーニナ4	露	トルストイ	望月 哲男
08.11	シラノ・ド・ベルジュラック	仏・伊	ロスタン	渡辺 守章
08.12	若者はみな悲しい	英米	フィッツジェラルド	小川 高義
09. 1	だまされた女/すげかえられた首	独	マン	岸 美光
09. 1	愚者が出てくる、城寨が見える	仏・伊	マンシェット	中条 省平
09. 2	罪と罰2	露	ドストエフスキー	亀山 郁夫
09. 2	白魔	英米	マッケン	南條 竹則
09. 3	黄金の壺/マドモワゼル・ド・スキュデリ	独	ホフマン	大島 かおり
09. 3	白い牙	英米	ロンドン	深町 眞理子
09. 4	故郷/阿Q正伝	その他	魯迅	藤井 省三
09. 4	善悪の彼岸	独	ニーチェ	中山 元
09. 5	そばかすの少年	英米	ポーター	鹿田 昌美
09. 5	八十日間世界一周(上)	仏・伊	ヴェルヌ	高野 優
09. 5	八十日間世界一周(下)	仏・伊	ヴェルヌ	高野 優
09. 6	道徳の系譜学	独	ニーチェ	中山 元
09. 7	罪と罰3	露	ドストエフスキー	亀山 郁夫
09. 7	ワーニャ伯父さん/三人姉妹	露	チェーホフ	浦 雅春
09. 8	母アンナの子連れ従軍記	独	ブレヒト	谷川 道子
09. 9	グランド・ブルテーシュ奇譚	仏・伊	バルザック	宮下 志朗
09. 9	グレート・ギャッツビー	英米	フィッツジェラルド	小川 高義
09. 9	種の起源(上)	英米	ダーウィン	渡辺 政隆
09. 9	闇の奥	英米	コンラッド	黒原 敏行
09. 9	歎異抄	その他	唯円/親鸞・述	川村 湊
09.10	訴訟	独	カフカ	丘沢 静也
09.11	ジーキル博士とハイド氏	英米	スティーヴンスン	村上 博基
09.11	カフェ古典新訳文庫 Vol.1		光文社翻訳編集部	
09.12	種の起源(下)	英米	ダーウィン	渡辺 政隆
09.12	天来の美酒/消えちゃった	英米	コッパード	南條 竹則
10. 1	純粋理性批判1	独	カント	中山 元
10. 1	嵐が丘(上)	英米	E.ブロンテ	小野寺 健
10. 2	ハムレットQ1	英米	シェイクスピア	安西 徹雄
10. 3	嵐が丘(下)	英米	E.ブロンテ	小野寺 健
10. 3	ニーチェからスターリンへ	露	トロツキー	森田成也・志田昇

10. 4	貧しき人々	露	ドストエフスキー	安岡 治子
10. 5	純粋理性批判 2	独	カント	中山 元
10. 5	ダロウェイ夫人	英米	ウルフ	土屋 政雄
10. 6	経済学・哲学草稿	独	マルクス	長谷川 宏
10. 7	夜間飛行	仏・伊	サン＝テグジュペリ	二木 麻里
10. 7	盗まれた細菌／初めての飛行機	英米	ウェルズ	南條 竹則
10. 8	ムッシュー・アンチピリンの宣言　ダダ宣言集	仏・伊	ツァラ	塚原 史
10. 8	ガラスの鍵	英米	ハメット	池田 真紀子
10. 9	悪霊 1	露	ドストエフスキー	亀山 郁夫
10. 9	失われた時を求めて 1	仏・伊	プルースト	高遠 弘美
10. 9	純粋理性批判 3	独	カント	中山 元
10.10	花のノートルダム	仏・伊	ジュネ	中条 省平
10.10	酒楼にて／非攻	その他	魯迅	藤井 省三
10.10	フランケンシュタイン	英米	シェリー	小林 章夫
10.11	ツァラトゥストラ（上）	独	ニーチェ	丘沢 静也
10.11	アガタ／声	仏・伊	デュラス／コクトー	渡辺 守章
10.11	青い麦	仏・伊	コレット	河野 万里子
10.12	プロタゴラス　あるソフィストとの対話	その他	プラトン	中澤 務
11. 1	ツァラトゥストラ（下）	独	ニーチェ	丘沢 静也
11. 1	純粋理性批判 4	独	カント	中山 元
11. 2	ドストエフスキーと父親殺し／不気味なもの	独	フロイト	中山 元
11. 3	アウルクリーク橋の出来事／豹の眼	英米	ビアス	小川 高義
11. 3	女の一生	仏・伊	モーパッサン	永田 千奈
11. 4	悪霊 2	露	ドストエフスキー	亀山 郁夫
11. 4	マウントドレイゴ卿／パーティの前に	英米	モーム	木村 政則
11. 5	純粋理性批判 5	独	カント	中山 元
11. 6	梁塵秘抄	その他	後白河法皇＝編纂	川村 湊
11. 7	人口論	英米	マルサス	斉藤 悦則
11. 8	詐欺師フェーリクス・クルルの告白（上）	独	マン	岸 美光
11. 8	市民政府論	英米	ロック	角田 安正
11. 9	純粋理性批判 6	独	カント	中山 元
11. 9	うたかたの日々	仏・伊	ヴィアン	野崎 歓
11. 9	カメラ・オブスクーラ	露	ナボコフ	貝澤 哉
11.10	詐欺師フェーリクス・クルルの告白（下）	独	マン	岸 美光

11.10	羊飼いの指輪　ファンタジーの練習帳	仏・伊	ロダーリ	関口 英子
11.11	高慢と偏見（上）	英米	オースティン	小尾 芙佐
11.11	高慢と偏見（下）	英米	オースティン	小尾 芙佐
11.12	失われた時を求めて 2	仏・伊	プルースト	高遠 弘美
11.12	悪霊 3	露	ドストエフスキー	亀山 郁夫
12. 1	純粋理性批判 7	独	カント	中山 元
12. 1	秘書綺譚　ブラックウッド幻想怪奇傑作集	英米	ブラックウッド	南條 竹則
12. 2	メノン　徳について	その他	プラトン	渡辺 邦夫
12. 2	悪霊　別巻「スタヴローギンの告白」異稿	露	ドストエフスキー	亀山 郁夫
12. 3	コサック 1852年のコーカサス物語	露	トルストイ	乗松 亨平
12. 4	サロメ	英米	ワイルド	平野 啓一郎
12. 4	タイムマシン	英米	ウェルズ	池 央耿
12. 5	ブラス・クーバスの死後の回想	その他	マシャード・ジ・アシス	武田 千香
12. 6	自由論	英米	ミル	斉藤 悦則
12. 6	トム・ソーヤーの冒険	英米	トウェイン	土屋 京子
12. 7	失脚／巫女の死 デュレンマット傑作選	独	デュレンマット	増本 浩子
12. 8	道徳形而上学の基礎づけ	独	カント	中山 元
12. 8	傍迷惑な人々 サーバー短篇集	英米	サーバー	芹澤 恵
12. 9	ねじの回転	英米	ジェイムズ	土屋 政雄
12. 9	ソクラテスの弁明	その他	プラトン	納富 信留
12. 9	孤独な散歩者の夢想	仏・伊	ルソー	永田 千奈
12.10	月を見つけたチャウラ ピランデッロ短篇集	仏・伊	ピランデッロ	関口 英子
12.11	桜の園／プロポーズ／熊	露	チェーホフ	浦 雅春
12.11	仔鹿物語（上）	英米	ローリングズ	土屋 京子
12.11	仔鹿物語（下）	英米	ローリングズ	土屋 京子
12.12	ビリー・バッド	英米	メルヴィル	飯野 友幸
13. 1	ガリレオの生涯	独	ブレヒト	谷川 道子
13. 2	死の家の記録	露	ドストエフスキー	望月 哲男
13. 2	緋文字	英米	ホーソーン	小川 高義
13. 3	失われた時を求めて 3	仏・伊	プルースト	高遠 弘美
13. 3	ご遺体	英米	イーヴリン・ウォー	小林 章夫
13. 4	実践理性批判 1	独	カント	中山 元
13. 5	人間和声	英米	ブラックウッド	南條 竹則
13. 5	読書について	独	ショーペンハウアー	鈴木 芳子

13. 6	すばらしい新世界	英米	オルダス・ハクスリー	黒原 敏行
13. 7	実践理性批判 2	独	カント	中山 元
13. 7	オペラ座の怪人	仏・伊	ガストン・ルルー	平岡 敦
13. 8	消しゴム	仏・伊	ロブ＝グリエ	中条 省平
13. 9	饗宴	その他	プラトン	中澤 務
13. 9	地底旅行	仏・伊	ヴェルヌ	高野 優
13. 9	ヘンリー・ライクロフトの私記	英米	ギッシング	池 央耿
13.10	絶望	露	ナボコフ	貝澤 哉
13.11	ひとさらい	仏・伊	シュペルヴィエル	永田 千奈
13.11	ピグマリオン	英米	バーナード・ショー	小田島 恒志
13.12	崩れゆく絆	その他	アチェベ	粟飯原 文子
14. 1	砂男／クレスペル顧問官	独	ホフマン	大島 かおり
14. 1	論理哲学論考	独	ヴィトゲンシュタイン	丘沢 静也
14. 2	ドン・カズムッホ	その他	マシャード・ジ・アシス	武田 千香
14. 3	三酔人経綸問答	その他	中江兆民	鶴ヶ谷 真一
14. 3	アドルフ	仏・伊	コンスタン	中村 佳子
14. 4	賃労働と資本／賃金・価格・利潤	独	マルクス	森田 成也
14. 5	神学・政治論（上）	その他	スピノザ	吉田 量彦
14. 5	神学・政治論（下）	その他	スピノザ	吉田 量彦
14. 5	赤い橋の殺人	仏・伊	バルバラ	亀谷 乃里
14. 6	ハックルベリー・フィンの冒険（上）	英米	トウェイン	土屋 京子
14. 6	ハックルベリー・フィンの冒険（下）	英米	トウェイン	土屋 京子
14. 6	マルテの手記	独	リルケ	松永 美穂
14. 7	ポールとヴィルジニー	仏・伊	ベルナルダン・ド・サン＝ピエール	鈴木 雅生
14. 7	郵便配達は二度ベルを鳴らす	英米	ケイン	池田 真紀子
14. 8	三文オペラ	独	ブレヒト	谷川 道子
14. 9	チャタレー夫人の恋人	英米	D・H・ロレンス	木村 政則
14. 9	ユダヤ人問題に寄せて／ヘーゲル法哲学批判序説	独	マルクス	中山 元
14. 9	老人と海	英米	ヘミングウェイ	小川 高義
14.10	感情教育（上）	仏・伊	フローベール	太田 浩一
14.11	不思議屋／ダイヤモンドのレンズ	英米	オブライエン	南條 竹則
14.12	リヴァイアサン 1	英米	ホッブズ	角田 安正
14.12	感情教育（下）	仏・伊	フローベール	太田 浩一
15. 1	芸術論 20 講	仏・伊	アラン	長谷川 宏

15. 2	スペードのクイーン／ベールキン物語	露	プーシキン	望月 哲男
15. 2	狭き門	仏・伊	ジッド	中条省平・中条志穂
15. 3	ぼくはいかにしてキリスト教徒になったか	その他	内村鑑三	河野 純治
15. 4	白夜／おかしな人間の夢	露	ドストエフスキー	安岡 治子
15. 4	くるみ割り人形とねずみの王さま／ブランビラ王女	独	ホフマン	大島 かおり
15. 5	薔薇とハナムグリ　シュルレアリスム・風刺短篇集	仏・伊	モラヴィア	関口 英子
15. 5	二十世紀の怪物　帝国主義	その他	幸徳秋水	山田 博雄
15. 6	オリヴィエ・ベカイユの死／呪われた家	仏・伊	ゾラ	國分 俊宏
15. 7	あしながおじさん	英米	ウェブスター	土屋 京子
15. 8	人間の大地	仏・伊	サン＝テグジュペリ	渋谷 豊
15. 8	アンティゴネ	独	ブレヒト	谷川 道子
15. 9	書記バートルビー／漂流船	英米	メルヴィル	牧野 有通
15. 9	存在と時間 1	独	ハイデガー	中山 元
15. 9	虫めづる姫君　堤中納言物語	その他	作者未詳	蜂飼 耳
15.10	カンディード	仏・伊	ヴォルテール	斉藤 悦則
15.11	白痴 1	露	ドストエフスキー	亀山 郁夫
15.11	カンタヴィルの幽霊／スフィンクス	英米	ワイルド	南條 竹則
15.12	ニコマコス倫理学（上）	その他	アリストテレス	渡辺邦夫・立花幸司
16. 1	失われた時を求めて 4	仏・伊	プルースト	高遠 弘美
16. 1	ニコマコス倫理学（下）	その他	アリストテレス	渡辺邦夫・立花幸司
16. 2	暦物語	独	ブレヒト	丘沢 静也
16. 3	二都物語（上）	英米	ディケンズ	池 央耿
16. 3	二都物語（下）	英米	ディケンズ	池 央耿
16. 3	失われた世界	英米	コナン・ドイル	伏見 威蕃
16. 4	クレーヴの奥方	仏・伊	ラファイエット夫人	永田 千奈
16. 4	一年有半	その他	中江兆民	鶴ヶ谷 真一
16. 5	アッシャー家の崩壊／黄金虫	英米	ポー	小川 高義
16. 5	寛容論	仏・伊	ヴォルテール	斉藤 悦則
16. 6	笑い	仏・伊	ベルクソン	増田 靖彦
16. 7	水の精（ウンディーネ）	独	フケー	識名 章喜
16. 7	資本論第一部草稿　直接的生産過程の諸結果	独	マルクス	森田 成也
16. 8	ロレンザッチョ	仏・伊	ミュッセ	渡辺 守章
16. 9	ゴリオ爺さん	仏・伊	バルザック	中村 佳子
16. 9	存在と時間 2	独	ハイデガー	中山 元

16. 9	脂肪の塊／ロンドリ姉妹	仏·伊	モーパッサン	太田 浩一
16. 9	ナルニア国物語①魔術師のおい	英米	C・S・ルイス	土屋 京子
16.10	この人を見よ	独	ニーチェ	丘沢 静也
16.10	偉業	露	ナボコフ	貝澤 哉
16.11	ピノッキオの冒険	仏·伊	カルロ・コッローディ	大岡 玲
16.11	薔薇の奇跡	仏·伊	ジュネ	宇野 邦一
16.12	失われた時を求めて 5	仏·伊	プルースト	高遠 弘美
16.12	ナルニア国物語②ライオンと魔女	英米	C・S・ルイス	土屋 京子
17. 1	幸福な王子／柘榴の家	英米	ワイルド	小尾 芙佐
17. 2	白痴②	露	ドストエフスキー	亀山 郁夫
17. 3	ナルニア国物語③馬と少年	英米	C・S・ルイス	土屋 京子
17. 3	人生の短さについて	その他	セネカ	中澤 務
17. 4	にんじん	仏·伊	ルナール	中条 省平
17. 4	オリエント急行殺人事件	英米	アガサ・クリスティー	安原 和見
17. 5	ケンジントン公園のピーター・パン	英米	バリー	南條 竹則
17. 5	哲学書簡	仏·伊	ヴォルテール	斉藤 悦則
17. 6	デーミアン	独	ヘッセ	酒寄 進一
17. 6	ナルニア国物語④カスピアン王子	英米	C・S・ルイス	土屋 京子
17. 7	鏡の前のチェス盤	仏·伊	ボンテンペッリ	橋本 勝雄
17. 7	存在と時間 3	独	ハイデガー	中山 元
17. 8	ヒューマン・コメディ	英米	サローヤン	小川 敏子
17. 9	オイディプス王	その他	ソポクレス	河合 祥一郎
17. 9	君主論	仏·伊	マキャヴェッリ	森川 辰文
17. 9	ナルニア国物語⑤ドーン・トレッダー号の航海	英米	C・S・ルイス	土屋 京子
17.10	若草物語	英米	オルコット	麻生 九美
17.10	ロシア革命とは何か トロツキー革命論集	露	トロツキー	森田 成也
17.11	世界を揺るがした 10 日間	英米	ジョン・リード	伊藤 真
17.12	マノン・レスコー	仏·伊	プレヴォ	野崎 歓
17.12	ナルニア国物語⑥銀の椅子	英米	C・S・ルイス	土屋 京子
18. 1	白痴 3	露	ドストエフスキー	亀山 郁夫
18. 1	幸福について	独	ショーペンハウアー	鈴木 芳子
18. 2	椿姫	仏·伊	デュマ・フィス	永田 千奈
18. 2	リヴァイアサン 2	英米	ホッブズ	角田 安正
18. 3	戦う操縦士	仏·伊	サン＝テグジュペリ	鈴木 雅生

18. 3	ナルニア国物語⑦最後の戦い	英米	C・S・ルイス	土屋 京子
18. 4	ボートの三人男	英米	ジェローム・K・ジェローム	小山 太一
18. 4	存在と時間４	独	ハイデガー	中山 元
18. 5	八月の光	英米	フォークナー	黒原 敏行
18. 5	傾城の恋／封鎖	その他	張愛玲	藤井 省三
18. 6	モーリス	英米	フォースター	加賀山 卓朗
18. 6	奪われた家／天国の扉 動物寓話集	その他	コルタサル	寺尾 隆吉
18. 7	怪　談	その他	ラフカディオ・ハーン	南條 竹則
18. 7	失われた時を求めて６	仏・伊	プルースト	高遠 弘美
18. 8	ロビンソン・クルーソー	英米	デフォー	唐戸 信嘉
18. 8	トニオ・クレーガー	独	マン	浅井 晶子
18. 9	未来のイヴ	仏・伊	リラダン	高野 優
18. 9	方丈記	その他	鴨長明	蜂飼 耳
18. 9	白痴４	露	ドストエフスキー	亀山 郁夫

(……以後続刊)

※「分類」の欄は、光文社古典新訳文庫カバーの色分けに基づいたものです。英米＝緑、仏・伊＝青、露＝赤、独＝茶、その他＝ピンクの色分けがされています。

※ 2012.11『仔鹿物語（上・下)』は、2008.4『鹿と少年（上・下)』として刊行されたものを改題して、現在刊行中です。

［著者略歴］

駒井 稔（こまい・みのる）

1956年横浜生まれ。慶應義塾大学文学部卒。1979年光文社入社。広告部勤務を経て、1981年「週刊宝石」創刊に参加。ニュースから連載物まで、さまざまなジャンルの記事を担当する。1997年に翻訳編集部に異動。2004年に編集長。2年の準備期間を経て2006年9月に古典新訳文庫を創刊。「いま、息をしている言葉で。」をキャッチフレーズに古典の新訳を刊行開始。文学のみならず哲学、社会科学、自然科学の新訳も手掛け、10年にわたり編集長を務めた。現在、光文文化財団に勤務。

いま、息をしている言葉で。「光文社古典新訳文庫」誕生秘話

2018年10月20日　第1刷発行

著 者　駒井 稔

発行所　有限会社 而立書房
東京都千代田区神田猿楽町2丁目4番2号
電話 03（3291）5589／FAX 03（3292）8782
URL http://jiritsushobo.co.jp

印刷・製本　中央精版印刷 株式会社

ISBN 978-4-88059-410-1　C0098

ルチャーノ・デ・クレシェンツォ／谷口伊兵衛 訳
2018.7.25 刊
四六判上製
216 頁
定価 2000 円

放課後の哲学談義 ベッラヴィスタ氏かく愛せり

ISBN978-4-88059-407-1 C0097

定年を迎えた哲学教授ベッラヴィスタ氏は、高校生相手に放課後の私塾を開いていた。ところが教授は女生徒とのひとりと道ならぬ仲に‼ 哲学談義の日々に、教授と生徒との愛憎や肉欲が交錯する。現代社会の諸問題をあぶり出す野心作。

加藤典洋
2017.11.30 刊
四六判並製
384 頁
定価 2300 円

対 談 戦後・文学・現在

ISBN978-4-88059-402-6 C0095

文芸評論家・加藤典洋の 1999 年以降、現在までの対談を精選。現代社会の見取り図を大胆に提示する見田宗介、今は亡き吉本隆明との伯仲する対談、池田清彦、高橋源一郎、吉見俊哉ほか、同時代人との「生きた思考」のやりとりを収録。

鈴木翁二
2017.4.5 刊
A5 判上製
272 頁
定価 2000 円

かたわれワルツ

ISBN978-4-88059-400-2 C0079

作家性を重んじた漫画雑誌「ガロ」で活躍し、安部慎一、古川益三と並び〝三羽烏〟と称された鈴木翁二。浮遊する魂をわしづかみにして紙面に焼き付けたような、奇妙で魅惑的な漫画表現。加筆再編、圧倒的詩情にあふれる文芸コミック。

小木戸利光
2017.7.25 刊
四六判並製
196 頁
定価 1900 円

表現と息をしている

ISBN978-4-88059-401-9 C0073

俳優、ミュージシャン、モデル、身体表現……自分のやりたい表現を追求するなかで見つけた表現することの意味。世界の声なき声を、作品や表現として浮かび上がらせる。図版多数。服部みれい、小林エリカ、ミヤギフトシとの対談も収録。

三浦 展
2016.4.10 刊
四六判並製
320 頁
定価 2000 円

人間の居る場所

ISBN978-4-88059-393-7 C0052

近代的な都市計画は、業務地と商業地と住宅地と工場地帯を四つに分けた。しかしこれからの時代に必要なのは、機能が混在し、多様な人々が集まり、有機的に結びつける環境ではないだろうか。豪華ゲスト陣とともに「まちづくり」を考える。

村上一郎
1975.10.31 刊
四六判上製
464 頁
定価 1800 円

振りさけ見れば 新装版

ISBN978-4-88059-011-0 C0095

昏い昭和の歴史がかかえもつ罪責を己が罪責として負い、戦い、果てた村上一郎の魂（こころ）の〈ありか〉を、自ら書きつづった著者の絶筆の書。幼少期より安保闘争までを描く、自伝文学の白眉！